BARBARA
KINGSOLVER

蝴蝶烧山

I

［美］
芭芭拉·金索沃
———

著

任爱红———译

FLIGHT
BEHAVIOR

南海出版公司

新经典文化股份有限公司
www.readinglife.com
出 品

目 录
CONTENTS

第一章 ◦ 人的尺度
— *1* —

第二章 ◦ 家庭领地
— *27* —

第三章 ◦ 会众空间
— *80* —

第四章 ◦ 全镇话题
— *103* —

第五章 ◦ 轰动全国
— *144* —

第六章 ◦ 跨越陆地
— *171* —

第七章 ◦ 全球交易
— *213* —

第八章 ◦ 地球周长
— *249* —

第九章 陆地生态系统
— 301 —

第十章 自然状态
— 345 —

第十一章 群落动态
— 400 —

第十二章 亲属体系
— 463 —

第十三章 交配策略
— 521 —

第十四章 完美雌性
— 577 —

作者说明
— 609 —

第一章 • 人的尺度

将美好的生活弃置不顾会带来某种感觉，那是一种狂喜。对一个顶着火红的头发、大步走上山自取灭亡的女人来说，至少此刻就是如此。这其中并无天真可言。她知道自己太鲁莽，并且不得不真心惊叹于如此小的刺激竟能盖过之后绵密漫长、令人窒息的耻辱。生活在一个人们彼此相识的小镇上，最糟糕的莫过于她的孩子会因她而蒙羞。即便是杂货店十几岁的收银员也会蔑视她，趁她写支票的工夫，一边盯着他们这个不正常的家庭购买的燕麦片和冷冻豌豆，一边在柜台上轻敲涂了指甲油的指甲，与店里打包的男孩偷偷交换眼神："这就是那个女人。"他们多么赞叹稳定而踏实的生活。直到有一天，她总算觉得什么希望都不会再有了，也受够了寒酸的折扣品牌，心里只剩下一条指令：逃跑。就像一头被猎杀的动物或赛场上的马一样，在这个阶段是输还是赢，对她而言已经毫无区别：无论最后是输是赢，她的血都会向上涌，让她感到呼吸急促。还有一件事让她感到羞耻：她抽烟太凶。但她心意已决。很多人都走了这条路，眼睁睁盯着将来要受到的伤害，却将其命名为别的东西。现在轮到她了。她可以将自己胸口紧绷的感觉称为幸福，而不是像现在这样，在家气喘吁吁地提着沉重的洗衣篮，活脱脱就是一位育有两子的理智的母亲。

孩子们和她婆婆在一起。今天早上，她编造了一个极其勉强的借口，把孩子们送了过去，现在再去想这个可真要命。他们朝她仰着小脸，就像两朵雏菊一样在质问："她爱我，还是不爱我。"一切希望都如此摇摇欲坠。实际上，这个家庭可能会彻底完蛋。就是这样，像一辆被撞坏的汽车缠在一根电线杆上，所有零部件都毁于一旦。没有哪个值得拥有的好男人会原谅妻子跟别人通奸。她仍然觉得有一只无形的手在拉着她爬上斜坡，被这只手触摸会让她的认知坍塌。她的欲望超越了理智，也许她的内心正渴望着崩溃。

到了牧场顶部，她靠在篱笆上喘气，背部感受编织网线的弹力。这里没有安全网。她打开钱包，数了数香烟，发现必须得省着点抽了。今天不适合提前打算。她不该穿绒面革夹克，天太暖和了，万一下雨怎么办？她朝十一月的天空皱起眉头。头顶的天空就像沉闷暗淡、布满圆点的天花板,上周如此,上个月如此,永远如此。整个夏天都如此。不管掌管天气的是谁,都已经让蓝色消失了,转而钉上了这片呈肮脏的白色天空,它就像一块差劲的石膏板。牧场中水塘表面反射的光似乎比天上的光还要多。绵羊们紧挨在水塘反射的光线周围,仿佛也对太阳没有了指望,因此退而求其次了。沿7号高速公路往费瑟镇走,一路上一直有小水塘在闪光,在另一边通往克利里的路上也有长长一串水坑闪烁着水光。

下面田野里的羊群、特恩鲍家族的土地、结婚十多年来没有一天不睡在里面的白色木屋——这些差不多就是她从十七岁开始过的全部生活,其中不包括去医院生孩子时的短途出行。显然,今天是她逃离这种生活的日子。她把自己和那些倒霉的绵羊区别开来,那些绵羊站在泥地里,忍受着生活糟糕的交易,周围是它们用细高跟鞋一样的蹄子踩出的蹄印。一整个闷热的夏天它们都披着厚厚的羊毛,现在冬季将至,羊毛会被剪掉。生命是个漫长的命题,它们从未料到接下去会发生什么。牧场看上去被淹没了。远处的田地是邻居们去年辛苦种的果园,现在被大雨浇得奄奄一息。从这里望去,一切都是那么固定而陌生,甚至连她的房子也是这样,可能是因为角度的关系。她过去只透过那些窗户往外看,还未曾从外往里看过,因为整日陪伴她的是那些推着塑料卡车在地上玩的小家伙。当然，她也从未爬到这里来查看家里的情况。屋顶的状况并不乐观。

她的车停在县里唯一不会引起流言蜚语的地方——她自己家的车道上。人们都认识那辆旅行车，他们依然认为那是她母亲的。这是她从过世的母亲那里继承的唯一财产，车轮已经不太牢靠，但也足以让她载着孩子开短途去干些差事。为此她付出了代价，她总是不安，感觉妈妈也在车上，瘦小的身体夹在孩子们的儿童安全座椅中间，探过身来越过孩子们把烟灰弹到开着的车窗外面。但今天她没有这种感觉。今天早晨，把孩子们送到海丝特那里后，她开了半英里路回家，感觉自己像高挂在天上的风筝一样摇晃不稳。回家后，她刷了牙，摘下眼镜画上眼线，此外没做任何其他必要准备，就冲出后门，赶着去自毁声誉。欲望在她的体内四处冲撞，如同晨光中嗡嗡作响的闹钟，启动了一天中所有无法被阻止的事情。

现在她沿着篱笆，穿过搅成一团的泥巴路，抬起铁门上的安全门链，溜了出去。篱笆外面是普通的紫菀草和野蔷薇丛。穿过它们后，就到了一条很久无人走过的老路，纵横交错的野树莓弯着腰。最近她只来过一次，那是两年前的夏天，她和丈夫小熊以及他的几个朋友来这里摘浆果，那肯定不是她的主意。当时她有孕在身，正怀着科迪莉亚，还担心要在荆棘丛中把孩子生下来，因此她记得上次过来是在哪一年的六月。这么说那时候普雷斯顿应该四岁。她记得小熊的狐朋狗友们谈论蛇，把他们母子俩吓个半死，他拼命抓住她的手不放。现在她注意到，作为植物，树莓茎的颜色很怪，她倒没有对大自然了解多少，但是亮粉色也太罕见了吧？那是十三岁的孩子才会喜欢的磨砂唇膏的颜色。也许她早就过了这一阶段，径直跳到代表不道德的珊瑚色和代表性爱的红色。

　　树苗之后，便是树林了。那些树都紧抓着夏日最后的叶子不放，她想起了圣经里罗得的妻子，最后转身回头朝家的方向看了一眼。可怜的女人，就因为这么一点小小的不服从，便被打成了一根盐柱。[①]她没有回头，而是沿着丈夫家一直称之为"大路"的那条有车辙的小路钻进了树林。她想，就好像踏上了通往地狱的大道。当初想出这个计划时，她并未意识到其中的讽刺意味。上山的路一定是过去为了伐木而修建的。树木现在又重新长了出来。有时，小熊和他爸爸会开越野车沿这条路

---

① 根据《旧约·创世记》，当神毁灭罪恶之城所多玛时，天使让城中居民罗得和他的妻女逃走，但要求他们"不可回头看"，结果罗得的妻子还是回头看了一眼，于是变成了盐柱。（本书中出现的圣经经文及人名，均参照中文和合本圣经。如无特殊说明，本书注释均为译者所加。）

去山脊上的那栋他们用来猎火鸡的小木屋。或者说他们过去常常这么干，那时他们俩的体重加起来比现在轻上六十磅。除了躺在沙发上看电视，他们的脚还曾有别的用途。即使在那时，这条路也肯定被养护得很差。她回忆起他们用电锯伐木捞钱的情景。

以前她和小熊也常常来这里进行所谓的野餐。但自从有了科迪和普雷斯顿，两人再也没来过。把家族地产上狩猎火鸡的木屋作为勾搭场所，这个提议太疯狂了。"幽会之所"，她想，小说里是这样描述的。她的婆婆说过："肮脏的事说得再好听也没有意义。"那么他们还能去哪里呢？她的卧室吗？翻过来的工作衬衫在那里被扔得到处都是，还有一个独腿的芭比娃娃躺在那里目不转睛地盯着你努力进入状态。还是拉倒吧。先不说罪恶的代价，高速公路边上的路边客栈就已经够糟糕的了。柜台前的迈克·布什总是直呼其名地跟她打招呼："特恩鲍太太，你好，孩子们好吗？"

道路被树枝挡住了，一切突然变得混乱起来。一棵树倒在地上，上半部分横在路中间，树又粗又壮，让她不得不爬过去，踩着侧枝，上面还粘着湿漉漉的叶子。他会从这里找到路吗？还是说那些像堵墙一样的树枝会让他掉头返回？一想到要失去这个难得的机会，她的心就怦怦直跳。穿过去后，她开始考虑要不要等一等。但是他知道路。他说几个猎季前他曾在火鸡狩猎处那里打过猎,是跟他自己的朋友,她和小熊都不认识。他的朋友们更年轻。

她拍了拍手掌,拍掉湿漉漉的沙子,然后看着倒下的那棵树。树身完好无损,没有伤口,也没有被风折断。真是浪费。也许在活了几个世纪后,它就这么放手了,它离开地面,粗大的树根就此断裂,裸露着躺在树木繁茂的山坡上的一个泥土裂缝上面。和她一样,它似乎已经脱离了它的生活轨道。她从报纸上看到,连绵不绝的大雨在整个县城肆虐,许多大树在夜里轰然倒下,砸坏了某家的屋顶,或者把某人停在车道上的汽车压扁。地面变成柔软的吸水海绵,树木拔根而起。在格雷特力克附近,一整座山坡上的成熟木材全部倒下,断裂的树干、岩石和溪流引发了山崩。人们都很震惊,甚至包括她那个口口声声说见识过世间一切的公公,只要听见可怕的消息就喜欢说"没什么大不了的",但这样的情景他们还是第一次见,并且也承认他们从未见过。在这样离奇的时代,他们可能会觉得世间之事有上帝插手,如果他们说谎的话,上帝自然会留意到。

通往山脊的路变陡,越来越窄,最后成了一条小路。也许再有一英里就到了,她猜测道。她试着往前走,想象着她那又长又直的红头发在身后摆动,可能会让她看上去很有活力，但事实上，她的脚还有肺疼得厉害。她穿着新靴子，毁掉的东西又多了一件。靴子是真正的小牛皮做的，深栗色，有手工制作的鞋面和光滑的鞋尖，非常漂亮，是她到二手商店为普雷斯顿上幼儿园买合适的衣服时发现的，当时差点叫出声来。这双靴子6美元，跟新的一样，鞋底几乎没有磨损。世上竟然有人过着这样的生活，只是走了一小段路，就放弃了一双价格不菲的新靴子。这双靴子不完全合她的脚，但穿上很好看，所以她买了，这是她一年多来第一次为自己买东西，卫生用品除外。还有香烟，她当然没有把香烟算在内。她把靴子藏起来不让小熊看见，没有任何理由，只是为了让它们保持珍贵。那是属于她自己的东西。在正常的家庭活动中，其他所有东西都会被从她手中抢走：她的梳子、电视遥控器、三明治中间柔软的部分、整个下午等着打开的最后一瓶可乐。她还做过一个梦，梦见鸟儿把她的头发一缕一缕扯下来，搭了个红色的鸟窝。

　　就算她穿上这双靴子，小熊也不会注意到，何况也没有场合让她穿。那么为什么今天早上要穿上它，在有史以来最潮湿的秋天走在泥泞的山谷里呢？黑色的叶子像黑鱼鳞一样附着在她小腿中间的皮革花纹上。这一天的情景在她的脑海中就像一部二十四小时不停重播的电影，这就是为什么。她那大材小用的脑子时不时地游移到充斥着尿味和香蕉泥味道的场景中,她最不缺的就是白日梦了。价格合适。坐下来认真幻想时,她最常想到的是接吻,但其他细节也随之而来,比如场景和服装。她想,这可能是男人和女人在幻想时的不同之处。比如有没有穿衣服。她必然会穿小牛皮靴子,还有从她最好的朋友多维那里借来的绒面革夹克,以及脖子上围的红色雪尼尔围巾,他会慢慢把这些从她身上脱下、摘掉。她也想象过天气会像今天这般冷。她那飘忽不定的思绪并没有把种种不便完全忘掉。她双颊通红,他用温暖的双手抚摸着她前额两侧橙色的头发,这些都是她想象中的重要场景。今天早上她就像接到了书面指示一样穿上了靴子。

她现在陷得很深,虽然还没犯什么大罪过。他们俩躲在某个谷仓或金属棚里单独待过大约十秒钟,她的车就停在角落里,孩子们系着安全带在里面扯着喉咙争吵。"只要能听到他们说话,他们就还在。"这样的想法对浪漫的爱情不利。然而,对他的期待刺痛了她的皮肤。他的眼睛呈啤酒瓶的琥珀色,棱角分明的脸上长着酒窝,他笑起来是那么迷人,和他的下巴一起洋溢着诗意。他双手捧着她的脸的样子,上帝呀。他盯着她的眼睛,用拇指和其他的手指揉搓着她的发梢,仿佛在数钱。这些令她狂喜的时刻促使她坐进衣橱里面,一晚又一晚地和他在电话里说傻话，而此刻她的家人都合上眼睛进入了甜蜜的梦乡。当她在黑暗中轻声细语地打电话时，丈夫挂在衣架上的工作服懒洋洋地抚摸着她的头顶，几乎就像占着整个沙发看电视的小熊在抚摸着坐在地板上抱着孩子的她一样。他对她内心掀起的风暴毫不知情。小熊行动迟缓。她知道，他天生就这样，就像衣服里含的纤维料子一样，温柔也是构成他的材料。一个妻子应该毫无怨言地忍受这个。但这令他看起来像牛一样笨，这让她发狂。一切都让她发狂。他任由母亲摆布，他母亲让他吃干净盘子里的食物，把衬衣塞进裤子，活像个两百磅重的孩子。他的名字也那么让人尴尬。他本来可以坚持让别人叫他小伯利，但他的父亲老伯利·特恩鲍外号"大熊"，于是父母和全县人都喊他"小熊"，就好像他还是个孩子一样。真正的熊崽会长大，但二十八岁的他站在家门口时却拉着长脸，耷拉着肩膀，轻轻弹走挡着眼睛的一束金色刘海。现在他又任凭自己被冷酷无情的妻子所羞辱，或者他对此事还毫无察觉。为什么他一直那么爱她呢？

她的背叛让她自己也很震惊。这就像在电视上看到一个疯狂、不可阻挡、略显可爱的自己，做着在现实生活中如果没有剧本就永远不可能做的事情。普雷斯顿上了幼儿园，她安顿好科迪莉亚，让孩子早早地去睡午觉,这样她就可以偷出一分钟时间和一个不是她丈夫的男人进行亲密私语。打电话给对方的冲动比想抽烟还要强烈,就像有什么东西在她的两只耳朵旁尖叫。她不止一次开车经过他住的地方,对后座的孩子们谎称她忘了买什么东西,说她必须再回商店一趟。为了让他们安静下来,她会编造理由说去买冰激凌或汽水,但即使一个五岁的孩子也看得出这不是去商店的路。坐在儿童安全座椅上的普雷斯顿就提出了质疑,因为他能看到的不过是一路上一晃而过的树和电话线。

她称自己迷恋的对象为"电话男"——他的名字太普通了,毕竟你不会为了一个叫吉米的男人毁了自己的生活——"电话男"还算不上是个成年人。他说自己二十二岁,这还是夸大其词。他和他母亲住在活动房屋里,周末做着那个年纪的男人感兴趣的事,混喝啤酒、玩电锯和标靶射击。没有任何理由去为一个可能还不到法定买酒年龄的男人赴汤蹈火。她渴望从疯狂的欲望中解脱出来。她以前也喜欢过别人,但这次迷恋严重危及了她的生活,尤其是当她躺在小熊旁边时。她试着服用过一片安定,十年前第一个孩子流产时,他们给她开了一瓶,现在里面还剩三四片。但药没起任何作用,可能它过期了,就像家里的所有东西一样。一周前,她在修补科迪睡衣上的一个洞时,故意把针扎进手指,血随即从皮肤涌出来，就像一只暗红色的眼睛在盯着她。她的伤口仍在抽痛，那是肉体的屈辱。一切都无法阻止她想他，无法阻止她快速拨号、制订计划，开车经过他告诉她的工作地点，只为了能看一眼系着安全绳爬上电线杆的他。离奇的命运把他带到她面前：在一个无风的日子里，一棵树无端倒地，扯断了她家门前的电话线。她家没安固定电话，这件事甚至与她无关，但是电话线总得重新接上。吉米当时坏笑着对她说："我这么做都是为了那些离不了电话的人。"接下来发生的一切都是荒唐的事，就像天气预报预计一周都将阳光明媚，但突然下了一场倾盆大雨，浇垮了庄稼，精心设计的计划也付之东流。责怪雨和泥没有用，这些只是构成事情的因素。让期望落空才是灾难。

现在她冒着一切风险，昂着头，赤手空拳地走进了未知的战场。家人会心碎，家也会散。她会彻底变得身无分文。假如小熊弃她而去，她从哪里弄钱花呢？她在怀普雷斯顿的时候，费瑟镇的餐馆就关门大吉了，自那以后，她就没有上过班，甚至连正常的人类谈话也没有进行过。不会再有人雇她当服务员。人们会和小熊站在一边，半个镇子的人都会说他们早知道会有今天，因为他们就爱幸灾乐祸。他们会说："高中时她就那么野，漂亮女人就是这样，成熟得早，烂得也早。"婆婆对小熊说过——黛拉罗比亚可不是省油的灯,他们也会说这话。她就像散架了一样躺在桌子上,一块一块被大头针扎着,尚未组装好,她的图案在生产出来时就有缺陷。哪一块被漏掉了?

人们可能会争相对此发表意见。比如,她从不为未来着想。一个毫无技能的全职太太,为了追求一个连她的孩子都不会照顾的帅小子,竟然把理智抛到了九霄云外,就像没有明天一样。然而,他看她时的样子让她觉得他仿佛愿意为她摘下金苹果①,或送她密西西比河。他用手握着她的脚踝和手腕,惊叹于她的娇小,让她觉得自己就是稀世珍宝,而不是一个无足轻重的成年人。从没有人像他那样听她讲话。或者像他那样看着她,虔诚地抚摸着她的头发,绞尽脑汁地想给她的发色起名:介于停车标志和日落之间,番茄和瓢虫之间的颜色吧,他说。还有她的皮肤。他叫她"桃子"。

从来没有人给她起过什么昵称。大家都是喊她母亲为她起的名字,第一次读出来还是为了给她办出生证明,当时母亲尚未从生产的麻醉中完全清醒过来。本以为这个名字出自圣经,后来母亲想起来不对,那并非什么圣经里的名字,而是她在妇女俱乐部的一次工艺展览会上听

---

① 希腊神话中著名的宝物。

到的。她在一本女性杂志上找到一张照片，大声叫女儿过来看。那时黛拉罗比亚大概六岁，而她直到现在还记得上面有一张黛拉罗比亚花环的照片，由松果和橡子粘在泡沫塑料芯上组合而成。母亲坚持说那个花环"很美，甚至是静止的"，但它从高处跌落、不再圣洁的局面似乎预示着她的未来。到目前为止，她的表现并非是由救世主指定的。当然，除了年纪轻轻就结婚这件事。对于一个心怀远大梦想却没有具体计划的女孩来说，这是上帝的安排，尤其是还让她有了孩子。她从未见过那个生出来的怪物。护士说早产儿很是离奇，它长了一身细毛，与她的头发一样红。后来她生下了普雷斯顿和科迪莉亚，他们都有一头金黄的头发，一看就是特恩鲍家的种。不像第一个一身红毛的孩子，和她一样是个野家伙。因为她怀孕了，他们仓促成婚，傻乎乎的两人还不到二十岁，众人笑着离开，留下他们困在那里。之后他们花了五年时间又要了一个孩子，只是为了填补一个一开始就没人想挖的洞。

有什么东西在动，吸引了她的目光，让她猛抬头往上看。怎么会这样呢，一个人的注意力为什么会突然被某个小小的动静给抓住？实际上什么也没有，只是一个橙色的小点在树上摇晃。它越过头顶，向左边飘去，那里的山丘从小径上急转直下。她做了个鬼脸，想起了红头发鬼的故事。她不擅长编故事。她的眼睛盯着小路，故意不抬头看。在与这座山的战斗中,她输了,像只绵羊一样气喘吁吁。路边的一棵白杨树邀请她在那里歇一会儿。她用肩胛骨靠住光滑的树身,用手挡着风,把渴望了半个小时的香烟点着。她用鼻子猛吸,数到十,然后不数了,抬起头来。她没戴眼镜,费了好大劲才看清那个东西,它还在褶皱地带上方的空中飘动,原来它是一只飞在雨天的橙色蝴蝶。它不合时宜的野性让她想起了儿童读物中刻意打乱的顺序题:下列物体哪一个与其他不属一类?一颗苹果,一根香蕉,一辆出租车。一个善良的农民,一个有两个孩子的已婚母亲,一个性感的电话男。吸完烟后,她用靴子小心把烟蒂踩灭,同时看着那个亮色的斑点在山谷中摇曳。她继续往前走,用围巾包住喉咙,眼睛盯着地面。她脑海中浮现出一个想法:这个男孩最好值得让她付出这一切。毕竟他也不是世上最性感的人。这可能是她理智回归的迹象。

最后一段路最陡,她回忆起高中时在这里嬉戏的情景。谁会忘记那些登山经历呢?岩石密布,陡峭黑暗。她已经走进人们称作"圣诞树农场"的那片树林,人们很久以前在那里种了一些冷杉,打算将来做圣诞树用,但从未实行过。此处的空气突然转冷。冷杉林里有一种阴森森的小气候,就好像这些若隐若现的针叶树对于被忽视这件事耿耿于怀。她到底是怎么想的,把那个狩猎小屋当作幽会场所？现在，浪漫的感觉就像在平常日子里抱着孩子清理堆满洋娃娃的地板时一样遥不可及。她本可以像一个聪明人那样，到汽车旅馆里逍遥自在，毁掉自己的生活，但她没有。她的腿累了，屁股也疼。她感觉她的两只脚上都起了水泡。今天早上还很喜欢的靴子现在看上去很蠢，它们光滑的小高跟不是为了走路，而是为了炫耀穿牛仔裤的臀部而设计的。她小心翼翼地走，想着她要是脚踝骨折的话又会给她这一天增加多少麻烦。这条小径由一堆乱石堆成，有些地方笔直向上延伸，到处都是坑坑洼洼，让她不得不抓住树苗保持平衡。

她终于来到了铺着棕色杉木针叶的平地上，这让她如释重负。小径上方的一根树枝上隐约出现了一团黑乎乎的东西。她首先想到那是一个马蜂窝，或者是一群寻找新家的蜜蜂。她以前见过这种场景。但这东西并没有嗡嗡作响。她慢慢地走过去，希望能从下面安然钻过去，不管那是什么。它像一簇枯叶或一颗倒立的松果一样直立着，但比那些大得多。她想，它就像树上的犰狳，也不知道那个东西有多大。它们浑身长满鳞片，底端尖尖的，好像已经渗出了液体，随时可能会滴落下来。她不太想从下面走过。这是她第二次后悔没有戴那副眼镜。虚荣心很重要，但在这该死的不见人烟的荒野中，她总得保持视力。她眯起眼睛朝黑黢黢的树枝看，树枝背后是苍白的天空。这个角度让她有点头晕。

她的心咯噔一下。这些东西到处都是,像一串串巨大的葡萄一样从她能看到的每棵树上垂下来。她想起"真菌"这个词,不由得感到一阵伤心。树木现在又患了新疾病,小熊以前提到过。近年来愈发多雨的夏季和温暖的冬季带来了新虫害,显然它们把森林都啃了个精光。她把夹克拉紧,从那可怕的东西下面匆匆走过,小心地躲着它们,尽管它们高悬在那里,离小径足有十英尺①。一眨眼间她便走了过去。尽管如此,她还是打了个寒战,用手指拢了拢头发,觉得自己很是幼稚,竟然被树上的真菌吓个够呛。天气好像还拿不定主意,不知道要不要变暖。走在常青树的树荫下真冷。真菌让她想起她用清洁大师牌刷子擦洗发霉的浴帘的情景,这是她生活中的大事。她努力不去想这个,而把注意力集中在爬山结束后的奖励上。她想象他站在棚屋旁边等她,她从后面抄过去给他一个惊喜,还有他穿牛仔裤的屁股是多么好看。他承诺可能的话会早点过去,也就是说等她到时他可能光着身子,盖着一床柔软的大被子,还带了一瓶冷鸭酒②。上帝爱鸭子,她想。多年来,她一直吃孩子们的剩饭,喝

---

① 英美常用的长度单位。1 英尺约等于 30.48 厘米。
② 等份勃艮第酒和香槟的混合酒。

他们的剩果汁，不消十分钟肯定会醉得不省人事。她又打了个寒战，她希望那是出于欲望，而不是因为潮湿天气的寒冷和对树木真菌的恐惧。区分这两者很难吗？

再往前去，小路上的树影不见了，进入了山坡开阔处一个明亮的鸟瞰台，她在这里猛地停下了。这里有点不对劲。或者只是有点奇怪。她头顶上方的树被更多的褐色块状物所覆盖，这还不是最怪的。山谷那边的景色更是令人费解，看上去极不真实，就像科幻电影中的画面。从鸟瞰台她可以看到对面整个山坡，从上到下，整个树林里全都长满了这些可怕的东西。在朦胧的远处，冷杉的枝干耷拉着呈球根状，跟她以前见过的完全不一样。树干和树枝上布满了斑点和鳞片，仿佛都盖上了一层玉米片。她有小孩，见过东西被盖了玉米片是什么样子。从此地望去，从山谷到山脊的所有树木几乎都变了样，变得苍白，和枯叶一样呈灰褐色。这些都是常青树，本该呈深色，所以那些根本不是树叶。树林里有动静。树枝似乎在扭动。她不由自主地从鸟瞰台后退一步，尽管那些令人担忧的树木与她远远隔着一个山谷。她伸手到包里掏香烟，接着停了下来。

太阳在云层之间穿行，光线发生了变化，眼前整个景色变得更加明亮清晰。树林里似乎有熊熊烈火在燃烧。"上帝。"她喊了一声,并非向上帝呼救,她可不信什么上帝,她只是想发出声音,因为目前的一切都不合乎常理。太阳又滑下了一层,把温暖传到大地上,山似乎被光芒照亮。强烈的光亮如波浪一样在山谷间闪动,就像湖面上泛起的阵阵涟漪。每根树枝都闪耀着橙色的火焰。"上帝啊。"她又说。她想不出一个合理的词。树都变成了火,正在熊熊燃烧。她想起摩西和《以西结书》,还有圣经中的一些话,这些在她的脑海中占据一席之地的话语,如果在过去有过真实的分量的话,那么现在都不再重要了。"烧着的火炭在活物中上去下来。"①

现在,火焰似乎从每根树梢上升起来了,迸发出阵阵橙色火花,犹如松木在篝火中噼啪燃烧的景象。火花像漏斗云一样螺旋上升,在灰色天空的衬托下闪烁着光芒。在广阔的日光之下,她茫然地望着这一切。火花从漏斗云上高高升起,在黑暗的森林上空漫无目的地飞了出去。

如果这是一场森林大火的话,动静会很大,而这场席卷了整座山的大火却悄无声息。上面的空气依然清冷

---

① 出自《以西结书》1:13,与原文有出入。原文为:"至于四活物的形像,就如烧着火炭的形状,又如火把的形状。火在四活物中间上去下来,这火有光辉,从火中发出闪电。"

干净。没有烟,也没有噼啪作响的声音。她一时间屏住呼吸,闭上眼睛听,但什么也没听见。只有微弱的滴答声,像雨点落在树叶上。这不是火,她想,但当她睁开眼睛时,她只能告诉自己:"这是火,这个地方在燃烧。"它们对她说:"离开这里。"她不确定该往前还是往后走。她注视着黑黢黢的小径和不可逾越的山谷。到处都一样,每棵树都在发光。

她用双手托住脸颊,试图思考。现在她离孩子们很远了。科迪喜欢把拇指含在嘴里,普雷斯顿一内疚就垂下长长的睫毛,即使他没做错什么。她知道万一她在这里遭遇不测,他们的生活将会怎样。他们会背负罪恶的使命。海丝特将永远让他们感到羞耻。万一孩子们觉得他们的妈妈跑了,不要他们了,那就更糟了。没人知道该到这里来找她。她想到了新闻报道中火灾后寻人时的措辞:牙科记录,直系亲属,筛选灰烬。

还有吉米。她思忖着他的名字:把他当作一个人,而不仅仅是要奔赴的目的地。吉米可能已经到那里了。就在那一刹那,她第一次看清了真相,忧虑像灰烬一样从她的心头消失了。对她来说,这场冒险意味着以前舒适安稳的生活宣告结束;而对他来说则完全不同,这只是一场游戏,不会对生活产生丝毫影响。"我们会一起开始新生活",她以前这样告诉自己,可是去哪里生活,和他妈妈一起住在活动房屋吗？不知为何，她把这个男人视为生活的全部，却没能好好审视过他。他既不是个孩子，也没当父亲，他知道怎么爬电线杆，怎么适时地消失。一嗅到麻烦的气息，他立刻会从后山溜回自己家。这是确定无疑的。他有年轻人的直觉。不等有人知道他请了病假，他就赶回去上班了。如果新闻里出现了她被烧焦的尸体，为了保护她的家人，他会对他们之间的事守口如瓶。抑或他会让自己这样做。看看她差点做了什么。她可真够蠢的，她竟然如此不切实际，不计后果，蠢到了无以复加的地步，想到这里，她吓得脸色苍白。她构建的这个世界如马戏团的帐篷一样不堪一击。

她独自盯着发光的树木，既害怕，又着迷。这不是一场森林大火。逃离给她带来了宁静的喜悦，让她在独处中对自己有了更多了解，看清了自己的内心。她不记得自己以前什么时候拥有过这样的存在空间。在她的一生中，廉价的事发生了一件又一件，导致直到今天她还穿着别人不要的二手靴子鬼鬼祟祟地游荡，这次不会还是假的吧。一切在此结束了。她见证了超凡脱俗的美，一种荣耀的异象让她中途打住。就为她一个人，这些橙色的树枝向上伸展，长长的影子变成一道升起的亮光。谁若是能见到它，就会发现那似乎就是快乐的内在。山谷之光，空灵的风。这一定意味着什么。

她还可以进行自我拯救。还有她的孩子们，他们的脸颊那么柔软，呼吸中带着乳香，毫不保留地相信母亲的善良和慈爱，却不知道他们的母亲正心不在焉。现在回头还不算太迟。走下山去把孩子们接回家。这里燃烧的树正是为了拯救她。这个念头最为离奇，但她仍然对此确信不疑。她从不迷信，不相信走哪条路会不吉利，遇到梯子不会绕过而会从下面走①，觉得自己并不特别。她绝不是什么重要人物，值得上帝为她显示神迹。简而言之，她的与众不同之处是有了一次过度的、地狱般的痴恋。要阻止这种事，就需要燃烧的灌木丛，一场以火制火的战斗。

她的眼睛仍然在向大脑发出警告，就像空荡荡的停车场响起的汽车警报声。她对此并不在意，她暂时超脱了对自身安危的恐惧。她只想知道，在转身离开之前，她还能欣赏这个奇观多久。那是一片火湖，但比火更猛烈，比海更奇妙。太让人难以置信了。

她又看到了她家的房子，屋顶上仍然是一片片黑色的破瓦，她的车还停在车道上，就在她上次停放的位置。她的内心在燃烧，刚才见到的景象让她脚步不稳，就像经历了一次重生，她重新审视自己家的平房。她在

---

① 英语文化中的迷信，人们相信从梯子下面走会带来坏运气。

那座山上见到的场景是那么猛烈，就像一场洪水，足以把黑黑的屋顶、方正的白色角落冲垮，那是她安全的家。但是没有，一切都还在。她刚刚抛弃的生活还在原地等待。绵羊还是三三两两地挤在一起。邻居用完美的栅栏围起来的桃园还在雨中腐烂，展示着这一家惨淡的运气。在上帝创造的绿色大地上，一切未曾改变，一切也都变了。或者她是在做梦？她下山只花了不到上山时间一半的工夫，却漫长得足以让她怀疑一整天的经历：她原先的计划，她目睹的景象，还有未完成的事。每一件事都很重大。如果这些全都没有意义的话，那么接下来呢？一分钱掰成两半花的省吃俭用的生活，剪下的优惠券，未做隔热层处理的墙壁，还有被扑灭的希望。她选择放弃这一切，选择自我毁灭，但可能她还有其他选择。一片火湖把她带回这里，自有它的原因。

为了什么呢？院子里堆满了雨打日晒的旧塑料玩具，长满了零乱的杂草，没有表层土，这都是因为她的公公草率地用推土机推平了房子的垫层。门廊旁的玫瑰丛无人打理，这是小熊送给她的母亲节礼物，他忘了玫瑰会让她伤心。车道上停着那辆银色的金牛座旅行车，因为她当时过于匆忙，所以车身歪歪扭扭。她总是习惯把车钥匙放在点火装置上，好像这里还有其他人要开走它似的。还有挂挡时汽车发出的微弱的金属声，那听起来就像一根管子一头着地了。没有比这更乏味、更熟悉的了。当她驶上高速公路,打开收音机时,悲伤如潮水般涌上心头。肯尼·切斯尼正伺机等在那里,用甜蜜的嗓音低声吟唱着"想知道永远是什么感觉",催促她赶快逃离。她立刻关上肯尼的音乐。她把车开到公婆家的车道上,他们家的旧农舍映入眼帘,楼上两扇没安窗帘的窗户让她想起了头骨上的眼窝。海丝特的花坛在夏日无尽的雨水中变成了泥塘,花园也是。还没等他们开始做番茄罐头,番茄就全完了。海丝特珍爱的玫瑰花圃已沦为只剩刺杆的前哨阵地,长满了霉菌。喜欢玫瑰的人是海丝特。对黛拉罗比亚来说,玫瑰甜腻的香气和散落的花头只会唤醒她对父母葬礼的记忆。

她下了车,注意到前院有一处亮色,原来是石阶上的一只绿色小袜子,肯定是今天早上送孩子过来时掉在那里的。上台阶时,她捡起袜子,把它放进口袋,为重新回归几个小时前的自我、回归到那个奄奄一息的女人身上而倍感羞愧。她没敲门,直接把门打开。

室内的各种气味迎面扑来:狗、地毯、打翻的牛奶。看到孩子们,就像躲过了一场险些发生的车祸一样,让她感到十分欣慰。他们俩紧挨着坐在客厅地板上,静静地展示着一幅被抛弃后的勇敢画面。普雷斯顿一只胳膊搂住科迪,下巴靠着她毛茸茸的脑袋,手里拿着一本打开的图画书放在她面前。两只牧羊犬警觉地斜倚在两侧,就像保护他们的一对狮身人面像。她进来时,所有目光立刻向她投来,追切地向她求救,唯独不见他们奶奶的踪影。普雷斯顿忧郁的黑眉毛和他父亲的一模一样,整齐地排列在额头上,仿佛是用尺子画上去的。科迪莉亚大声哭着把两只小手伸向黛拉罗比亚,她咧着嘴大声号哭,露出了下牙。厨房里电视机的嗡嗡声突然停了,海丝特出现在门口,身上还穿着浴袍,灰白的长发上卷满了粉红色泡沫卷发器。黛拉罗比亚替孩子们向她投去一个委屈的眼神,可能和科迪的表情差不多,只不过没有露出下牙。她又不是让婆婆每天替她照看孩子。一个月连一次都不到。

海丝特交叉双臂,说:"按你办事的风格,我没想到你这么快就回来了。"

"谢谢你替我照看他们,海丝特。"

"我刚到那屋还不到一分钟的工夫。"说着,她把头后仰指向厨房。

"好吧。相信你。没事的。"黛拉罗比亚知道,不管她用什么语气和海丝特说话,都是错误的。这些对话总是还没开始,就已让她筋疲力尽了。

"我正准备热一些炸鸡排和绿叶菜当午餐。"

黛拉罗比亚想知道,午餐是为谁准备的。这午餐听上去不仅需要乳牙，还需要掌握刀叉技巧。不过她什么也没说。她们俩看着科迪莉亚摇摇晃晃站起身来，小脸通红，号啕大哭。她尿了，可能整个上午一直都处于这个状态。她那黄色的连裤装里面的尿布鼓鼓囊囊，活像一个又大又圆的南瓜。难怪这孩子站不稳。黛拉罗比亚吸了一口快吸完的香烟，心想是在这里给科迪换尿布呢，还是干脆带孩子走人。

"孩子们在旁边的时候你不该吸烟。"婆婆用沙哑的声音说。这个女人可是从小熊出生的那一刻起就往他红扑扑的小脸上喷烟呢。

"哦，我的天哪，我不会再这么干了。以后我只在里维埃拉①晒日光浴的时候才抽。"

海丝特看上去很吃惊，她迎着黛拉罗比亚的目光，盯着她脚上的靴子和脖子上的雪尼尔围巾。"看看你。你这是怎么了？"

黛拉罗比亚想知道，她的样子看上去是否和她感觉到的一样，仿佛刚从一场大火中逃离出来。

"普雷斯顿，宝贝，跟奶奶说再见。"她轻轻咬着香烟过滤嘴，把科迪莉亚抱到腰间，拉着普雷斯顿的手，带孩子们离开这个糟糕的地方。

---

① 南欧地中海沿岸的一个地区。

第二章 ╲ 家庭领地

剪羊毛的那天，天气转凉变晴了。就凭这一点，就凭没几度的温度，灰色的云朵就像一群仓房里的猫一样，不知飞快地跑到哪里去了。与九十只母羊和数不清的半大羊羔一起在剪羊毛的棚子里待一天的苦差事变成了美差，不再像预期中的那么痛苦。在黛拉罗比亚的记忆中，在秋天里剪羊毛从来没有这么愉快过。在经历了几个月潮湿的雨天之后，谷仓地窖里的空气现在似乎干燥得反常。透过高高的窗户照过来的光束中有零星的羊毛在飞舞，空气中主要弥漫着羊毛脂的味道，而不是尿液和泥浆的味道。剪下来的羊毛还残留着羊的体温，但已经干得可以拣毛了。黛拉罗比亚站在她婆婆对面的拣毛桌旁，一起干活的还有另外四个妇女，正在挑着她们中间摊开的一堆白羊毛。她们六个人像时钟上的数字一样均匀围在桌子四周，不过她们的手比时钟上的指针更多,都在往里伸,而不是和指针一样朝外指。

不可否认,这样晴朗的天空极为偶然。如果整个上午羊都站在雨中的泥泞里等着剪毛,有些羊毛就会被弄脏,因而无法出售。收入与湿度关系密切。但海丝特觉得不单是因为运气好,现在她声称,这是上帝插手了天气的缘故。黛拉罗比亚被她这种自我庆幸激怒了。"你是说上帝昨晚让雨停下只是为了我们?"她问道。

"你要知道,我们的上帝是无所不能的。"海丝特回答说,她这一辈子可能活成了一串圣经格言。她穿一件红色格子衬衫,上面系着珍珠扣,正中间镶着白色绲边,看上去令人生畏。其他人都穿着旧工作服,但海丝特几乎每次都穿戴整齐,好像她过一会儿要去跳方块舞①似的。可实际上这里从没举行过什么庆祝活动。

"好吧,那他肯定很讨厌库克一家了。"黛拉罗比亚的傲慢无礼激发了一阵冲动,就像她又空腹喝了一杯啤酒。如果海丝特是在暗示上帝是农场收成好坏的共谋者,她就该承认错误。经过一个夏天连绵不断的雨水浇灌,邻居们种的番茄已经烂成了泥巴,在藤蔓上散发出阵阵恶臭。

---

① 美国民族舞蹈的一种,在美国中西部是很普遍的团体社交舞。

瓦利亚·艾斯代普和她的女儿克丽丝特尔都盯着她们手中的羊毛，两个诺伍德家的女人也是。她们梳理着白色羊毛，寻找毛刺和麦秆碎片，仿佛寻找这些瑕疵是世上最要紧的事。邻居们总是在剪羊毛的那天来，早上六点，吃了火腿和饼干，喝了咖啡就开始干活。当然，倒霉的库克一家不会来，他们搬到这里五年以来，一直未赢得海丝特的好感。但位于山脊另一边、紧靠着特恩鲍家的诺伍德家的农场历史可以追溯到几代人以前，他们也是养羊户，所以等他们家剪羊毛时特恩鲍一家也会过去帮忙。瓦利亚和克丽丝特尔似乎是以朋友的身份来帮忙的，除非有一些不为人知的债务。她们和海丝特去同一家教堂做礼拜，在黛拉罗比亚看来，那是一个复杂的金字塔结构，中间到处是管理人员，但道德债务和信用最终落在上帝肩上。

"关于库克家的人，我可一个字也没说过，"海丝特对这个话题紧追不舍，"瓦利亚，你听我谈过库克一家人的事了吗？"

"我想你没有。"胆小的瓦利亚回答道。黛拉罗比亚知道，无论她婆婆问什么话，这些女人总会附和赞同。坦率地说，海丝特对自己的正直总是那么自信，这让她很没有女人味。她从不自我怀疑，甚至包括着装。海丝特有许多颜色的牛仔靴，其中一双是石灰绿色的圆头靴。但此刻，让黛拉罗比亚感到恼火的是她那自私的逻辑：如果海丝特和大熊两人倒了霉，比如他们在去年冬天患上了严重的支气管炎，就会把这事怪罪到没给他们修好炉子却收了费的修理工的头上；但是，同一个冬天库克家的小儿子被诊断得了癌症，海丝特却暗示那是上帝的旨意。多年来，黛拉罗比亚听过无数次这样的话，每次都忍了，并不比瓦利亚或海丝特唱诗班里任何一个讨厌的家伙表现得更有骨气。

直到现在，她忍无可忍。"嗯，好像你的意思是说，"她说，"上帝为我们停了雨，而不是为了库克一家。这么说他一定更喜欢我们。"

"我说姑娘，你有点不对劲，这可不好。在尊敬长辈的问题上，你最好请教一下主。"海丝特高傲地说。海丝特总是给人高高在上的压制感，连她高大的儿子小熊都甘拜下风——尽管小熊比黛拉罗比亚高十五英寸[①]之多。只有海丝特才能把儿媳压制到她的实际尺寸：一个为了省钱，去男童部买运动衫的人。

"库克夫妇比我年纪大，"黛拉罗比亚平静地说，"我对他们表示同情。"

是的，她是有点不对劲。每天像咽定量小石子一

[①] 英美常用的长度单位。1 英寸约等于 2.54 厘米。

样咽下去的争论，已经开始像青蛙一样从她嘴里蹦出来了。她在山上遭遇的奇异转变仿佛某种休克疗法。她告诉最好的朋友多维，说那天要去见一个人，但连多维都不知道她目睹了什么景象。寻常的树林中升起烈火，她不知道那是什么。她也没有像摩西下山时那样把话写在碑上。但是，和摩西一样，回家后的她对日常事务感到心烦意乱。她为自己臆想出来的激情和差点给他人造成的伤害感到羞愧。海丝特并非是唯一一个生活在幻想世界中、自认为站在正义一边的人。人们就是这么做的，这个家里的人，也许所有人都这样。他们盖了房子，自以为了不起、得到了特别的祝福，走进家关上大门，并未意识到身后的山正在燃烧。黛拉罗比亚觉得自己从自满中被抛了出去，就像从一场车祸中被抛出来一样，离开那个火山谷后，她感觉自己变强大了，也感到有些失落。这次的感受甚至比她几年前生了死胎后回到家的那次更糟，那次的伤痛情况复杂，她避而不提。无论是过去还是现在，海丝特都不是那种会询问别人的私人烦恼的人。她似乎不熟悉那种思维方式。

瓦利亚开口说："你们都看《蠢蛋搞怪秀》[①]了吗？

[①] 美国一档电视节目，于 2000 年至 2002 年间在 MTV 频道播出，节目以一群人进行各种危险、荒诞、自我的特技和搞笑演出为内容，后来被拍成系列电影。

就是他们在结冰的湖里滑冰那期。结果吉普车掉进冰里沉下去了!"艾斯代普家母女俩很擅长转换话题。

瓦利亚的女儿克丽丝特尔一边摇晃着一头卷发一边说:"我不明白怎么能让那样的人上电视,这么说的话我的孩子们都该出名了。"

高中便辍学的克丽丝特尔有两个孩子,没有丈夫,她酗酒成性,人人皆知,但在嗜酒者互诫协会和山区教会团体的帮助下,她又从头开始,重新做人。现在她总是咬紧下嘴唇,好像随时准备好要把别人打个落花流水。显然,人得到救赎是要付出代价的。

海丝特把手伸到脑袋后面,把她那灰白色的细马尾辫一分为二,拽着两边同时用力一拉,把马尾辫扎紧。这是她让黛拉罗比亚发疯的无数个个人习惯之一。为什么不弄个紧一点的发圈呢?婆婆似乎在通过扯头发向她释放一个信号:看我不拽你。假如黛拉罗比亚打算在这个家里不再压抑自己,坦承真实想法,局面会很麻烦,它会让房间里的每个人都紧张到想夺门而出,包括她自己。但她似乎别无选择。她的内心有什么东西打开了,她感觉自己就像那辆停在冰上的吉普车一样倾斜了,离灾难越来越近,慢慢沉入湖中。她不得不承认,吉米这一页算是翻过去了,就像之前的其他人那样。严格来说,她从未对小熊不忠过,但婚后她就像戒烟一样一次又一次戒掉了对别的男人的暗恋。所以，就像那个典型的笑话所说：她现在应该很擅长这个了。她不再接吉米的电话，吉米也不坚持给她打。晚上她仍然清醒地躺在床上，只不过想的不再是几乎可以触摸到的情人，而是像旋涡和涟漪一样燃烧着的火焰。那一片火做的湖。

黛拉罗比亚深吸一口弥漫着羊毛脂味的空气，努力不去想那场大火和洪水。她干活速度不快。她的任务是每隔几分钟离开拣毛桌，到谷仓另一边去取新剪的羊毛。她绕过给科迪当护栏的木箱，轻轻摸了摸女儿毛茸茸的小脑袋，然后踏进男人们的领地。在灯火通明的剪羊毛的小隔间门口，她的丈夫正抓着一头白色大母羊的两只角，等着把它交给剪毛工，而他们骨瘦如柴的邻居皮纳特·诺伍德正站在对面的门口，准备送刚剪完毛的母羊出去。看到穿粉红色法兰绒衬衫的高大的丈夫，她笑了。经过多年的洗涤，她眼看着那件衬衫的颜色从勃艮第酒红褪成普通的火烈鸟粉，但他仍然说那是他的"红衬衫"，虽然他知道它不是红色的了。小熊才不是故意穿粉色衣服的人。

他示意她过去，用一只胳膊揽住她匆匆拥抱了她一下，可能是为了让她别妨碍剪羊毛的人干活。在紧张的咩咩声中两人无法闲聊，她站了一会儿，仔细端详剪毛工卢瑟·霍利。卢瑟五六十岁了，个子不高，脸上长着雀斑，腿还有点弯，他以前在高中里当过摔跤运动员，现在有妻子，也当爷爷了。他长得并不好看，但他拿起剪刀时手起刀落的样子还是会让女人动心。他把毛茸茸的母羊从小熊那里拽过来，把它的臀部摁在剪毛垫子上，母羊挣扎了五秒，"咩"了一声表示投降。他的左臂越过羊肚皮搂住羊脖子，右手则把电动刀片从脖子轻推到肚子，划了长长几道，就跟刮自己脸上的胡须一样小心。电动剪羊毛机看上去很古老，钢制滚筒颤抖着，机头安在一个长长的三脚架上，但到了卢瑟灵巧的手上，它变成了巧妙的工具。

她注意到每只母羊是如何通过溜槽来面对自己的职责的。它们先是在入口处停下，放低后腿撒尿，给自己一段时间揣度一番眼前的场景，然后才走进那扇门。好好看，长个心眼，黛拉罗比亚想，她对这些动物多了一份以前不曾有的同情，它们不能张嘴说话，那种无助的样子让她感到愤愤不平。今天她觉得这些羊比人聪明多了。如果身后的森林被烧毁，这些羊马上就会接受命运的安排。要么逃跑，要么退缩，它们会做出最好的决定，用草填满肚子，给自己留一条退路。它们对自己的处境更加讲求实际。还有边境牧羊犬。当周围的世界坍塌时，它们会前爪着地，竖起耳朵，耐心地忍受慌张失控的人类制造的混乱。

她的公公离威严的卢瑟远远的，待在谷仓门口附近修剪羊蹄，他把每只剪过毛的羊都仔细检查一遍，看看它们有没有被刀口割伤，然后拍一下让它们出去。卢瑟剪羊毛的技术很高，不会割伤动物，但她看到大熊装模作样地打开一大瓶碘酒，往伤口或怀疑有伤口的地方擦拭。大熊·特恩鲍擅长留意小损伤，他有这个天赋。牧羊犬洛伊和查理尽职尽责地绕在这些人周围，时刻警惕着羊群的动向，留意男人们发出的指令。一听到大熊的口哨，两只狗立刻化身为黑白犬王，威严无比，赶着羊群穿过迷宫般的板条和狭窄的大门，就像让沙子穿过沙漏一样。为了便于分拣羊毛，海丝特想让羊按颜色排序，首先是白羊，之后是银色獾脸羊、棕色摩立特羊，最后是黑羊。小熊喜欢抱怨颜色各异的冰岛羊看了让人心烦，但黛拉罗比亚喜欢它们在田地里混杂在一起的样子，喜欢它们对颜色的无视。棕色母羊生白色小羊，或者反过来，有时甚至会跟同一只公羊生一对颜色不同的双胞胎。小熊现在带过来一只白色的母羊，后面则跟着一只鸽灰色的大羊羔，六个月大了还想吃奶。那些贪得无厌的小公羊最差劲。普雷斯顿也一样，妹妹出生时他都三岁了，还哭喊着跟小宝宝抢奶吃。多年来，一个孩子哭着吃她的奶，另一个孩子则完全占据了她的身体，她觉得自己都被掏空了。深部开采和露天开采十分有效地同时进行着。这些小羊羔倒是不必和往后的弟弟妹妹们发生冲突，因为它们十天后就会被送往屠宰场。在公羊到来之前，他们必须让羊妈妈停奶，没有阉割过的小公羊不能待在公共草地上。所以，综合来看，屠宰场还是挺有吸引力的。

卢瑟朝黛拉罗比亚点了点头，从垫子里踢出一团不要的肚皮毛。他点头的意思是"你好，特恩鲍太太"或"过来扫干净"，或两者兼有。她抓起扫帚，把废羊毛扫进角落里那堆越来越高的羊毛堆里。剪掉了不能用的部分羊毛后，卢瑟把母羊翻过来，把它剩下的毛完整地剪下来，从脖子到尾巴，从一条小腿到另一条小腿，整套动作一气呵成，就像和对手完成了一系列摔跤动作。他这种俯身向前的姿势会把人累哭，但他整天干这个，所以看上去颇为轻松。

然而，一个女人不该穿着谷仓鞋在这里呆呆地盯着卢瑟看。黛拉罗比亚抱起一大堆废羊毛，给卢瑟清了场子，扔进她为科迪准备的大木箱里。"嘿，宝贝女儿，你看呀。"她哼唱着歌，把羊毛像雪片一样撒在女儿身上。她记得她小时候就认为雪应该是这样的：既柔软又可爱，而不是冰冷又潮湿。科迪激动极了，一把抓住羊毛，使劲把它们抛向空中，一次又一次地掉在地上。

黛拉罗比亚匆忙赶回剪毛间，去取卢瑟剪完的羊毛，把它们像大浴垫一样卷起来，抱到拣毛桌上。在这一天结束之前，她们要挑完大约两百只羊的羊毛，把里面的稻草和二次剪毛后留下的短毛挑出来扔掉。女人们干活很麻利，把一件件新羊毛抖开摊到桌子上，像焦急的动物给幼崽捉跳蚤一样仔细查看。她们把不要的垃圾扔到谷仓地面上，腿周围聚集了一大堆五彩缤纷的东西。这是他们今年第二次剪羊毛了。春天等母羊生完羊羔后，卢瑟会来给母羊脱去一个冬天板结在一起的脏毛，以便到夏天让它们珍贵的羊毛长得干干净净。这次晚秋时节剪的羊毛是一年中的大丰收。等这些羊毛被剔净杂质、装袋，高高地堆放在谷仓前，小熊和大熊父子俩就把它们装进板条箱，拉到纺纱厂。

她知道卢瑟只需几分钟就能剪完母羊后面那只羊羔的毛，所以跑回去取柔软的鸽灰色羊毛，小心翼翼把它分开。这些羊羔是第一次也是唯一一次剪羊毛，它们的毛比普通羊毛更细，更值钱。羊羔毛价格惊人，海丝特在网上卖给手工纺织户，每件可以卖到50美元。去年她一个季度就挣了买新电脑的钱。这些羊羔的肉已经和一家食品连锁店签订了合同，到圣诞节就会被人吃掉，但它们的羊毛还将继续为人们保暖好多年。

黛拉罗比亚回到她在拣毛桌旁的位置，恰好听见世界上无数故事的同一个结局："你敢相信这人会这么放肆吗？"显然她们谈论的是克丽丝特尔的某个朋友，但不清楚具体细节。这位朋友是来看望克丽丝特尔的，但不知怎么被她的孩子伤着了。

"他们只是像往常一样在胡闹，对吧？"克丽丝特尔每说一句话，末尾都用声调变成一个问号，"在玩喷水枪？詹森跑着躲他哥哥，我猜她想躲开他们俩吧？就在这时米卡尔就砰的一下。她说：'你们这些臭小子会毁了我的外套！'然后砰的一声，有人呜呜哭了起来。她要是担心自己的绒面革夹克上被喷上水，就不该穿它来我家，我是说，你好，难道你忘了，我是有孩子的人吗？"

黛拉罗比亚早已习惯了克丽丝特尔问号式的长篇大论，以及她对过去式和现在式两个时态的大杂烩混用，但还是不太明白其中的端倪。她把目光从克丽丝特尔转向诺伍德家的两个女人，她们都略显成熟，两人都染了一样的黑发，中间被一条白色发根分开。

"什么砰的一声？"在场没有人追问，于是她问道。

"车门夹着她的手了。"克丽丝特尔用低沉的嗓音懒洋洋地答道。她似乎厌倦了这个故事，但讲述起来依然那么起劲。

"哦。哎哟。"

"事情是这样的，"克丽丝特尔说，"布伦达的手指断了，我很抱歉。但世事难料。即便我的孩子不在那里，也难保同样的事情不会发生。"

"布伦达要求克丽丝特尔支付医药费，但克丽丝特尔拒绝了。"诺伍德家的一个女人小声解释道，仿佛黛拉罗比亚看电影迟到了，她在帮着讲述前情提要。

"你认识布伦达吧，她和妈妈是主日学校的。"另一个说。两个诺伍德家的女人一个是皮纳特的老婆，另一个是他妹妹，问题是，她们俩怎么长得那么像呢？可能是都染了奇怪头发的原因吧，像是一个奇怪的永久固定装置。黛拉罗比亚暗地里把她们俩想象成臭鼬。

"等等，我先理理头绪，克丽丝特尔，"她说，"你是说，如果米卡尔不在那里，布伦达关车门时还是会夹着自己的手吗？"

"世事难料啊。"克丽丝特尔用更坚定的语气重复道。

"哦，的确。我们中一些人的孩子可以证明这一点。"

海丝特朝黛拉罗比亚瞅了一眼，因为之前的话仍然余怒未消。她马上又要扯马尾辫了。"你还是管好自己的孩子吧。"她说。

黛拉罗比亚很愤怒。她的女儿自得其乐，像一个被关进四壁包有垫子的监禁室里的小疯子一样，在铺着羊毛的板条箱里四处扑腾。普雷斯顿在附近转来转去，嘴里发出男孩们爱发出的嗖嗖声，暗示他们在飞速行进。克丽丝特尔的一对儿子则在谷仓里到处乱跑，两人是小学生，满脸雀斑，个头比同龄人高，留平头，穿紧身 T 恤。那正是詹森和米卡尔。什么样的母亲会故意把自己孩子的名字拼错？黛拉罗比亚上次看到他们俩肩上披着空饲料袋，就像披着披风的超级英雄一样从阁楼楼梯上往下跳。现在他们不见了，这可不是什么好兆头。名叫罗伊的牧羊犬喜欢跟在孩子们后面看着他们，现在它耷拉着长鼻子，一副忧心忡忡的样子。

"普雷斯顿，过来一下。你的小伙伴们都去哪里了？"

他气喘吁吁地过来，齐刘海紧贴在额头上，小金丝边眼镜也歪了。"在外面。他们想踩便便，但诺伍德先生不让。看！"普雷斯顿猛地一跳，背对着他们，露出披在肩膀上的一件全白羊毛。

"别糟蹋了那块羊毛。"海丝特说。

他转过身来，学卡通人物咆哮道："我是羊毛超人！"

"哇，你有什么超能力呢？"黛拉罗比亚问，但是羊毛超人早就一阵风跑了，绕着拣毛桌，边跑边回答说，他会耍花招和吃草。不出海丝特所料，不到一分钟的工夫，淘气的他便把羊毛扯断了，这就足以招致他们一家人被赶走。海丝特命令黛拉罗比亚把普雷斯顿、科迪和另外两个孩子召集过来，带他们回屋待着。

她感到很受伤，想跟海丝特争辩，但海丝特这是在当众给她下马威。克丽丝特尔立即被降职到黛拉罗比亚以前的角色，跑去取下一件羊毛。看来黛拉罗比亚在春季剪羊毛之前再也见不到卢瑟·霍利的二头肌了。她去找孩子们，顺便告诉小熊，让他知道他们被赶回家了。她的愤怒化为一种熟悉的、深不可测的悲哀。这只不过是件羊毛，又不是特别值钱。一个更宽容大度的祖母只是为了让孩子们开心也会让他们玩上一天。这个女人一点都不理解孩子们的快乐。冰激凌、泥巴、用活饵钓鱼，凡是你能想到的东西，她都能让人扫兴。待在海丝特身边总让她想起小熊惨淡的童年，黛拉罗比亚真想一把抱起幼时的他，让他远离那里。也许所有的家庭问题都是从那里开始的。

　　五点半时，黛拉罗比亚平躺在公婆家不舒服的沙发上，科迪趴在她胸前睡着了。米卡尔吵着要吃结果没吃的果冻吐司还在地上的盘子里，詹森一脚踩了上去，她想给他脱下运动鞋，但被粗暴地拒绝了。他竟然还动用了拳头。作为一个三年级的小学生，詹森可不能被小瞧，他的身高和体重都快赶上她了。他很可能属于幼儿园里留级多年的麻烦生，那里的老师努力推迟不可避免之事的发生。那天下午，她只好跪在地上，用一条湿抹布擦地毯、地板和沙发垫子上留下的黏糊糊的脚印，想象如果漏了一个脚印，海丝特又会有多么生气。詹森开始跑，往墙上跺脚，看看能在上面留下多少果冻脚印，可怜的普雷斯顿看见后乱了阵脚，开始哭起来，他可是个尽职的小家伙。科迪莉亚也哭了。最后绝望中的黛拉罗比亚让他们玩"疯狂扑克赢钱"的游戏，让孩子们用鞋子当钱，她故意赢他们，这样就可以把惹是生非的运动鞋没收。她把鞋子藏到楼上的洗衣篮里。

正当她的思绪短暂游移之时，身下的沙发垫子忽然发出了狂躁的叮当声，把她吓了一跳。手机一定和她一样试图逃走，从她口袋里溜了出来。她不想吵醒科迪，想把科迪从身上挪走，但还没等她找到手机，铃声就停了。是多维打来的。她摁了回拨键。

"救救我呀，"她抱怨道，"我被困在一个迷离的时空，在这里，小孩控制了大人的大脑，还把一个大人变成长了三个脑袋的地鼠。"

"这种情况是够讨厌的，"多维说，"这怎么能行呢？是不是还长了三个屁股眼？"多维和黛拉罗比亚的姓氏是卡弗和科西，都以字母C打头。上小学时，老师按照姓氏排位，她们被安排坐在一起，从那以后，两人就再也没分开过。"你现在到底在哪里？"多维问道。

"在我婆婆家，换句话说，在地狱儿童管理部。你能过来一趟吗？我在这里可真要疯了。"

"不行。我正在上班间隙。三个家伙打电话请了病假,所以我不得不赶来上班。"

"三个?这么说你周六得歇业?真够糟糕的。"多维在现金俱乐部的肉类柜台上班,那可是个男人们的世界。多维个头小,操作绞肉机时脚底还得踩个箱子,但她还是咬牙挺了下来。她的座右铭是"人要温柔,刀要锋利"。

"今天田纳西大学有篮球比赛,"多维说,"我相信那些家伙打电话装病请假就是为了看球。是的,我们忙不过来,马上就要打烊了,所以你发了十几次短信我都没法回复。天哪,黛拉罗比亚。"

"抱歉。"她又躺了下来,小心翼翼地把科迪脸朝下放回到胸前,没有打扰孩子甜蜜的梦乡。

"问题不可能出在你家宝贝天使身上,"多维说,"是因为你吧。"

"其实是克丽丝特尔·艾斯代普的两个儿子。她和瓦利亚来这里帮忙剪羊毛,海丝特利用这个机会找我的茬呢。"

"哦,上帝。她让你照看的那两个臭小子,叫什么名字来着,爵士舞和麦克风?"

"没错。我被两个手拿AK-47塑料枪的小子拘捕,被迫当奴隶。"

"我问你,怎么还会有人造那样的玩具呢?"

"克丽丝特尔说，詹森和米卡尔要在万圣节扮演恐怖分子。"

"一点也不夸张。好吧，听着，你得让他们知道你的厉害。我的跆拳道视频里就是这么说的。瞄准对方的腹股沟。"

黛拉罗比亚压低了声音："说实话，我真有点害怕克丽丝特尔的儿子。她告诉我们说，一个朋友去看她，结果她的孩子关车门把人家的手指弄断了。"

"我建议你还是逃命吧。也许先放一段很长的视频，这样你就能跑出咱们这个州了。"

"放视频，你在开玩笑吗？詹森和米卡尔都很讨厌我，因为海丝特家根本没有 Xbox 游戏机。她家唯一能给孩子看的就是一张 DVD，就是那个声音嘶哑、有着一头蓬乱红头发的提线木偶。两个孩子正在一遍遍地看，可能是为了故意气人吧。"

"你知道吗？里面那个家伙就是我不要孩子的原因。那声音是制药公司发明出来的吧，为的是让父母都去买赞安诺①。"

"我的孩子品位可比他们好多了，你听。"说完她举起电话。普雷斯顿用手指堵住耳朵，绕着圈走，边走

---

① 一种速效镇静剂，常用于缓解焦虑紧张及恐慌症。

嘴里边唱着《威拉比·沙袋鼠》里的词："一只大象坐在你身上！"

"你听见了吗？这是我儿子。傻乎乎的像个疯子。他妹妹咬了一会儿毛绒玩具狗，睡过去了。"

"好吧，亲爱的，建议你也这么做。我得走了，我的休息时间快结束了。"

"好。我也去咬一会儿毛绒狗。"

"听着，黛拉罗比亚。"

"什么？"

"我们要不要谈谈？不是现在，再找个时间。"

"谈什么？"

"谈你。"

"谈我什么？"

"两周以前的周五发生了什么事。你和那个电话男。"

"什么也没有发生。我告诉过你。都结束了。"

"可是你对他超级迷恋啊。怎么就结束了？"

在她情感备受折磨、喉咙发紧到快要窒息时，她把这段婚外恋告诉了多维。即便多维认为有理由对她评判一番，还是什么也没说。虽然她的朋友也许会自取灭亡，但她对这件事保持了缄默，这可能是友谊最好的一面。多维自己的生活也并非坦途，她和离奇的命运交过手，与男人们纠缠过，似乎能理解黛拉罗比亚这种自我毁灭的欲望。现在令她不解的是好友怎么就回归了理智。黛拉罗比亚明白她为什么这么想。这两个事件相比，后者的确更超出常理。

"如果有合理的解释，我会告诉你的，多维。现在我只能告诉你：这不是我做的决定。发生了一件事，让我意识到自己过去瞎了眼，但现在明白过来了。"

"现在你都说疯话了。有关宗教信仰吗？"

黛拉罗比亚很痛苦，不知如何作答。二十年来，她什么事也没向多维隐瞒过，却不知如何描述这件事。"你趟过江河，水必不漫过你。你从火中行过，必不被烧，火焰也不着在你身上。"这是《以赛亚书》里的话。"与宗教信仰无关。"她说。

"我了解你，"多维说，"但是我不明白。"

"我也不明白。"

"好吧，但这事还没完。"

"好吧，回去干活吧，再见。我听到救援小队回来的声音了。"

剪羊毛一定结束了。她能听见他们在前门外跺脚，甩掉靴子上的泥巴。黛拉罗比亚知道，她应该打起精神，这样海丝特才不会叫她"懒黛西"，可是她身上趴着正在熟睡的宝贝，让她在沙发上动弹不得。两只牧羊犬冲了进来，绕着满是玩具的客厅跑了一圈，就像美国西部片中的治安官审视被毁掉的印第安人营地一样，扫视一番后上了楼。狗在楼梯上的脚步声听起来像瀑布倒流。

从她平躺的位置上，她看到公公大熊正在俯身和卢瑟说话，一副咄咄逼人的样子，显然两人就支付到期款项问题存在分歧。当然，大熊知道把握分寸。养羊户都害怕得罪卢瑟，害怕在给他写支票时故意少报羊头数的话会被他从剪羊毛的名单上一笔划掉。卢瑟是全县唯一的剪毛工，剪毛技术一流，在当地可能比所有医生或毒贩还受欢迎。事实上，黛拉罗比亚和小熊不得不改掉匆忙定下的婚礼日期，就因为那天恰好是卢瑟在他的日历上标记的给他们家剪羊毛的日子。她和海丝特争论过这件事，直到今天，她仍然觉得把自己的婚礼让位于剪羊毛是莫大的耻辱，但他们最终还是把婚礼从十月推迟到了十一月，与此同时她的孕期也过了三个月。倒不是说当时她的肚子已经有多明显，但妥协婚礼这件事非同一般。那是十多年前的事了，即便在那时候，卢瑟也是唯一的剪毛工。年轻人都不想干这个苦差事，他们更喜欢开车或盯着屏幕看电视。

她四处张望寻找丈夫小熊，但他没回家。海丝特可能留他在那里打扫了。她和其他女人正站在厨房洗涤槽边洗碗，唯独不见克丽丝特尔的踪影。克丽丝特尔很可能在某个地方密谋再生一个可怕的孩子，并把那个孩子也扔给黛拉罗比亚吧。她想,这人根本不会道谢。她轻轻地坐起来,把科迪安顿在沙发垫子上,并警告普雷斯顿别在妹妹旁边吵闹。詹森和米卡尔正在用CD边缘沿乐高积木对角线往下按,让它们弹到空中。她挺了挺僵硬的背,等着某个足够有理性的成年人对她表示感谢。

"不客气,"她终于忍不住开口了,"我还是去看看我丈夫是否需要帮忙吧。"四个女人同时转过头来呆呆地看着她,仿佛她的生活变成了一出糟糕的校园剧。"孩子们饿了,"她补充说,"如果你们想给自己弄吃的,吃的时候别忘了他们。"

外面的影子比她想象的要长,这就是冬日漫长的黄昏。大熊的围猎犬吸着鼻子,喉咙发出低吼,也许是闻到了山脊上浣熊的气息,盼着去追赶它们,把它们撕成碎片。房子后面是那栋金属建筑,看上去是在卡车墓地的正中间,风砰砰地敲打着建筑的门,大熊的机修车间就在里面。黛拉罗比亚甚至从未踏进那个车间一步,她知道那会令她很想家,想起很久以前父亲做家具的地方。即使这个念头转瞬即逝,砰砰作响的车间门也会勾起她对父亲的回忆:她坐在父亲的肩膀上,摸着炮弹头形状的床柱顶,那是他用木头在车床上加工而成的。

她从牛仔裤后面的口袋里掏出一包压扁了的香烟,点着一根,心想,要是有人让她再多等一分钟,她也许早把烟拿出来抽了。她努力控制自己不在孩子们身边吸烟。她只偷偷吸过几次,其中一次还是她上楼去藏詹森的鞋子时抽的,就这样而已,在六个多小时里只抽了一次。事实上,那天海丝特的责备起了一些作用。黛拉罗比亚在泥泞的地面上小心翼翼地走着,觉得自己迷糊的脑袋变清醒了。她走进谷仓,里面的羊毛像蓬松的大雪花一样飞舞,荧光灯很亮,看上去像下过雪一样。她发现扫帚就在草耙和垃圾袋旁边,还是她之前放在那里的。如果小熊在收拾打扫,那他可真不懂行。他去哪里了呢?她开口说话时有一种奇怪的感觉,总觉得自己嘴里会发出提线木偶的尖细声音,而他会用孩子的声音回答。她不是生于这个家,因此在这个家地位低下,但他们没有理由这么对待小熊。如果父母对你的最大期望是让你打扫废羊毛,你怎么能有大作为呢?黛拉罗比亚想,如果她是由海丝特这样的母亲养大的话,她也不会有多大的进取心。那个女人对任何人都那么苛刻,今天甚至为了二次剪毛对剪毛工发了几次火,但是他对她不予理会,和他对待大熊的姿态一样。也许卢瑟旁边那个震天动地的金属机器把全家人都震慑住了。黛拉罗比亚也可以用上类似的东西。

"小熊?"她喊道,听到了一声微弱的回答,不知道是动物还是丈夫发出的声音。她一个接一个地朝围栏里看，里面都没有羊。剪毛间里的肚皮毛已经深及膝盖，这么说克丽丝特尔一定是在十秒钟之后便从岗位撤离了。她可真够幸运的，能叛变而且不受军事法庭审判。黛拉罗比亚一遍遍地喊着小熊，每次都能听到应答声，最终她意识到声音来自头顶。她爬上通往干草棚的狭窄楼梯，发现他正仰面躺在一排干草捆上。每年的这个时候，干草棚都会从上到下被装得满满当当，像打包完毕的行李箱一样，如今却空着一大半。他们错过了夏末的收割，因为割草、耙草、给干草打捆需要连着三天的不下雨的时间。他们认识的农民全都眼巴巴地等着天气预报的好消息，就像赌客们指望着发大财一样：一些人冒着风险割了草，结果天下了雨，干草也完了。其他人干等着，最后也错过了。

"小熊，亲爱的，你怎么了？死了吗？"

"差不多了。"

"我以前见过你比现在更糟的样子，但一看见冰镇啤酒就来精神了。"

他坐直身子："你有啤酒？"

"从你妈厨房里拿吗？"

他扑通一声又躺回到干草上，摘下帽子盖住脸。她在他对面最矮的一排干草捆上坐了下来，这些干草像一段通向橡子的宽楼梯一样堆放着。保留加工方捆设备的农场不多了,取而代之的是便于拖拉机和耙子搬运的大卷。但是这些是不错的家具。她把其中一个拉到旁边当脚蹬子,翘起短腿,靠在扎人的干草墙上,等着丈夫再次缓过劲来。他仰面躺着,真像一座山:中部最高,两头逐渐变细。他把脸上的帽子拉得更低。

"你只是累坏了。"她说。

"不,不止这些。"

"怎么,你病了吗?"

"烦透了,累死了。"

"烦什么?"

"农活。"

"明白了。"她意识到手里的香烟还没抽完,只有傻瓜或城里人才会在干草棚里抽烟。草棚会在瞬间着火。但今年不会这样,这一年,急躁的乌龟从泥塘里爬出来,就是为了寻找地势更高的地方,在潮湿的地面上四处游荡。抽烟有可能还会让这些干草变得更干些。小熊显然并不反对,因为他还是躺在那里一动不动。过了一会儿,他开口了,帽子还在脸上。

"爸爸打算和一些伐木工签合同。"

"你是说要伐木?在哪里?"

"我们屋后那片山谷,一直到山顶。"他说。

"他是又着了什么魔,要那样做?那片林地已经在那里有段时间了。"

"税钱涨了,他的设备贷款也涨了。我们俩还拖欠了房款。今年收入甚至还不如去年。他还打算今年冬天从密苏里州买干草,因为我们自己的干草损失太严重。"

她看了看两只手的手背:"我们俩只不过拖欠了一个月。"

她一直希望公婆对那笔未付的款项不知情,但农场里赚或赔的每一分钱都在账本上记得清清楚楚。公婆清楚他们生活的每一个细节,他们的邻居也知道,最终整个社区也就知道了,这还多亏了"美发中心"那帮传播小道消息的家伙。

"我和银行里的那个家伙聊过我们的欠款问题了,小熊。埃德·卡梅伦,那人你认识。他说这没什么大不了的,只要我们在年底前还上就行。"

"爸爸的设备贷款被取消抵押品赎回权可不是件小事。"

她感到心里一沉:"这不是大问题吧?"

"有人说是。"

她想扔东西,不一定是冲着小熊。她痛恨公婆,连这么大的事也把他们俩蒙在鼓里。大熊在车间修理机器、制作金属用品,赚的钱和这个谷仓其他全部收入加起来一样多,甚至更多。多年来,他一直合同不断,为工厂制造替换的零件,为交通部门制造东西,据她所知,是为护栏制造托架。黛拉罗比亚并不插手。大熊似乎觉得这些合同比一般的农场活计更重要,也许是因为他在军队里学过焊接。他借了一大笔钱来扩建机械车间,几个月后各地交通部门突然陷入财政困境,人们痛恨政府支出。设备贷款有土地留置权[①]作担保。

"那么,如果这个农场一夜之间损失过半,我们会怎么样呢?"

小熊依然躺在干草堆上不说话。农场之外他唯一的收入就是偶尔开卡车运送碎石,最近这家公司业务也少了。经济不景气,人们安于现状,继续使用糟糕的碎石车道。

他对这场危机反应迟钝,这在预料之中。要发生火灾吗,先睡一小觉再说。她试着问了一个更简单的问题:"你是怎么知道这个消息的?"

"听到的。他在一天内跟皮纳特·诺伍德说的话比跟我一年说的还多。"

"天哪,如果他告诉邻居说要玩完了,那我们一定快完蛋了。你了解你爸爸的为人。"

[①] 一种担保物权,允许债权人在债务人未能履行债务时,留置或扣押债务人的土地。

"是的，没错。"

"大熊·特恩鲍一听到坏消息，保准能一下子把它传千里。"

"我知道，我也是这么想的。我猜诺伍德家情况更糟。皮纳特也想把他家的树砍了。他们说一次性全部砍光最好了。"

"全部砍光，亲爱的，你能不能坐起来像个人似的好好谈谈这个问题？你的意思是说他们要把树全都砍倒吗？"

小熊坐起来，忧郁地看了她一眼。他的裤子上粘着羊毛，头发上也有干草，真是好看啊。"这样给钱最多。爸爸说，不用挑树选树的话，砍起来更省事。"

她盯着小熊，想在他身上感受到两人神圣的婚姻，但还是像往常一样扑了空。在他身上，她看到的和原来一样：窄脸，长下巴，尽管肚子略鼓，却让人觉得瘦削。睫毛浓密，眉毛乌黑整齐，就像额头上一条中断的铅笔线，被眼睛上面一束浅色的额发遮住。她的肚子在婚礼上已经显怀，这也是他们结婚的原因，但她对先前的动机却有些模糊。她回忆起了那辆漂亮的卡车，其他被取消的计划，也许还有些许遗憾。一个叫达蒙的男孩曾疯狂地吻她，最后却弃她而去。她恋爱失意的时候，小熊出现了，除汽车修理外，不管在什么情况下他都会保持着坚如磐石的信念,这一点她比他自己还清楚。在性面前,他不知所措,又充满感激,她这种地位的姑娘在他身上激发出了那种近乎宗教式的敬畏。这些孩子气的东西让他变得可爱。但你对孩子气终会有厌烦的一天,这就是问题所在。这句话应该刻在每个女人的结婚戒指上。

"这么说,这件事已经定了,"她最后说,"他和伐木工人谈过了吗?"

"他说,不能切成木材的太小的树可以用来造纸。"

"哦,小熊。他们会把这里弄得像个战区,像布奇曼那地方一样。他们给那座山伐木后,你见过吗?它变成了垃圾场,只剩下泥土和碎木屑。"

小熊动手把牛仔裤膝盖上贴着的白羊毛一根根地摘下来。空气太干燥了,羊毛被静电吸住,紧贴在他身上。真是奇怪,湿度一夜之间就降下来了。她在地上清理出一小块地方,然后用工装靴的脚趾处小心地把香烟踩灭。她说:"每次我去'美食大王'饭店,都会开车经过那里。整个地方看上去就像被炸弹炸过。然后天开始下雨了,整座山体都滑到了路上,他们派修路工人铲除路上的淤泥。我敢打赌,自七月以来我已经见过六次了。"

小熊用低沉的声音表示认输:"好吧,这样的话你再开车去买食品杂货的时候就不用经过爸爸家上面那片山谷了。"他已经失去了兴趣,准备转换新话题,就像他每天晚上在电视机前面毫无表情,不停地浏览频道一样。一个穿丝质西装的艳俗女人正在描述一条人造翡翠项链,突然画面又转为人们在亚马逊钓到的最大的鱼。或者从福克斯新闻突然变成一个深夜喜剧演员拿基督徒和南方人开玩笑。小熊声称频繁换频道能让他放松,这让黛拉罗比亚咬牙切齿。

"我得回去了。"她说。海丝特在给普雷斯顿和科迪准备晚餐,其中很可能包含"窒息危险清单"上的一系列物品:葡萄、豌豆、横向切的热狗。和小熊争论没有什么用,因为他们俩在家庭计划中都没有发言权。她和丈夫就像坐在汽车后座上的孩子,不知道车开往哪里,却为目的地的优点争吵不休。

她站起身来,但不是朝楼梯走,而是冲动地走到了阁楼尽头。为了给干草透气,那里有一扇撑开的大门。人可以从干草棚一路跑过来,轻轻一跳就可以腾空而起。平生第一次,她清晰地明白了一个人为什么会选择这条飞行之路:因为这个人迫切需要另一种选择,而摆脱现状的唯一出口便是一扇高高的窗户。她自己就差点这么做了。只差一点。想到自己竟如此鲁莽,她吓坏了,不由得从干草门后退一步,闭上眼睛,试图冷静下来。

她睁开眼睛，看到羊群在暮色中转来转去，被剪掉羊毛后它们都瘦长得出奇。海丝特教堂的博比牧师说耶稣从高处俯视着他的羊群，这似乎很贴切：无所不知的造物主可能会发现，人类和这些绵羊一样，都是无知的小傻瓜。现在它们像疯了一样撞在一起。海丝特说，羊头相撞的时候，羊群正在决定谁是老大，所以在某种程度上这很正常，但黛拉罗比亚注意到，剪完羊毛后它们总是无法确定谁是老大。她问过这个问题，但家里没人能说出个所以然来。她现在站在一旁看着，奇怪地看入迷了。脾气暴躁的母羊垂下犄角，把不是自己生的小羊羔们赶走，谁让可怜的小家伙们找错了乳房。尤其是一只老母羊，它正跑着撞向那些弱不禁风的羊羔，这让她再次重温起很久以前就解决了的争论。尽管它们一直在一起，但突然间就成了陌路。在寂静的夜晚，她一次次地听到脑袋碰脑袋、羊角碰头骨所发出的沉闷的撞击声。它们这么做一定有很好的理由，动物的行为似乎都有目的，不像人。

她突然恍然大悟：是气味。羊必须通过这个认识彼此。随着羊毛被剪，它们身上的独特气味被清除殆尽。它们的身份都模糊了，直到它们再次产生属于自己的独特气息。黛拉罗比亚为自己解开了这个谜团而感到骄傲。也许有一天她会把这个告诉海丝特。

她走回去，在小熊对面坐下："抵押品赎回权被取消的事，你觉得你的家人打算什么时候告诉我们？"

"不知道。"

"有一天电话会响起来，他们会说：'嘿，带着孩子们，收拾好东西，再去开始新生活吧，我们刚刚失去了一半家庭财产。'或者他们搬来和我们一起住，还是我们搬到他们那里住？小熊，我发誓，再让你妈和我在同一个屋檐下过日子，这不可能。你还不如现在就打911直接搞定算了，因为会出人命的。"

"我知道，亲爱的。"

"如果他无法付款，他们为什么不直接收回他的设备呢？"

"还有折旧，我猜。这还不够。他们还要农场的留置权。"

这让她感到很震惊。那些设备几乎都是全新的。她想知道是否有人完全明白，银行只需要说一句话就能把实实在在的东西化成乌有，让你的生活发生天翻地覆的变化。"这么说你觉得他真的打算伐木了？"

"他说已经差不多定下来了。正在签合同。"

"他们是这里的人吗？"她问道。

"谁？"

"伐木公司。负责伐木的。"

"你在开玩笑吧?这个县里,谁还有什么值钱东西啊,除了蹲在上面拉屎的马桶?"

"谢谢你说得这么生动。"她想起了一篇杂志上的文章,文章建议夫妻上厕所时务必关上门,以保持婚姻的神秘和性感。她不记得自己是否真的读过那篇文章,还是只是希望有人能把这个写出来。

"不,"小熊说,"是个从诺克斯维尔来的家伙。那还不是总部,公司是一个批发商。打西边来的。"

"这说得通了。大老远地来这里,把穷人的树拉走,谁知道他们去制造什么。我想是给城里人造厕纸吧。"

"亲爱的,我们需要的是钱。"

"我知道。我们还是唱乡下人的民谣吧:安于现状,知足常乐。"

"很遗憾你这么想,但我觉得我们别无选择。"

他看上去很难过。他这个窝囊样让她想出拳揍人,他那些难过的样子。她真希望他会生气。他可好,坐在那里慢条斯理地从牛仔裤上扯羊毛,这让她怒火中烧。除了偶尔在卧室床上有所例外,小熊这辈子干什么事都慢腾腾的。光是掏空裤子口袋就得花上他四十分钟。以前上高中时,多维叫他"闪电"。多维知道黛拉罗比亚第一次和他约会后感到非常生气。她们俩曾一起发过誓,要找就找年纪大些、有文化、有钱的男人,带她们离开这里，任何地方的男的都可以，除了本地人。

她可不能这么想。黛拉罗比亚现在在强迫自己变成另一个人，一个来自火星的、性格更好的妻子。从山上下来时，她感觉这里肯定有新状况发生。她放慢了呼吸，注视着粘在他牛仔裤上的细羊毛，当他把它们从牛仔裤布料上扯下来时，这些细毛笔挺地直立着。几个月以来，夜晚的空气第一次变得清爽干燥，充满了希望，还有静电。她把空气突然干燥的秋天夜晚称作"火花天气"，连睡衣碰上床单都会擦起火花。为什么凉爽的天气会使空气变干燥？她无数次想过这类问题。没脑子的人会这样回答：毛毛虫能预测天气，上帝行事神秘。得了吧。她知道她应该对那些智力低下的人有耐心，但怎么每个人的智力都低于平均水平？她怀疑大多数人只是在混日子而已。

她亲眼看见山上的树木在燃烧。不知为何，只有她一人知道这件事。她在想什么呢？现在一想起这个，她就惊慌失措，心头发紧。"他们不能砍伐那座山上的树。"她说。

"为什么不行？"

"我也不知道为什么。"

看见那片火湖，小熊会怎么理解呢？通往世界尽头的路？这是他听了一辈子的生动的道德暗示，或许他也相信这个。是启示吗？她的思维方式与众不同。火焰和洪水相互对立，相互抵消。"这个世界会让人惊叹，"她最后说，"山上可能有什么特别的东西。"

小熊抬起眉毛："他卖的是树，黛拉罗比亚。"

她犹豫了一下，她知道他对那些为了树而拯救树的人很是警惕。想得美，它们又不是你的树，也不是你的抵押品赎回权会被取消。"但是是什么样的树呢？"她追问道，"我的意思是，是大树还是小树，是红的还是蓝的？如果大熊要签伐木合同，我想他至少得先上山去看看他要卖的树是什么样吧。你们俩都该去。"

小熊不再挑牛仔裤上的羊毛了，他看着她，好像他面对的是一个全新的妻子，就像那些被熟悉的事物所迷惑的绵羊一样。他摘下帽子，用一只手摸了摸竖直的头发，又戴上帽子，同时一直打量着她。很久以来，她一直在被人忽视，如今第一次感觉自己受到了关注。

"为什么？"终于他开口问道。

"为什么？到自己家的地里去看看不行吗？"

"还不是我的地。"

她把耙子拿到这里来了，现在她想象自己走到干草棚门口，把耙子扔出去，就为了听到那令人满意的金属撞击声。小熊仍然开着他们约会时的那辆皮卡，现在它的引擎正在进行第三次大修，车开了那么多英里，你以为他肯定去过很多地方，但他连一条国境线都没见过，也不在乎这个。他本来就没什么精气神，精疲力竭时像一座山一样躺着岿然不动，她怎么才能让他有行动的热情呢？

"如果那不是你的地，那么我们是什么，佃农吗？"她问道，"我们经营这个农场，它几乎是我们生活的全部，即使你父亲还在世，里面也该有你的份。你为什么不愿意表现得好像世界上有一样东西是你的？"

"那只公羊溜出来时，我不是还围着篱笆走了一圈吗。"

"耶稣基督啊，那还是我怀着普雷斯顿的那年冬天。"

"没必要妄称主的名。"

"我已经有五年没见你到谷仓外去看看了。这是事实，小熊。你怎么知道那个山谷里有什么？什么都有可能。你们想卖东西，甚至连它是什么样都不知道。"

"嗯，我想不会有金矿吧。只是树而已，绿色的树，我想。"

"是树。但你可以去看看啊。伐木公司坑人没商量，他们会谎称你的木材一无是处。"

"你怎么知道的？"

"我们都去过那里，我们俩。我们在那个猎火鸡窝棚里还喝了瑞波牌饮料呢。"她脸红了，她白皙的皮肤随时准备出卖她。但小熊对此毫不怀疑,他会以为她脸红是因为他们夫妻俩在里面睡过。

他笑了:"也许我们改天再去那里,宝贝。"

"好,我们去看看。在你带着震惊和敬畏去砍倒所有的树,把你家的土地变成他妈的伊拉克之前,我们再去看最后一眼。"

"特恩鲍家的地盘上没有阿拉伯人,黛拉罗比亚。"

"我不是这个意思。不管怎样,山脊上也许有恐怖分子在安营扎寨呢。谁会发现他们?附近没有谁会从该死的小卡车里出来,过去看看。那个山脊可能是世界上最安全的藏身之处。"

小熊翻了个白眼,她感觉自己真是白费力气,就像一只追逐着自己的尾巴的狗。她看出来了,这场争论和他们所有的争论一样正朝着一个方向发展:从实实在在的抱怨开始,最后沦为琐碎的废话的流沙。但她依然义愤填膺。"你和你爸爸应该时不时地去看看自己的财产,我想说的就是这个。"

"你为什么突然对我唠叨起这个来了?"

"不知道。我也有一些原因吧。自家后院的宝藏可能比想象的要多。"

他摇摇头。"和你一直以来说的没有什么两样。加油,小熊;快点,小熊。"

"才不是。"

"那么，我该怎么办呢？上个月全地形越野车的车轴又坏了。"

"车轴是自己坏掉的吗？和你那帮醉得不省人事的兄弟没什么关系？"

"他们都没完全喝醉。"

又来了，她想，又陷进愚蠢的流沙里了。她站了起来。"我要回去了。我只是想说，如果我没记错的话，上帝让你长了两只脚，是让你把一只放在另一只前面走路的。你该上趟山，在东西卖掉之前去看看。这样才能做笔好买卖。"

"好买卖。你是什么时候拿到女企业家学位的？"

他的这种不屑使她吃了一惊。那不是小熊会说的话，他只是鹦鹉学舌，重复他父亲的话，坚持着自己身为男人的最后防线。她头也不回地朝楼梯走去。"我知道了。生意好不好，不关我的事。"

促使他们上山的原因有很多，黛拉罗比亚的坚持是其中之一。大熊和皮纳特·诺伍德对伐木公司的不信任，可能还有彼此之间的不信任，构成了剩下的原因。四个戴安全帽的男人标出了提议砍伐区域的界线，并宣布由特恩鲍和诺伍德两家决定界线标志是否合适。这些戴安全帽的人是加州真正决策者的分包商,他们来自诺克斯维尔,开着一辆小型货车,上面写着"金钱树产业",被怀疑也是很自然的。

小熊集结全力修好了越野车,这样他们就不用徒步上山了。他的四个朋友花了将近一周的晚上才把坏掉的车轴修好。多维对黛拉罗比亚说,一个人为了让自己少干点活,可以付出永无止境的努力。在一个周五的早晨,队伍出发了,小熊坐在驾驶座上,大熊坐在副驾驶座上护驾,皮纳特·诺伍德抱着膝盖坐在货斗里,他的身体还不够结实,不然就能像一捆干草那样被装在里面。黛拉罗比亚站在厨房窗户前,看着那辆矮矮的车沿陡峭的牧场斜坡爬行,就像一只又宽又平的蟾蜍背上驮着三个男人。她的生活变成了某种童话故事,在故事中,她的家人一个接一个出发,到大路上迎接他们的命运。她说不出她希望那些人能在上面发现什么,但她心烦意乱。他们出发十分钟后,她发现自己正在叠洗衣篮里的脏衣服,而干净的衣服则堆在烘干机里。

不到一个钟头后男人们回来了,惊愕万分地要带妻子们去见证。

每个人都坐车是不可能的。他们只能步行。黛拉罗比亚让自己吃了一惊,她居然主动要求一起去,尽管科迪莉亚还在高脚椅子里吃麦片,而她中午还得去接从幼儿园放学的普雷斯顿。不管怎样，她还是这么要求了。那天上午多维不上班，可以过来帮忙照看孩子们。小熊让父母耐心等上十分钟，等着多维赶过来。为了黛拉罗比亚，小熊变得出奇地果断。

他们上山时，她心跳加速，其中的原因有很多，主要原因是他们要重走她最近带着惊人的意图走过的那段路，只不过这次有丈夫和家人陪伴。这感觉就像她参加了一档真人秀节目，有人随时准备揭发她的一连串失败，然后引起轩然大波。她身为人妻，却一直不合时宜地暗恋他人，背叛了婚姻，虽然只是在精神上。他们穿过牧场顶部的泥地，发现羊群已经把四周的草吃了个精光，他们对此感到十分苦恼，深信另一边的草会更绿。他们就像上次溜进这扇门时的自己一样，她想。他们还像院子里的狗，踏着"带我离开这里"的旋律，不停地在活动范围的边缘踱步。小熊扶着大门让她通过，她不敢与他对视。

面色红润的大熊在前面带路，大块头的他是他们一行人的排长。多年前他曾在军队服役，现在仍练举重，发型、血压依然保留着当兵时的一些痕迹。他身高六英尺四英寸，虽然年事已高、体重不轻，但一直体格强壮、肌肉发达。他的裤子是海丝特偶尔去诺克斯维尔购物时特意从那家叫作"尺寸之家"的店里买的。小熊几乎和他一样高，但还能穿上36或38号这样普通尺码的牧马人。对黛拉罗比亚来说，这个码听上去更像是电视屏幕尺寸，而不是裤子。她猜也许是越南之行造成了老伯利·特恩鲍与儿子的差异，他们的身材如此相似，举止却截然相反。就像那些向人保证装着一样的东西的盒子，里面的内容可能已经定型。她能听见小熊气喘吁吁地跟在后面，几乎插不上话。两个老男人不给他机会。大熊和皮纳特·诺伍德说了很多，但什么也没解释清楚，大多数情况下只是反驳对方的话，或者声称这事不可能被解释清楚。他们觉得那些东西是昆虫，而这还是小熊第一个说出来的。

海丝特转向他："儿子，如果你把我拖上山去就为了看什么虫子，我会给你一巴掌，打得你皮开肉绽。"

尽管受到了威胁，小熊还是继续说："不是普通的虫子，妈妈。很漂亮。你说是吗，爸爸？"

大熊和诺伍德尽管无法在别的问题上取得一致意见，但这次两人都说是真的，实在是太漂亮了。或者，如果没有那么多，多到整个地方到处都是的话，那确实会很美。

"你不会相信的，"小熊警告说，"就像有什么东西占领了世界。"

他们排成一列走在大路上，众人消停下来不再说话,集中全力登山。高高的山脊上传来一只雄火鸡的叫声,一只雌火鸡应声作答,野火鸡们这就开始繁衍后代了。若是在平时,不管哪个队伍里的男人听见了这叫声,都会立刻大喊要把步枪拿来,但今天没有。黛拉罗比亚不记得有哪个十一月比今年更惨淡。连绵不断的雨让树上的叶子过早地凋零了。树上的叶子颜色刚变了没多久,树就像掉头发的化疗病人一样,一簇簇往下掉叶子。几束栗色的黑莓树叶仍在坚守阵地,但蓝色的紫菀变成了白色的绒毛,整个世界似乎颜色尽失。最近海丝特院子里那些光秃秃的梨树又开了花,令人称奇,树上突然冒出小小的花苞,就像脸上鼓起的小疙瘩。夏天从没真的热过,寒冷也未如期而至;现在,一切活着的生物似乎都带着不被爱的痛苦热切地企盼阳光。四季分明的世界已然消亡。

至少现在没有下雨。黛拉罗比亚很高兴能透过夹克感受到肩上的温暖,以及一种她几乎已经忘记的阳光的力量,即使现在他们走进了森林深处。天空不是蓝色的,而是高空云层在薄薄的反光板上呈现出的冰冷的白色。如果她记得那副带度数的太阳镜放在哪个抽屉里,现在就可以戴着了。当然,她今天戴了眼镜。不管山上的东西是什么,她都想看个清清楚楚。她看到树上挂着一条条橙色的胶带,但男人们现在对这些界线毫不理会。大熊一直催着队伍往前赶。黛拉罗比亚排倒数第二，前面是婆婆，后面是小熊。她渴望能休息一下，或者抽支烟，两个愿望能同时实现的话就再理想不过，但她死也不愿张嘴提出这个要求。人家几乎没请她来。皮纳特·诺伍德抓着自己的胸口，这举动燃起了她的希望，也许他会让大家停下。还是别指望穿黄牛仔靴、精瘦结实的海丝特了。前进的基督徒士兵们。黛拉罗比亚把目光从海丝特由松垮的李维斯牛仔裤包裹的精瘦屁股上移开，她相信小熊会认为她的屁股更好看。每当她抱怨自己太小巧时，小熊都会说她就像一辆跑车：后备厢里没有多余的东西，但加速所需的部件却一个不少。也许这就是他保持前行的诀窍吧。早在结婚前，她就知道拥有一个被人爱慕的身体是种强大的力量，走进一个房间就能改变其能量场。她想知道这是不是她的问题：她总是爱上那些奉承她的男人。这让她看起来是如此浅薄可耻，她希望这不是自己的价值所在。她透过树林往外看了看，两周以来，除了树变得更为光秃以外，一切都没变。当然还有她自己。除了清醒时的每一分钟和梦中时常出现一团奇怪的火焰外，什么也没有变。

他们绕过小路的一个拐弯处，深绿色山脉一览无余，在他们上方展开，崎岖不平的山脊上点缀着几棵冷杉。到处都是石灰岩峭壁，灰色牙齿透过幽深的树木咧开。只要有阳光照射，山顶就发出微弱的光。颜色可能是光线造成的错觉。但事实并非如此。她转过身来，鼓起勇气瞥了一眼小熊的脸。

"是这个吗？"她平静地问，"照在树上的光？"

他点了点头："你知道，对不对？"

"我怎么会知道？"

他不说话了。他们继续向前走。她心里满是内疚，仿佛在一百条小路上奔跑，纳闷他是不是话中有话？难道他知道她来过这里？不太可能：读心术、说梦话，这些事情都发生在电影里。她只告诉过多维，相信多维即使受到刑讯逼供也不会出卖她。他们走进阴暗的冷杉林。这里树的密度与开阔的天空、掉光叶子的落叶林稀疏的树干大不相同。

"究竟为什么要把常青树种在这里呢？"黛拉罗比亚问道。她想听人开口说话。

"大熊爸爸不是唯一一个，"海丝特说，"还有其他人也种。皮纳特，你爸爸是不是也种了一些？"

黛拉罗比亚早就隐约意识到这是一个敏感话题，但现在她明白了。它们是家里人的玩笑，无用又傻里傻气的圣诞树。也许她不该问。

"推广人员让他这么做的，"诺伍德说，"栗子树得了枯萎病，他们正要找新树苗种进去。为了圣诞树市场。"

"圣诞树市场,"大熊啐了一口,"二十世纪四十年代的时候,人们可以从自己的林地里砍下一棵雪松,一分钱也不用花。这些树卖不了几个小钱,不值得费力气把它们拖出来。"

老杉树现在有五十英尺高了,她的脑海中浮现出一个词——"圣诞过去之灵",同时还有指着墓碑戴着兜帽的骷髅,这幅画面把小时候的她吓得魂不附体。这幅画面出自图书馆里的一本书,作者是查尔斯·狄更斯,但那是未来之灵,而这些只是老树。[①] 只能叫坏时机之灵。她不想提起这件事,但她知道一些农民又开始种植圣诞树了,雇的是来做冬季劳工的墨西哥工人。大概和那些夏天来弄烟草的是一批人吧。他们以前冬天时还回家,现在一年到头都待在这里,就像格雷特力克的鹅一样,不知怎么就不再往南飞了。她在一些倒霉的地方见过这些人,比如"现金仪式",她和多维把它叫作"宰人没商量",这是一家位于费瑟镇的店面,有时该付的账单太多,她不得已去那里预支小熊的薪水,不过会被克扣掉一大笔。圣诞树农场只证明了每一个消失的东西

[①] 在英国作家查尔斯·狄更斯(Charles Dickens,1812—1870)创作于1943年的小说《圣诞颂歌》中,自私透顶的吝啬鬼斯克鲁奇在圣诞夜被三个圣诞精灵造访,他们分别是"过去之灵""现在之灵""未来之灵"。

都会再次出现，而且变得更不值钱。

他们来到布满车辙的陡峭山路，停止了谈话，接着到了平坦的路段，她认出那是她停下来抽烟的地方。她扫视了一下地面，知道如果小熊看到烟屁股，会认出那是她抽的香烟牌子。她神经紧张，疲惫不堪。他们很快就会绕过山坡，看到山谷的景色，然后呢？沿路的几棵树上长着她上次见过的可怕东西——真菌，如果那的确是真菌的话。但男人们似乎没有注意到，他们目视前方，加快了脚步。

被从生活常规中拽出来的海丝特似乎越来越烦躁了。她一直在轻声哼唱着什么，声音没有起伏，到底是赞美诗，还是某个电视节目的旋律——要知道海丝特在唱什么是根本不可能的。黛拉罗比亚无法想象自己去哼唱什么，或者参与其他需要额外氧气的活动。除了海丝特，他们全都身材走样了。靠着山露威士忌和驼牌香烟，她竟然还保持着良好的体态，这堪称奇迹。黛拉罗比亚盯着自己的脚，数着步子打发时间。她注意到小路上有一根小飞镖，先是一个，向前就更多，像垃圾一样散落在地上。它们和垂下的胶带一样是橙色的，但是材料易碎，踩上去嘎吱作响。小小的V形点像箭头一样瞄准了每一个可能的方向，似乎纯粹是为了制造混乱、为了让人们在森林里迷路而被撒在这里。

他们绕过拐弯处来到远眺台，整个景象映入眼帘。这些金色的飞镖布满了整个天空，像暴风雨中的树叶一样旋转。是翅膀。脚下的飞镖也是翅膀。蝴蝶的翅膀。上次她怎么没看见这些？她觉得自己很蠢，眼睛又瞎，戴上眼镜也救不了。她对真相不敏感。她一直乐意接受各种令她脖子上汗毛直竖、惊奇不已的情绪，但当时却闭上了眼睛，虽然看了，却什么也没看见。空中密密麻麻的蝴蝶给了她一种置身水底的感觉，好像她来到了一个深深的池塘中，周围满是颜色艳丽的鱼。它们布满了整个天空，连山谷的空气也闪烁着金光。远处山坡上的每一棵树都被这抖动的火焰覆盖了，当然，那其实是蝴蝶。多日以来，这个不知真相的景象一直藏在她内心深处，就像她怀孕了但未公开承认。火原来是有生命的活物，由无数火红的昆虫集合而成，其规模之大让人感到不可思议。

这一次，它们动起来暴露了自己，原来它们是会飞的动物。这就不一样了。树梢和沟壑都如浮雕般奇特地凸显出来。空气中充满了颤动的蝴蝶光辉。树与树之间的空隙闪烁着光芒，比树本身更真实、更有生气。那片长满了鳞片的森林，仍然像她以前见过的那样，枝干上长着圆鼓鼓（球根状）的重担，甚至比先前更多。垂下的树枝在它们的重压下弯得几乎要折断。来自蝴蝶的重压。事实的真相令她惊讶万分。她想到了一个数学公式：一百万乘以零还等于零。她一直认为那是老师专属的话，是纯粹被发明出来的公式。

"今天早上可开眼了。"海丝特惊叹道。

"没错，"大熊说，"不管那是什么鬼东西，都不可能对伐木有任何好处。"

"我得说，这会弄坏他们的设备，"诺伍德表示同意，"可能还会遇到政府的阻挠。濒危动物什么的。"

"不，先生，"大熊说，"我相信它们的数量比我们人类还多。"

它们的数目多到让人哑口无言。蝴蝶甚至在他们脚边的小路上停下休息，爬来爬去，让人感觉像是干枯的落叶抽搐着在森林地面上自动行进。黛拉罗比亚蹲下来，把手放在其中一只上面扇动，以为会把它吓飞，但它仍然待在原地，双翼紧闭，然后突然张开，露出了橙色。它有两对翅膀，和系成蝴蝶结的鞋带一样对称。最近几天，普雷斯顿一上午都在试图系蝴蝶结，专心致志地咬着下唇。这里不用费力就有完美的蝴蝶结。他会很想看到这个。她让它爬到自己手上，凑到眼前观察。橙色的翅膀上有整齐的黑线，像技巧娴熟的人用液体眼线笔涂上去的一样。在近三十年时间里，她曾无数次走过草地，还从不记得曾和一只蝴蝶单独待过两分钟。

蝴蝶飞走了，她站起身来，猛地迎上海丝特和大熊毫无防备的眼神。他们的目光里似乎充满期待，甚至是指责，仿佛等着黛拉罗比亚把这不可思议的景象安排成真切的日常。她无法想象。小熊也透过移动的光注视着她，接着用胳膊一把搂住她的肩膀，把她拉到身边，吓了她一跳。

"妈妈，爸爸，听我说。这是一个奇迹。她对此早有预见。"

大熊皱起眉头。"见鬼。"

"不，爸爸，是真的。她预见了这个。剪完羊毛后，我们在谷仓顶棚里聊天，她发誓说我们必须到这里来。我一直对你说我们该来，也是因为这个原因。她说我们家后院山上有大动静。"

黛拉罗比亚害怕自己的秘密会被公之于众。她只记得那天晚上她很不耐烦，曾生气地对小熊说过，山上有些什么东西，一切都有可能。恐怖分子或者蓝色的树。

海丝特紧紧盯着她的脸，仿佛在强光下看书。"他为什么这么说？说你预言了这个。"

云层的移动改变了光线，整个山谷中蝴蝶的皮肤也随之发生了变化，所有翅膀立刻朝太阳张开了。一束令人振奋的光亮扫过大地，像波浪一样涌上山坡。黛拉罗比亚张开嘴，轻轻喘息一声，她的呼吸随时可能变成言语、笑声或哀号。她也说不上来。

"这就是你预见的啊。我只看见一个爱管闲事的妻子。"大熊厌恶地摇了摇头,这是他特有的姿态,就像其他退伍军人都对士兵身份识别牌弃之不用了,他却仍然戴在身上。在琐事中做个大人物,这就是大熊受过的训练。"你们都别高高在上的了,"他说,"我们会用杀虫剂喷这些东西,然后该干什么继续干什么。我在地下室存了一些DDD。"

"你地下室里有3D?"诺伍德问道。

"是DDT[①],"小熊告诉他,"爸爸,在我出生之前那农药就违法了。没有冒犯的意思,但你肯定还存着别的吧。"

"你以为我为什么要把这个存起来?我就知道会很难搞到。"

"那东西肯定都坏了吧,"海丝特争辩道,"都这么多年了。"

"女人,毒药怎么会变坏呢?你觉得它会变得有毒性吗?"大熊听了自己的笑话笑了。其他人都没笑。通常父亲用这种语气说话的时候,小熊就会像野狗一样畏

---

① 又名滴滴涕,是有机氯类杀虫剂。在防止农业病虫害、减轻疟疾伤寒等蚊蝇传播的疾病危害上起到了不小的作用,但由于它会严重污染环境,目前在很多国家和地区已经被禁用。

缩起来,但很奇怪,这次他没有让步。

"全世界也没有那么多喷雾剂能杀死那么多虫子,爸爸。这个办法可能行不通。"

"那么,我想你们是弄到设备贷款的钱了。"大熊的眼睛呈现出未被油漆过的锡的颜色,同样也是冷冰冰的。黛拉罗比亚一直没开口。她知道他们已经拿到伐木的首付款,部分款项已经打给了银行,也交了税。如果改变了主意,银行、税这两个去处,连同坟墓,都是不可能退还的。

"听着,爸爸。一切都是有原因的。"

"那倒是真的,大熊,"海丝特说,"这可能是上帝的安排。"

小熊似乎有所畏惧,他转向黛拉罗比亚,说:"她就是这么说的。我们该来这里看看,因为这是上帝的安排。"

黛拉罗比亚绞尽脑汁,努力回想当时他还听自己说了些什么,可是什么也没想起来。有一次他们在床上,他问她闭着眼睛在笑什么,她提到了颜色像火一样的东西在四处飘动。只有这一点。小熊现在正凝视着天空。

"这就像是世上第十大奇迹,"他说,"人们可能还愿意花钱来观赏它们呢。"

"这倒有可能。"诺伍德表示同意。

"我们应该等它们飞走再说,"小熊说道,好像很早之前就做了这个决定,"爸爸,我打赌我们能从中得到很多好处。"

大熊嘶嘶地吐气,表示怀疑。"如果它们不飞走怎么办?"

"不知道。"小熊仍然抓着黛拉罗比亚的肩膀,"你们只需等着看上帝的安排,听候主的命令就行了。就像她说的。"

这种大胆与他平日的风格完全不同,她纳闷小熊是否在演戏,以此折磨她,对她进行报复。但丈夫从不会骗人。他只是把她像盾牌一样抱在胸前。海丝特和大熊距离他们不过一臂之遥,但此刻他们中间也飞满了蝴蝶,就像从缝隙中渗出的水一样。沿这条小路往下的每一寸空气中到处都是翻涌着的蝴蝶,就像一股气流,一条洪水泛滥的河流。她在公公庞大的身躯周围观察到一种类似于风阻图的东西,蝴蝶沿着平稳的直线路径在他身上和他周围飞舞,显现出一张图。这里的人,包括她和其他人,都成了满是蝴蝶的水流中的巨石。他们涉入了一条蝴蝶河,洪水毫不理会他们,只管前行,径直冲入山谷。蝴蝶不断近距离地穿过她的视野,像黑橙色的雪花一样让她眨眼,飞到远处,变成一片混乱和模糊的景象。她真的无法相信眼睛看到的景象,还有不停传入耳鼓、如发自塔夫绸裙子般的沙沙声。

海丝特的目光从儿子的脸上转移到黛拉罗比亚的脸上,她不知道接下来会发生什么。多年来,她蹲于农场里的一个角落,从未踏进特恩鲍家族的领地一步,而现在她却站在此处农场的正中央。她隐约感觉自己像被丈夫抓在手里的人质,仿佛警察的扩音器随时会响起,子弹会飞过来。她低头看着自己的脚,感到头晕目眩,因为蝴蝶摇曳的影子像卵石一样在湍急的河底滚动。水流的幻觉使她失去了平衡。她抬起眼睛望着天空,其他人也跟着情不自禁地抬起头来,甚至包括大熊。他们一起看着光从鲜艳的翅膀里流淌出来。她想,它们就像余烬,像一股大火,这正是他们渴望已久的温暖。她感到自己的呼吸再次变成胸腔里的笑声或抽泣声,变成无法控制的尖锐嗓音。从她身上发出的声音近乎疯狂。

两个年长的男人往后退了几步,仿佛被她打了一巴掌。

"万能的主啊,这姑娘正在接受上帝的恩典呢。"海丝特说。黛拉罗比亚无法反驳她。

第三章 ♠ 会众空间

黛拉罗比亚坐在基督咖啡馆里，感觉麻烦来了。克丽丝特尔·艾斯代普坐在前面正中间的一张桌子前，为了来教堂她特意打扮一新，抹了发胶的卷发瀑布似的从她肩膀上倾泻而下。她披着一头金色长卷发，独自坐在那里吃早饭，聚精会神地盯着食物，让人觉得她是第一次见到百事可乐和甜甜圈。在黛拉罗比亚看来，人们很少会无缘无故地表现得如此天真。于是她环顾四周，寻找原因，并且在果汁机附近找到了。那里的两张桌子前坐着克丽丝特尔曾经的朋友布伦达——就是因被车门挤了手而出名的那个，还有她的一群疯狂的朋友。黛拉罗比亚记得受伤的就是这个布伦达，她还有两个姐姐，三姐妹与她们的母亲负责管理教堂托儿所。布伦达今天似乎是以残疾人的身份出场的，她晃着中指上的两个金属夹板，说穿了，就是在教堂向克丽丝特尔竖中指。

黛拉罗比亚可不想跟她们有什么瓜葛。她来教堂的主要目的是把普雷斯顿和科迪送到主日学校，从他们俩谁先动手打谁的争吵中喘口气。克丽丝特尔显然已经把詹森和米卡尔送过去了，把他们扔在那里由布伦达的家人看管，这可真是有意思。黛拉罗比亚站在那里，几口喝光了滚烫的咖啡，把一次性塑料杯扔进垃圾桶，然后朝大厅走去。她那双暗红色靴子的鞋跟踩在打过蜡的地板上，声音响亮，像全球定位系统一样宣告她的行踪。墙上的耶稣像面带失望地看着她。一个月前，她为了跟男人私奔穿上这双靴子，这无疑是一种自毁的行为。她的脚步声似乎在喊："看呀，看呀，这里有一个红发的罪人在走动。"她觉得自己以一种新的方式失去了控制，无法补救，除非她能把生活恢复到以前的样子：回到特恩鲍家的桥段之前，回到结婚之前，再回到努力开辟自己道路的孩提时代。不断为每件事感到抱歉，真让人筋疲力尽。很抱歉她刚才不得不从咖啡馆里逃出来。事实上，她为此感到失落。自去年九月开业以来，这家咖啡馆无疑让她参与山间团契的体验更好。教堂本身就是一个繁荣的小村庄，新的会众空间永远在讨论或建设中。去年，一座红色校舍取代了组合式的主日学校结构，现在，随着新校舍的开放，人们可以在不离开教堂的情况下四处走动。一条封闭的走道将圣所与兄弟团契会所、阳光明媚的铺着瓷砖的基督咖啡馆连接起来。她可以一个人坐在那里独享一块蓝莓松饼,与其他即将结束布道的教友们在一起。如果你不需要现场体验(她不需要),那么在多台电视屏幕上,奥格尔牧师那张巨大的像素化的脸的画面是非常近距离、非常个人化的。去教堂是她结婚的条件之一。小熊觉得,如果他们周日出去玩,他的妈妈要么被气死,要么就跟他断绝关系,他可不想冒这个险。黛拉罗比亚倒是愿意试一试。但算了吧,他们还是去教堂了。

这确实让她走出了家门,来到人群中间。那些人是敌是友并不重要,重要的是他们吃东西时闭着嘴,不穿带尼龙搭扣的鞋子。自六年前餐馆关门后,她就不常去公众场合了,她并不怀念那些站着工作的漫长日子,也不在乎失去了那笔几乎不够支付汽油费的薪水。但做全职妈妈是世上最孤独的工作,什么事都得独自一人扛着,又从来不能一个人待着。一小时又一小时,一天又一天,一周又一周,最后连打扮都懒得打扮了,读的书单词长度都超不出"Chex",说的话都以"os"结尾,她说不了一个完整的句子,牙也不刷,根本没出过大门。尽管感到勉为其难,但毕竟已经身为人母,身材小巧的她不得不慷慨付出,给孩子喂奶成了她的每日常规活动。她在牧场上见过母羊,六十磅重的两只羊羔一起跑到羊妈妈身子底下，猛撞奶头，吸奶时向上猛推，把母羊的后腿甩离地面，夸张一点说，这就是喂奶的画面。她过的是怎样的生活啊，以爱之名，却让她肠胃绞痛，让她被四周的屋顶和空气牢牢困住。

但这里是教堂。她在咖啡馆里静静地待了一个小时，喝光了一大杯咖啡，穿着漂亮的鞋子，走在干净的地板砖上，知道自己是该好好表现了。这提醒她，如果他们不介意，她也可以属于广大教堂会众，成为其中的一员。她并未完全脱离信徒的领域。她也有过这种阶段。她父亲失去一切——他的家具制造生意、他的健康，以及内心之光——时，她也向耶稣祷告过，祈祷耶稣能把一切都带回来。父亲去世后，她的母亲不再笃信宗教，听凭黛拉罗比亚去干一份两班倒的工作。等母亲生病时，她也对宗教产生了怀疑。在他们夫妻试图怀孕但屡屡失败的那些年里，小熊说服她试着又做了一次祷告。最终那次祷告应验了两次，一次是普雷斯顿，一次是科迪，目前看来已经足够。

这么说她就是海丝特所说的911式基督徒：只有在紧急情况下才召唤上帝。不像那些每天都去呼唤耶稣的人，无论下雨还是晴天，都跟上帝谈论他们的生活，感受上帝的爱。曾几何时，她的母亲就是这样的信徒。显然耶稣更可靠，他不太可能喝得不省人事或者得肝癌。

难怪人们选择他作为头号朋友。但是如果你觉得这个没有吸引力,你能怎么办?黛拉罗比亚对生活的审视过于严苛,她知道这一点。一年来,她和小熊一起参加过周三圣经小组,她很喜欢重返校园的感觉,但她提出的问题太多,让她没能成为老师的宠儿。一开始,在《创世记》中,她指出了关于世界起源的两个完全不同的版本。她提议道,诗歌应该像音乐一样,去聆听和感受,而不是像该死的设备附带的说明书一样。这一立场没有赢得讨论小组终身组长布兰奇·比斯的好感,她是相信上帝言论的拉拉队队长。看在上帝的面子上,要想可信,难道不是得先把故事讲清楚吗。海丝特不再让黛拉罗比亚参加周三的圣经小组了。

她在圣塔门口停了下来,圣塔是圣所的名称,在场的任何人都可以被牧师奥格尔称为"指路明灯"。新改建的圣所很大。这座教堂是费瑟镇迄今为止最重要的聚集地。周日早上,博比·奥格尔把四面八方的人们从床上拉起来,甚至包括十四英里外更大的克利里镇里的人。黛拉罗比亚端详过所有人的后脑勺,女人的脑袋更为生动,极具个性化色彩,男人的脑袋则出奇地相似。三百个人全都安静下来,等着领受上帝的旨意。对他们来说那种滋养是那么真实。黛拉罗比亚感到一阵嫉妒,仿佛这里的每个人都能定期领到工资,只有她一个人的工资遭到拒付。这个说不通。第一天来山上时,她毫不费力地相信会得到某种为自己量身定做的巨大荣耀,但在这个教会,她却不停地怀疑自己所处的位置。此刻她唯一能想到的荣耀是她本打算到咖啡馆买的蓝莓松饼。她像渴望香烟一样渴望着它:超级蓬松的松饼溢出了瓦楞纸杯,弄得满桌都是,涂在她的喉咙上又甜又黏。可能会和下水道里的熏肉油脂一样堵塞动脉吧。她权衡了一下选择:松饼,克丽丝特尔,布伦达。算了吧。她找到小熊的后脑勺,他的脑袋高过他母亲一大截。她沿着中间的通道朝那里走去,避免与这些圣所里的常客有眼神接触。

她快步走到小熊旁边坐下。他激动地伸手去够她的手,把他的大手指穿到她的小手中,与她十指紧扣。在海丝特和上帝面前与妻子有亲昵的表现,他也不怕被他们看见,虽然这举动让她略感不安,但却是他的真情流露。只要她努力,她就能给小熊带来幸福,这一点她可以做得很好。她时常像呼吸一样规律地暗自发誓要这样做,但这个誓言也的确一再被某个想法击穿,那就是她的追求注定会更多。遇见某个人,成就某件事。她靠在他的肩膀上叹了口气,对接下来的早餐充满了渴望。假如肚子不咕咕叫的话,她还能再撑一个小时。

她看见奥格尔牧师走上台,他和往常一样穿着牛仔裤和开领衬衫,并没有什么特别的。然而会众中间的气氛却像天气一样悄然发生了变化。众人都屏住了呼吸,充满好奇地等着,博比·奥格尔可能就是那只著名的土拨鼠,可能看得到自己的影子,也可能看不到。① 如果她能像他一样引起人们注意,哪怕只有十秒钟,她也不知道要说些什么。博比非常厉害。他甚至还没开始对会众正式讲话,只是在唱赞美诗之前和唱诗班的指挥确认情况。她在电视上见过一些牧师,他们留着时髦的发型,手上的钻戒在演播室灯光的照耀下闪闪发光,她还暗自纳闷,怎么会有人放心把自己的税钱交到这种浮夸的男子手中。博比牧师则恰恰相反,他不修边幅,但自有魅力,这点可能与耶稣一样。假如耶稣生活在这个时代,也许他也会到奥格尔一家购物的折扣店买衣服,把嬉皮士发型剪成博比那样的直刘海。博比看上去像个你想邀请回家吃饭的孩子,虽然他可能会吃空你家的冰箱,这一点与耶稣不像。他至少有两百八十磅重,曾是费瑟镇猎鹰队的橄榄球队员,五年后上高中的小熊也成了其中一员。她碰巧知道,由于他的身体构造,当时别

---

① 每年的2月2日是北美一年一度的传统的土拨鼠日(Groundhog Day),按照民间说法,如果土拨鼠在这一天出洞时看到自己的影子,它会回洞穴居,表示冬天还有六周;如果土拨鼠看不见自己的影子,则表示春天快到了,也就意味着这一年是早春。

人都叫他"大胸奥格尔"。孩子们可真是恶毒。现在这些会众中谁还记得这一点？她敢打赌，当博比·奥格尔穿着橄榄球球服在球场正中间跑，胸部随着跑动剧烈摆动时，现在坐在教堂里的会众中就有人曾经嘲笑过他。但现在的他有所成就，进了神学院，和妻子一起建了这座教堂，还养了一对双胞胎女儿，从不让怨恨在心中生根。现在，在倾听唱诗班指挥说话时，他的表情道出了一切——纯粹的耐心，尽管大多数人都会觉得内特·韦弗太自以为是了。内特的穿着似乎是为完全不同的演出准备的，他裹着像香肠外壳一样闪亮的棕色西装，新留的小山羊胡丝毫不能掩饰他的双下巴，如果这是他当初的打算的话。黛拉罗比亚知道这些念头让她成了一个心胸狭隘的小人。

奥格尔牧师才不会这么小气。他亲切地拍了拍内特的肩膀，低头走到舞台中央，站在明亮的舞台灯光下片刻，手中没拿任何讲稿，这里也没有讲坛。只有平平无奇的博比，站在他自己的影子里。然后他示意会众唱赞美诗——《耶稣是我多么好的朋友》，接着全体起立。韦弗先生指挥唱诗班的动作力度太大，令黛拉罗比亚心烦意乱。海丝特一人独占着赞美诗集，让小熊不得不靠过去看，看来即使是在上帝的居所里，三个人也不适合待在一起。海丝特今天穿了一件蓝色连衣裙，领子是洛丽塔·琳恩①在大奥普里②音乐节上一穿成名的那种褶边立式领子，看上去和平常一样特立独行。海丝特是奥格尔牧师从一个强硬派浸信会拉拢过来的，黛拉罗比亚知道这其中也有婚姻上的妥协。大熊不再去那里了。在这里，他可以坐在兄弟团契会里等着礼拜会结束，这里有跳棋，还有音量调得很低的乡村音乐，如果你愿意，还可以在闭路电视上看布道。博比找到了揽收现代信徒的关键点：许多人更希望他们的救赎过程能附带一个遥控器。

黛拉罗比亚觉得兄弟团契会有他们的吸引力，尤其是现在这个时刻：大家正齐声卖力地唱"多么好的朋友"第四节，众人拉长调子，就像在坚硬的泥土中犁地一样。当然，在兄弟团契会，从没有人逼你唱歌。她只希望那里的氛围能对女性更友好。有那么一两次，她到那里的售货机买健怡可乐，注意到那里甚至允许吸烟。一家人总是兵分四路，大熊和别的男人去那里，孩子们去主日学校，她去咖啡馆，海丝特则带着小熊去圣所，像钓鳟鱼一样逗弄儿子，最后总能把他钓上来。黛拉罗比亚也曾试着让小熊和她一起去咖啡馆，那里大多是年轻女性，

---

① Loretta Lynn（1932—2022），美国乡村音乐女歌手，有"传奇乡村歌后"之称。
② 位于美国田纳西州纳什维尔市的剧院，素有"美国乡村乐灵魂"的美誉。

但也有情侣，因为奥格尔牧师相信"基督的爱无处不在，同等重要"。但和海丝特斗是不可能的，因为她生来就注定是赢家：强健结实、理直气壮、不可战胜。

温柔圆润的博比则恰恰相反。他以另一种方式赢得了人们的好感，就像揉面团一样对教众施以影响，就像一个卑微的面包师在做面包一样。人们说，他实际上是一个弃婴，出生时就被遗弃了，一位年迈的牧师和他的妻子收养了他，他们现在已经去世。黛拉罗比亚不知道对自己的亲人一无所知是何种感觉。她的亲人虽然也都过世了，但至少她还认识几位亲人。博比听从上帝的召唤，拥抱那些被拒绝和遗弃的孩子，在每一个母亲节都把布道献给收留他的那个圣洁的女人。博比是爱的化身，以至于镇上有传言说这个教堂不信地狱。或者说，博比·奥格尔心目中的天堂是每个人最后的归途，包括罪犯和穆斯林。黛拉罗比亚无法证实或否认这些指控：在博比眼中，一切似乎皆有可能。看他那副待人友善的样子，每个人都在他的指引下歌唱着幸福和爱，在众教友目光的注视下，他的身体似乎在生产某种维生素。海丝特的马尾辫伴随着哈利路亚的微风在飘动。

唱完赞美诗，博比用手指向地板，平静地说"请就座"，语气不容置疑，好像在催促一只狗坐下。众人都落座。黛拉罗比亚祈祷时总是睁着眼睛，这是她长期以来的一个习惯，她天生喜欢观察。她悄悄打开手提包，确保手机处于振动状态，因为多维喜欢在周日早上给她发短信找乐子。她现在就收到了多维的一条短信："来吧，你们这些捕人的，来吧。你们得着，神必洁净。"多维对关于基督的俏皮话十分喜爱，她从教堂遮篷处收集它们。在有短信之前，她经常在健康课或历史课上把它们写在纸条上，折好到处传。多维是意大利天主教徒，她和她的五个兄弟都长着一头可爱的乌黑卷发。多维说过，小时候在教堂里待的时间已经足够她受用一辈子了。黛拉罗比亚从钱包里掏出眼镜戴上，可能是存心想报复她婆婆。"男孩是不会跟戴眼镜的女孩调情的。"海丝特喜欢用单调的腔调说这个老掉牙的玩笑话，让她听了只想尖叫。如果真是这样，这个女人也不会像现在这样孙子孙女双全了。只要合他们心意，人可以对任何事实视而不见，包括上帝的孩子们是怎么生下来的。

博比在祷告结束时提醒人们不要忘了那些身患疾病、处于困境的人，并点名那些需要帮助的教众。长长的名单令人印象深刻。他从不带笔记。她试着把那块松饼抛到脑后，但它却在她头顶的思考泡泡框中徘徊，变成固特异飞艇一般大小。博比的格子衬衫购自塔吉特百货，给小熊买衣服时她也看上了那件衬衫。奥格尔牧师从不穿闪亮的西装，他不喜欢俗世之物。他只喜欢爱。

她在再次走神之前听见他提到感恩节要举行礼拜仪式。她脑海里的画面在不停地转换，就像小熊每天晚上摆弄电视遥控器一样，她总是无法集中注意力，这让她发狂，但也无能为力。那块该死的松饼总挥之不去。他们应该会去海丝特家吃周日的晚餐。她记起了她六月份参加葬礼时从多维那里借来的那件深蓝色上衣。她想起这个，是因为她看到了唱诗班里的尤拉·拉特里夫。就是为了参加尤拉母亲的葬礼，她才去借的。这件衬衫本可以待在黛拉罗比亚狭小的衣橱里，直到再有人去世——这没有关系，她和多维的衣服差不多已经混杂在一起，她们从八年级开始就一直穿同号衣服。同样大小，这意味着她们的身材依然和八年级学生一样。多维说黛拉罗比亚怀孕三次身材都没变，成就斐然，但在黛拉罗比亚看来，穿零号衣服可算不上什么成就。零听上去好像不存在。有时她会想，她嫁给小熊是否是下意识为了增加重量级。

一对夫妇姗姗来迟，溜进她旁边的长椅座位上，迅速闭上眼睛祷告，黛拉罗比亚得以对他们仔细端详。男的戴一副运动太阳镜，他把它推到头顶上，好像刚从敞篷车里钻出来一样。但如果和他在一起的是他妻子，那故事里就没有什么敞篷车了。这个女人大概花了两个小时打理头发，一根根刘海呈小矛状，全都指向眼睛，这让黛拉罗比亚感到一阵不安。她对眼睛的反应尤其强烈。普雷斯顿有个习惯让她抓狂，那就是写字时边思考边用铅笔戳自己的发际线。他每戳一下都让她感觉像刺进她自己的肉里，她的眼睛会像条件反射一样跟着眨。她真想把他的铅笔藏起来。

助理牧师读了一段圣经经文，讲的是上帝震动旷野，橡树叶子旋转，大概是为了提醒大家现在是秋天。戴运动太阳镜的男人现在似乎在偷瞄她。在多维的怂恿下，黛拉罗比亚曾经有段时间穿超短裙去教堂，但现在不了。多维以前还送给她一整只狐狸做的围脖让她上教堂时戴，有头有尾巴，看上去让人毛骨悚然。但那都是生孩子之前的事了。很幸运的是，现在她为了得体，而不是为了显摆，把所有衣服都拉上了拉链，扣子系紧，今天她穿绿色高领毛衣和牛仔裙，但她真应该把脚上这双靴子扔到河里。

合唱团用电吉他、键盘和鼓演奏了摇滚版的《献己于主》。会众可以加入合唱，但这是唱诗班的特殊曲目，音响系统给了他们很大的优势，他们听上去总是唱得很棒，就像收音机里的赞美诗一样。尽管傲慢的韦弗先生也在其中，唱诗班的成员看上去个个都兴高采烈，除了一个年纪大点的家伙，他过于认真地把手放在胸前，好像在求耶稣嫁给他，又唯恐遭到拒绝。其他人看上去都很激动,他们扬起眉毛,把每句歌词末尾的感叹号都唱了出来:"使我脚为主行路!步步都听主吩咐!"她认出成员里面有和她一起毕业的同学——穿着巨大格子上衣的威尔玛·考克斯;与斯奎尔有短暂婚史的塔米·沃沙姆,现在是班宁太太,只见她涂着蓝色眼影,略露乳沟,在上帝面前,这可以说是完全多余的;唯一的非裔美籍合唱团成员坤妮莎·威廉姆斯,她正随着音乐节奏轻轻舞动,显然她很想搞点大动作。黛拉罗比亚很理解她,如果可以跳舞的话,这里的一切都会好起来的。生命中的某些最伟大的召唤不是由头脑而是由身体来回应的。当然,这也是她惹上麻烦的原因,例如和电话男的事情。她又有什么资格评判塔米嫁了两个丈夫还乳沟外露呢?她的情绪急转直下,像断线的风筝一样,啪的一下瞬间崩溃。

博比牧师布道一开始便引用了《哥林多前书》中的一句话:"要俘虏人的一切思想,使之顺服于基督。"黛拉罗比亚心想,是吗,那你来读读我的心思呀,为什么不来呢?几个月以来,为了不让自己胡思乱想,她就差剥皮剜肉了,谁知道最终让她停下的是一丛燃烧的灌木,而它们原来是蝴蝶。现在,尤其是在晚上,她常常让自己的思绪回到那座火红的山上的景象,希望在躺下来的时候能感觉到自己是个有价值的人。

"《耶利米书》第十七章第九节告诉了我们关于不

服从的思想,"博比说,"'人心比万物都诡诈,坏到极处。'我们很难承认这点,因为它让我们感到害怕,但这是真的。我们这里的每一个人,包括我自己,都可以直视某样东西,给它起一个更适合我们的名字。"他睁大眼睛,面带恳求,两手手心向上举起。很难想象他在家里的戏剧化场面。但说真的,谁没有对自己撒过谎呢?"我们可以称之为野心,"博比说,"我们可以称其为伟大的激情,而事实上我们真正面对的是贪婪或欲望。我们都有一种特殊的才能,那就是相信虚假的东西。希望它是真的时,我们对它信得虔诚。"

"是的,牧师兄弟。"有人在黑暗中轻声回答道。

"造物主就是这样创造我们的。神知道我们就是这样想的。"

博比的话再次得到轻声应和。他以最亲切的目光望着他的教众,就像一位父亲在和年幼的儿子们进行一场重要谈话。"上帝要我们坚固内心,提防那些引诱我们误入歧途的东西。当我们与嫉妒、内疚、急躁、冷漠和欲望作斗争时,上帝希望我们运用理性的头脑,用真名来称呼它们。我们都想头脑清醒,而不是失去理智。我们需要它们守规矩,那我们该怎么做呢?"

黛拉罗比亚纳闷这里除了她还有多少人会觉得他如此懂得教众的心思,就像在读他们的个人简历。如果博比有什么建议,她肯定会洗耳恭听的。

他说:"把注意力集中在一个坏的想法上,并且试图把它赶走是没有用的。这真的行不通。你在脑海里什么也看不见,除了这一件你想排除在外的事情。猎人眼中只有追逐的猎物。你们听见我的话了吗?听见了。要走不同的路。腓立比人劝我们用良善的心代替恶的心。'弟兄们,你们要思想那真实的事。凡是清洁的,可爱的,若有什么德行,若有什么称赞,这些事你们都要思念。愿平安常与你们同在。'"

黛拉罗比亚对他使用颇具说服力的段落结构和贴切的引文深为叹服。她想知道他高中时上的是不是优等生英语课,而非专门为橄榄球运动员设置的体育英语,那个基本上只要求及格就好。她敢打赌,博比肯定和她一样,上的是莱克夫人教的优等生英语,因此他知道荷马的《尤利西斯》和詹姆斯·乔伊斯的《尤利西斯》之间的区别,知道如何用隐喻切入正题。她曾在布兰奇的圣经课上尝试过这些原则,但均告失败。这里至少有黛拉罗比亚可以欣赏的某种救赎形式:每周一次,她可以不用再听一些成年人用错误的英语说"躺下""在哪里"和"东西在那里"之类的话。

只有一点,博比把"契约"一词用作动词,这让她很是恼火。她以前就注意到了,现在他正在这么用。

"你们明白救世主要帮我们做什么了吗?你们现在能与我契约,欣赏他充满智慧的忠告吗?"

她心想:哎呀,搞什么名堂!说"与你立约"有多难呢。但是莱克夫人已经去世了,也许她是最后一个在乎用词对错的人。这时,人群一阵激动,大喊道:"是的,博比牧师兄弟,我们能!"

在咖啡馆,你可以跳过观众参与的环节。她把头缩进了她的绿色高领毛衣。但她知道,奥格尔牧师不会让任何人难堪。他调动大家的热情,鼓励大家把憋在心里的烦心事说出来。没有人会冒这个险。"我曾与邪恶发生过小冲突",这句几乎是明摆着的,还有"我曾与谎言作过斗争"。她轻而易举就能想象出他们正在讨论的小冲突:男人们试图扔掉色情录像,女人们希望自己在每天下午哄孩子们睡着的一刹那,能不那么热切盼望喝上几口威士忌。每个人头顶上都有"别去想飞艇"在盘旋,但温柔的博比忽略了这一点。

"你们坦诚地说出了盘踞在心里的事,"他说,"但我现在想问你们的是,你们爱的是什么?"这个问题他问了一遍又一遍,就像牧羊犬罗伊和查理驱赶羊群一样,温柔地敦促乱作一团的人群统一朝一个方向做决定。"上帝把什么赐给了你们的家和家人,为你们的生活带来了恩典?"

有人脱口而出："我的宝贝儿孙女海莉！"

接下来是一阵长时间的沉默，毫无疑问，许多人都庆幸自己没有像那位糊涂的祖母那么冲动。门外的入口大厅里传来一阵骚动。有女人在喊叫，声音小得几乎听不见，但肯定不令人愉快。

为了掩饰这一尴尬时刻，博比向那位冲动发言的祖母道贺，让她放松下来。"小孩子有福了，"他说，"你把你的小海莉放在心上第一位，这是一件多么美好的事啊！我想让这里的每一个人都与蕾切尔姊妹立约，宣告她是一盏指路明灯。我想让你们说出来。"

他们说了。"愿上帝保佑你，蕾切尔姊妹。"众人又开始兴奋起来。黛拉罗比亚很少去关注指路明灯的光亮。但这很感人。一个穿着宽大白衬衫、胸部瘦削的老人自己站了起来："我们的女儿吉尔的癌症治好了，她的漂亮头发也重新长了出来。我为吉尔美丽的黄头发赞美主。"

黛拉罗比亚发现自己也加入了祝福吉尔姊妹的行列，她对此感到既吃惊又感激，她真担心自己被感动哭。人们珍视什么无从得知，但当他们大声说出这些美好的事物时，一个接一个的惊喜出现了：活动房屋新安装了能看到日落的门廊平台，残疾表亲的婚礼，一头纯白的小牛。突然，身旁的小熊站起身来，开口说话。他的声音大得几乎要唱出来，黛拉罗比亚感到头晕目眩。

他说，他们的山上多了些美丽的东西，就像从天而降一般，全是蝴蝶。"你们都无法想象，那就像一个完全独立的世界。我希望你们都去看看。"

"特恩鲍兄弟，谢谢你的邀请，"博比说，"真的，我得说，你告诉我们的，听上去像是奇迹。"

"赞美主啊。"有几个人不冷不热地表示同意，就像在说"祝你今天愉快"一样，其实你是否愉快他们才不在乎。他们似乎比博比牧师还不相信特恩鲍家的土地上发生了奇迹。

小熊辩解道："你们必须亲眼看了才能明白，我爸爸妈妈可以做证。这个你们从未见过。而且她预言了它。我妻子预言过。"他把黛拉罗比亚拉了起来，这令她大为沮丧。"我妻子预见到了。她说，在伐木之前，我们该睁大眼睛好好去看一看。她有预感，我们家土地上会有大事发生。"

黛拉罗比亚不知道大熊是否愿意将他的伐木计划公之于众，此时他正在兄弟团契会所中坐着，不知是否从电视上看到了这一幕，或者他正在看《田野与溪流》杂志。事情发生得太突然了，让她手足无措。博比一动不动地站着，睁大眼睛打量着这一家人。他的目光落在海丝特身上。"特恩鲍姊妹，请告诉我这是真的，"他轻声说，"你们一家得到了神的眷顾。"

黛拉罗比亚从没见海丝特这么顺从过。她是不会让博比牧师失望的。"是真的,"她低吼道,她该清嗓子了,"是我儿媳告诉我们的。我想她预言了这个。"

黛拉罗比亚感到一阵眩晕。小熊紧紧抓住她的肩膀,仿佛一松手她就会滑到地板上,不过这并非不可能。他的坚定使她不知所措,她又一次怀疑他是否正为了惩罚她在开一个残忍的玩笑。但这些想法都是有罪的,就像博比牧师所言,是诱使她偏离真相的谎言。小熊像孩子一样容易信任别人,他在任何地方都不会有残忍的行为,何况这是教堂。如果仅凭这一点不能成就一段美好婚姻,它仍然有其宝贵价值。

外面的声音越来越吵,打断了小熊的话。肯定是克丽丝特尔和布伦达在教堂外面的走廊上吵架。其中一个大喊道:"不许你跟我的儿子们那样说话!"另一个尖叫着说:"那些臭小子要是再敢惹我,看我不把他们揍扁。"

所有人的目光都集中在小熊身上,似乎他那结实的身躯可以帮他们抵挡住门外的暴风雨。他皱着眉头,继续坚定地说着:"这让我们想到,山上发生的事一定是主的安排,"他说,"我们本来要砍伐那座山的,但现在我们进退两难。"

黛拉罗比亚感到别人投来怀疑的目光。她每周都去咖啡馆，坐在那里喝咖啡、列购物清单，绝对不配得到一个奇迹。但一阵轻微的掌声响了起来，就像铁皮棚上撒下一把砂砾。离他们很近的一个人喊道："感谢上苍，特恩鲍姊妹见证了这些奇迹！"说话的是那个头上戴着运动太阳镜的迟到的家伙。她还以为他一直在看她。她在山上的至暗时刻，恩典、行动和光明都不知从何而来。她感到眩晕再次袭来。没吃早餐对她没有丝毫好处。小熊从后面悄悄把胳膊塞到她的胳膊底下，看上去两人恩爱异常，但他这么做只不过是为了让她站稳。今天上午或者这辈子她最不愿意做的就是站在教堂地板上当模特供众人观赏，但是小熊轻轻扶着她带她走到长凳尽头，让她站在中间过道上，就像一座神圣的雕像。

"特恩鲍姊妹，"博比说，"你们一家得到了神的特别恩典。朋友们，一起来吧！海丝特姊妹，你愿意和我们立约吗？"

这似乎是一种挑战。海丝特看上去就像吞下了一根鸡骨头。她习惯于在教会的所有事务上享受特殊待遇，没料到这次被黛拉罗比亚抢了先，自己则排在了后面。但现在不是两人一决高下的时刻。她承认道："我愿意。"

奥格尔牧师先是眉开眼笑地看着海丝特，接着把目光投向黛拉罗比亚，仿佛从一个人的怀里捧起一大束鲜花，放到另一个人怀里。欢迎加入我们的教会。他要求所有在场的人与他立约，庆祝我们的主富饶的花园里出现了一个美丽的景象。

教堂后面的门突然被打开了，是吵闹的布伦达和克丽丝特尔。事实上，是克丽丝特尔和被挤断手指的布伦达一家人的对决。布伦达的母亲打头阵，后面跟着布伦达和另外两个女儿，接着是克丽丝特尔和她的两个熊孩子，还有幼儿园的一大群孩子，像汗蜂一样围在大人身边团团转。

"很抱歉打断大家，博比牧师。"布伦达的母亲说，她一只手在臀部撑着，看上去可不像很抱歉的样子。这一家人让黛拉罗比亚想起了贾德母女乡村组合，那位母亲也是努力比自己的女儿看起来更漂亮更瘦。不过，她的发型很吓人。她们一定是动手打起来了。牧师奥格尔双手合在一起，嘴张成一个小小的 O。

"请原谅，"她重复道，"为了布伦达的人身安全，我和女儿们必须马上离开，我们得把孩子们送回他们父母身边。"她环顾四周，和音乐视频中的俏皮女郎一样脑袋左右轻轻摇晃，似乎在挑衅，"我很抱歉。你们也快结束了吧。"

孩子们在普雷斯顿的带领下冲下过道，向黛拉罗比亚跑过来。他抓住她毛衣的下摆使劲拉，好像她是一棵他要爬上去的树。身后的科迪伸出双臂号啕大哭。其他孩子像惊慌失措的猫一样跟在后面，在几秒钟的工夫里紧紧抓住了黛拉罗比亚。小熊紧抓着她，让她站稳。她感觉自己就像著名的硫磺岛战役①雕像中士兵们紧抓的旗杆一样摇摇欲坠。

"让孩子们到我这里来吧，"奥格尔牧师恢复了平静，亲切地呵呵笑着说，"朋友们，让我们和这些小家伙们一起庆祝吧。我想他们一定知道我们有个姊妹得到了恩典。"

布伦达的母亲扭着屁股和她的跟班一个个走了出去。沉重的双扇门在她们身后关上，仿佛在默默祈祷。所有的目光都从教堂后面转到前面，像一大群黑鸟一样从一个地方飞落到另一个地方，盯着特恩鲍姊妹，但这次不是海丝特。他们家又有了新的指路明灯。

---

① 1945年2月16日到3月26日日军和美军为争夺日本军事重地硫磺岛进行的一次激战，双方伤亡惨重，是二战中太平洋战场上最激烈的一场战斗。美军士兵在该岛折钵山上插入国旗的照片在美国广为印行，成为绘画、雕塑和邮票上常见的图案。

第四章 ♦ 全镇话题

海丝特称这些蝴蝶为"比利国王"。她似乎觉得每只蝴蝶都应该被称为国王。她会说:"又飞来一只比利国王。"

她现在是在厨房里说的。坐着干活的黛拉罗比亚抬起头来,但她背对着窗户,因此看不见它。海丝特、克丽丝特尔和瓦利亚正对着被晨曦照得通明的窗户,盯着这只蝴蝶的一举一动,她只瞥到了它反射在玻璃上的影子。就连牧羊犬也站起身来竖起耳朵,对她们不同寻常的关注表示警惕。黛拉罗比亚意识到,要是后来有人问起来,她可能会以为自己亲眼见到了那只蝴蝶。做伪证真是太容易了。

在海丝特家周围看到比利国王成了家常便饭。感恩节那天,小熊和他的几个堂兄弟在院子里重温他们的橄榄球时光时,黛拉罗比亚和普雷斯顿坐在门廊的台阶上,数着有十一只蝴蝶飞过。她怀疑它们整个夏天都在悄悄飞向山谷,去那里集合。甚至可能几年来一直都是这样。没有人注意到它们,因为人们的眼睛都盯着前方的道路和上个月的账单。大熊的理论是这些昆虫突然间都从树上孵化,爬了出来,黛拉罗比亚知道他能得出这种理论纯属无知。如果它们是孵化出来的,那就得先有蝴蝶上去产卵。即便是奇迹,在某种程度上也是一系列计划中的一部分。

"为什么叫它们'比利国王'呢?"瓦利亚问道。她正在摆弄挂在旧木衣架上的一束束五颜六色的湿羊毛,上面的水滴落在铺在下面的防水布上。她拉扯着一圈圈纱线,就像一个发型师在为一个心里打退堂鼓的顾客做头发。

"我从我老妈那里学来的,"海丝特说,"瓦利亚,亲爱的,不要再摆弄那些毛线了,不然它们会打结粘在一起。"

瓦利亚赶紧把手往后一缩,好像被火烫到了一样。海丝特正在戳弄染料锅,没有注意到。今天的她穿着最破的牛仔靴,系着脏兮兮的围裙,她那老怪物似的炉子上煮着三个大坩埚,让她看上去特别像个女巫。西部乡村主题的女巫。这是海丝特的冬季计划之一,把费瑟镇夏季农贸市场在季节性关闭时滞销的纱线全部染色。天然的颜色看起来还可以，但是人们对灰色和棕色的忍耐已经达到了极限。海丝特的解决办法是给它们涂上颜色，而她的直觉是对的。每年春天当展台重新开放时，厌倦了冬季的顾客就像僵尸追踪心跳一样，蜂拥去买颜色艳丽的东西。

黛拉罗比亚坐在桌旁，把一束束羊毛顺好准备染色，科迪莉亚就坐在旁边高高的木椅上，这把木椅她爸爸小时候坐过，或许还有她爷爷。屋子里塞满了各种各样特恩鲍家的老古董。黛拉罗比亚把孩子放进去之前，总是先检查椅子腿，还用干毛巾布把科迪绑住，因为上面没有绑带。这把椅子的存在先于儿童安全这个概念。科迪正在吃苹果酱，开心地玩玩具，她给它起名叫"艾玛农场"。那是一个红色塑料谷仓，有控制杆，可以把动物们放出来，让它们发出声音。城市里的孩子都不会从这种玩具中得到教益，因为牛、马、狗和鸡的大小都差不多，且都发出同样哮喘般的叫声。但这些对科迪莉亚都不算什么。"哞！"她对着从薄薄的门里出来的那头小母牛喊着。

关于比利国王这个名字，黛拉罗比亚也问过海丝特同样的问题。婆婆年轻时显然关注过蝴蝶。她还提到了别的名字：燕尾蝶、虎蝶、吃卷心菜蝶，当然还有霸占着他们家产的比利国王。

"教堂里的人来看，我并不介意，"海丝特对瓦利亚抱怨说,"但自从报纸上刊登以后,现在是个人就想来看。感恩节后的那个周五,大约来了三十个人。我给你说,这可是感恩节后啊,这一点也不正常。"

"对,是很不正常。"瓦利亚表示同意,"大家该去购物才对。"

"小狗说,汪,汪,汪!"科迪摇着脑袋大喊。黛拉罗比亚把她蓬松的金发梳成乱糟糟的两撮,中间露出一道歪歪扭扭的头皮,就像酒后驾车的轨迹,可小姑娘只允许她梳到的这个程度。黛拉罗比亚暗暗喜欢着她的这种野性,她在女儿出生以前很久就压抑下去的东西却在科迪身上爆发了出来,就像一个多雨的春天。

"报纸上的那篇文章写得很好,不是吗?"瓦利亚说,"我把它剪了下来,还给你留了一份。替我记着,克丽丝特尔,我放在钱包里啦。"

克丽丝特尔绷着脸在看手机。她本应该和她们一起顺毛线的,但还一缕都没动。

黛拉罗比亚知道海丝特对报纸上那篇文章的看法。那位女记者来自克利里,是距离此地十五英里的一个小镇,那里的人都上大学,把费瑟镇的人当成乡下人。来这里时她穿紧身裤和尖头鞋,海丝特开车载她上山去看蝴蝶,但这位记者却只想谈论黛拉罗比亚。不是真正的黛拉罗比亚,而是一个有预见能力的人,能预见未来,一个在枯死的花朵上撒尿就能让它们开花的人。黛拉罗比亚不知道谈话已经变得如此疯狂。她几乎还没适应家庭争议中心的位置，紧接着就成了教堂会众的焦点。现在，她成了全镇的话题。从山上下来，记者让海丝特直接拉她去了黛拉罗比亚家，在家里不幸地待了足足半个钟头。那个女记者还带了一架照相机。黛拉罗比亚当时穿着运动裤，留着疲惫不堪的妈妈们常见的乱糟糟的鲸鱼嘴发型。科迪没睡午觉，只穿了一只靴子，在客厅里跺着脚到处走，像火山爆发般提出一连串要求，又是吐唾沫，又是大哭。真不是新闻采访的好时候。黛拉罗比亚只想逃过这个女记者接二连三的奇怪问题。

那篇文章刊登出来后，小熊像只公鸡一样鼓着胸脯，把报纸拿给砂石公司的同事看。只要是名人，他就佩服，他小时候就是那种把橄榄球运动员、耶稣和美国头号通缉犯的照片剪下来贴在卧室墙上的孩子。他承认，上六年级的他在得知超级英雄并不是真实存在时还哭了一场。黛拉罗比亚成了他的神奇女侠。但是海丝特似乎被激怒了，那篇文章把黛拉罗比亚称为"我们的蝴蝶夫人"。她对此抱怨不已，说这让他们一家人听上去成了天主教徒。

外面天色暗了下来，雷声隆隆，这在十二月第一天可不同寻常。雨点猛烈地打在窗户上，厨房给人一种封闭的感觉，对黛拉罗比亚的急躁情绪毫无帮助。她不相信自己能成为圣徒，但万一这个冬天注定是她成就一番伟业的唯一机会，而她却把一天天的时间浪费在把纱线打成圈圈，忙着听海丝特频道，那该怎么办呢？她注意到科迪的独白从"哞"改成了"噗噗"。

"我也是这么想的。"黛拉罗比亚平静地抱怨着，噘着嘴看瓦利亚抱着一束束羊毛，扑通一声放在她和克丽丝特尔之间的桌子上。堆在她面前的灰色纱线已经够多了。此刻的情景让她觉得自己就像一个挑食的小宝宝在做吃意大利面的噩梦。今年年底，他们没卖出的货比往年多，考虑到当前的经济形势，这也在情理之中。今天她的任务是把每一束单调的绞丝都绑成一个宽松的8字，这样它们就不会在染缸里打结，然后她再把它们浸泡在水槽的洗涤剂里等它们变色。海丝特根据重量混合染料粉末，并且负责照管那些坩埚。瓦利亚在加工之前先给毛线称重，而克丽丝特尔什么也不干。

"我们要停下歇歇吗？"黛拉罗比亚问，心想克丽丝特尔能否听明白这个暗示，下手帮忙，"因为我干不动了。"

海丝特和瓦利亚没有理会她，她们正在谈论关于奥格尔牧师即将到访的种种细节。"你觉得我是不是应该把这张桌子搬出去，换张好一点的？"海丝特烦躁地说，"妈妈那张老古董还在阁楼上，我们可以把它搬下来。它比这张更小，但不像这张一样伤痕累累。"

她说的伤痕是桌子中央一弯变暗的新月形状，现在像眼睛一样盯着黛拉罗比亚。草草结婚后，他们在匆匆收拾好自己的房子前，曾在这里住过不长的一段时间，其间黛拉罗比亚用一只热平底煎锅把厨房的桌子给烫坏了。看在上帝的面子上，那时她才十七岁。虽然有防烫套垫，平底锅仍然十分烫手。这么多年来，桌上那块烧焦印一直是海丝特的谈资。

"可以盖上块桌布吗？"瓦利亚问道，"你要招待他吃什么呢？"

"喝咖啡，吃蛋糕。果酱蛋糕吧，我想。"

瓦利亚若有所思地点了点头，仿佛这里的外交政策已陷入困境。"那种焦糖糖衣真是难做。但你说得对，我打赌博比会喜欢的。你可以在桌子上放餐垫，摆上件装饰品什么的。"

"你觉得光有咖啡和蛋糕就够了吗？"

"怪事一桩！"黛拉罗比亚嘀咕道，终于让克丽丝特尔从手机上抬起头来，"海丝特刚刚向你妈妈征求意见。"

克丽丝特尔眉毛一挑："那又怎么了？"

怎么了，黛拉罗比亚想，海丝特就像换了个人似的。一想到牧师要来她家，海丝特就紧张得要命。以前牧师从没来过海丝特家，这真是令人吃惊。博比牧师到教区居民家里，兴致勃勃地与他们吃果酱蛋糕。

但最令人震惊的莫过于看到海丝特被牧师的到来吓个够呛。

"噗噗!"科迪又喊了一声,使劲地踢着腿,想吸引妈妈的注意。她伸手去够桌子,用力伸展手指,像小海星一样。

黛拉罗比亚顺着她的目光,看到一罐染料粉。"哦。紫色?"她问道。

"紫紫。"科迪回答道,看了妈妈一眼,又疲惫又欣慰。

"对不起,宝贝。嘿,你在学说话呀。"她吻了吻女儿的指尖,伸手去摸女儿甜甜的鼻尖,惹得她眨着眼咧嘴笑。黛拉罗比亚又拿起一个罐子。"这是什么颜色?"

"玉色[①]!"

"海丝特,你听到了吗?科迪莉亚都认识颜色了。"

对孙女的出色表现,海丝特似乎不以为然。显然她只对博比·奥格尔上心。黛拉罗比亚仔细端详罐子上的标签。上面有太多警告,读到最后,你可能都想逃命。她又看了一眼海丝特的大壶,想知道那和夏天用来做番茄和泡菜罐头的壶是不是同一个。"你觉得科迪现在吃苹果酱可以吗?看这里面都含……"她仔细端详上面的

[①] "玉"应作"绿",原文为"Geen",是"Green"之误,说话者是正在学说话的幼童。——编者注

小字,"三苯基甲烷?"

"我们过去染毛线,小熊差不多就喝这种东西,"海丝特不客气地回答道,"你看他不也没事。"

无人回应。在这个尴尬时刻,科迪把勺子扔到桌子对面,发出一串元音,引得两只狗都抬起头来,想知道它们是不是错过了什么。黛拉罗比亚弯下腰去捡勺子。"也许这次我们应该尝试染个不同的颜色。"她提议道。海丝特虽然自己穿得花枝招展,但她的染法却没有新意。她坚持使用包装上的颜色,这些颜色有着诱人的名字,比如亚马逊绿和宝石红,但染出来却是普通显旧的绿色和红色。很像人生。

"我的颜色有什么问题吗?"海丝特说,并不是真的想问。

"我们可以稍微混合一下。我相信你可以把这些粉末混合在一起,得到介于两者之间的颜色。"

"这是介于番茄和瓢虫之间的颜色。"那个男人曾经边抚摸着她的头发边这样说,仿佛她的发色本身就极具价值。有时,她还是会猛然想起那个男人的奉承话。回首往事,她感到耻辱,想不通自己是怎么被骗的。又犯了一次傻。这种错误以前她也犯过,也许没有那么严重,但同样愚蠢。两年前她怀着科迪时,跟农村股份有限公司的男职员也有过这种事,他长着天蓝色眼睛,每周都帮她填写医疗补助文件。在此之前,有过一个叫迈克的邮递员,他有时会到这个片区送信。还有小熊的老朋友斯特里克兰德,二头肌发达,开树木修剪公司。她知道问题出在自己身上。她的内心或者决心中潜伏着某种弱点,让她飘忽游离,去做一些微不足道的事,一切都是她咎由自取。

海丝特和瓦利亚又回到了早些时候的话题,即那些来看蝴蝶的游客。海丝特又恢复了常态,为自己家附近出现的这个奇迹感到别扭。博比的即将到访使他的追随者们也蜂拥而至,大熊和海丝特似乎为下一步该如何行动产生了争执。奇迹归奇迹,但拿到伐木合同可相当于拿到了银行的钱。

与此同时,科迪发现了能让成年人跳跃的游戏。她把勺子扔在克丽丝特尔绿色的卡骆驰牌鞋子旁的地板上,紧紧盯着克丽丝特尔的脸,看看有何结果。克丽丝特尔的心思全在手机小键盘上,正拼命用两个拇指与别人交流,这个动作让黛拉罗比亚觉得她有点像猴子。她突然意识到这座房子里没有手机信号。

"克丽丝特尔,能劳驾你帮科迪捡起勺子来吗?"

克丽丝特尔看着地板。"你想让我去洗吗?"

"人这一辈子总得忍受不愉快的事!"瓦利亚在计数,头也没抬插了一句。她一边给毛线称重,一边用铅笔把数字仔细地写在一栏里。黛拉罗比亚觉得她的表情很是绝望,好像在计算她注定要输的一场比赛的比分。这两人果然是母女啊。瓦利亚没有自己的想法,向她的影子道歉,别人吩咐什么都完全照办,这些都让她成了海丝特最好的朋友。然而,克丽丝特尔的人生却是一个错误接一个错误——她就像一个乐队指挥,在观众鼓掌时鞠躬,等着为他们逐个签名。"自信"这个词简直是为克丽丝特尔发明的。相同零件的两个人,结构怎么会如此迥异呢?但话说回来,后天抚养对人的发展也很重要,这一点必须加以考虑。受气包养不出出色的人。

克丽丝特尔突然宣布说:"这些人不是都要来吗,你们应该收费。"

"瞧,我就是这么跟大熊说的,"海丝特说,"我们都这么想。"

"那么,是什么阻止了你呢?"瓦利亚问道。

海丝特扬起眉毛,用下巴指了指黛拉罗比亚,仿佛她的儿媳是个孩子,看不懂大人的暗示。

"嘿,别看我。在教堂把这个秘密捅出去的是你儿子,要怪就怪他吧。"黛拉罗比亚站起来,抱着捆好的毛线扔进水池。弟兄们,你们要思想那真实的事。博比的话突然浮现在她脑海,她差点就说出声来。但她只是说:"要不我们怪博比·奥格尔吧。还有耶稣,为什么不是耶稣呢？该是谁的责任就归谁。"

"姑娘，你这样说话是自找麻烦。"

"我是一位太太。还有，你知道吗？我可从没说过这奇迹是上帝的神圣之手所造就的。如果你想收费，那就去收费。为什么不去？"

海丝特直视她的眼睛，她们就这样盯着对方陷入了僵局。黛拉罗比亚的脑海里浮现出"重生"一词，她凝视着一个新的世界，在这个世界里，海丝特不再使她害怕。她拒绝永远接受指责，寻找活着的其他动力也是很了不起的事。正如博比牧师所言，不去过地狱般的生活。考虑到最近发生的所有事情，黛拉罗比亚并不介意这一改变。她转过身去，解开把科迪固定在椅子里的干毛巾布，用它去擦她胖乎乎的手腕皱褶里的苹果酱。"抱歉，"黛拉罗比亚说，"我们得走了。十二点十七分校车会经过家门口，我得去等。"

"你让普雷斯顿坐校车？"海丝特质问道。

"是的。他想和大孩子一样坐校车，所以今天我让他去坐了。我得赶过去，免得他在路上瞎逛。我要带罗伊一起去，好吗？看见罗伊等着他下公交，普雷斯顿一定会很开心。"

"把两条狗都带上吧。"海丝特说。

"不，两条狗都在的话，孩子们会很闹腾。"她用抹布匆忙擦了下那把高椅子,接着夹住科迪莉亚的腋窝,把她从椅子里抱了出来,像嗅闻盐一样,嗅闻着她身上发出的酸甜的婴儿气味,真是清爽又让人放松。黛拉罗比亚单手抱着科迪离开厨房,轻吹口哨叫着罗伊的名字,同时让查理待着别动。令她沮丧的是,克丽丝特尔也站了起来,好像这口哨也在召唤她,她说她也该去接孩子了。她跟着黛拉罗比亚来到外面,站在旁边,看着黛拉罗比亚打开旅行车后门让罗伊进去,然后把科迪放进汽车座椅,系上安全带。黛拉罗比亚侧身进入车内时,感觉到雨点打在她运动衫和牛仔裤之间裸露的皮肤上,冰凉刺骨。

"哪怕只是回家这么短的路,你也要给她系上安全带?"克丽丝特尔问道。

"百分之九十的事故发生在离家一英里的范围内。"黛拉罗比亚不知道这是不是真的,老实说,如果不是世界上最懒的妈妈在场,她可能不会把孩子抱进汽车安全座椅。总得有人树立个好榜样吧。

"距离你家还不到一英里。大概也就两百英尺吧。"

"怎么了,克丽丝特尔?一年级和三年级下午才放学呢。不会是詹森和米卡尔被留级,又回去上半日制幼儿园了吧。"

克丽丝特尔重整表情,睁大眼睛,看上去精神抖撒："我想和你聊会儿。"

"你想聊些什么？"

"没什么。小事。"

黛拉罗比亚上车坐好，没关车门，双手握紧方向盘，等待着。她知道克丽丝特尔有求于她：这个女人永远处于索取模式。黛拉罗比亚先发制人："可别让我替你照看孩子啊。"

"我不是想让你干这个！"

"我能把这句话写下来吗？"

雨下得更大了，克丽丝特尔还是站在那里一动不动。人们总是对淋雨的人开玩笑说："你不会融化的。"但克丽丝特尔身上的化妆品和护发用品可能就占了体重的百分之三十五。她真的可能会融化。黛拉罗比亚叹了口气："进来吧。"

克丽丝特尔绕到车的另一边，扑通坐到副驾驶座位上，咔嚓咔嚓系上安全带："你非得这么……"

开往黛拉罗比亚家的车程九十二秒，克丽丝特尔到了那里才提出自己的问题。黑白相间的罗伊从车里钻了出来，到草坪上转着圈打滚，急切地等着揭开谜底，看看她来此地有何目的。

"罗伊，趴下。"黛拉罗比亚说，不等她说完，它就趴在水汪汪的草坪上。草仍然呈淡绿色，还没被冬天冻死，因为一直没下雪，甚至没结过霜。科迪没穿冬天的衣服，只穿了一件双层运动衫。倒不是因为黛拉罗比亚疏忽大意——真的还不需要把孩子们裹得里三层外三层，天气还不太冷，所以他们还没去塔吉特商店或者二手商店购物添衣。想想现在是十二月，这真是令人难以置信。有几次别人问她是否为圣诞节做好了准备，她的大脑实际上一片空白：准备好什么？当然了，事后她也觉得自己很傻。人们会根据孩子的年龄自动估算出母亲的智商，也许再除以孩子的数量，四舍五入，得出一个最接近睡衣尺码的数值。但怪异的天气一定在某种程度上把每个人都搞糊涂了。走到户外时，有时她不得不花上几秒钟，才能确定现在是一年中的哪个月，小熊也说过同样的话。感觉一点季节变化都没有。只是处于一个云层破裂、不停下雨的季节。

  黛拉罗比亚把心思放在了眼前的烦恼上：普雷斯顿是第一次坐校车。除非她站在路边，否则司机不会知道那是他的站点。也许校车早就到了。雨越下越大，但她不能冒迟到的风险到屋里去拿伞。五岁的孩子还太小，不适合坐校车。她在想什么呢？把他送到陌生人中间已经够让人担惊受怕了，更不用提那些心不在焉的校车司机。她走到车道尽头，站在邮箱和一棵大枫树之间，打发克丽丝特尔去拿雨伞。

克丽丝特尔不慌不忙地进了屋子。黛拉罗比亚拉开连帽衫的拉链，把它遮在科迪被雨淋湿的头顶上。马路对面被水淹的牧场上，牛群短暂地抬起头来，欢迎她也成为"倒霉蛋俱乐部"的一员。手机发出嗡嗡的振动声，她右手抱着科迪，腾出左手从肩上的包里掏出手机。是多维发来的信息："摩西情绪不稳定。"[①] 多维发誓这些格言是真的，它们通常是她在开车上班途中经过教堂看到的，也许她的话没错。商业广告牌似乎让教堂有了广告业的竞争智慧。但她怀疑这条是多维的原创。她用闲着的拇指回了短信："你也是。"

最后克丽丝特尔带着伞来了，她们挤在绿油油的伞底下。由于克丽丝特尔的头发非常浓密，她们之间总好像挨得很近。罗伊顺从地坐在黛拉罗比亚的膝盖旁，但随着湿气越来越重，它紧紧贴住了她的腿。被抱在怀里的科迪一边朝过往的车辆挥手，一边有节奏地用沾了泥巴的鞋子踢黛拉罗比亚的大腿。她的每一条牛仔裤上都有鞋印。如果她已经是个受气包，那么她的孩子们是不是也注定完蛋了？

一辆红色雪佛兰皮卡车放慢车速，几乎停了下来，它

[①] 双关。原文为"MOSES WAS A BASKET CASE"，此句既化用了婴儿时的摩西被放在篮子里顺流而下的典故，又巧借"basket case"这个词的俚语含义，即"在精神或情绪上极度不稳定的人"。

离她们很近,她能听见那辆车上的雨刷啪啪作响的声音,也能看清里面的司机,经过时那个家伙仔细看了看她们。车里的人肯定在想:天哪,原来是在等校车的孩子妈妈。

"那是埃斯特·塞耶斯,"卡车开过去时,克丽丝特尔说,"听说他做了结肠镜检查。"

"谢谢分享。"

"喂,"克丽丝特尔说,"我正要问你一件事。"

"这太让我惊喜了。"

"黛尔,我发誓,不能因为教堂里的人都觉得你是圣人,我就得拍你的马屁。很抱歉,我做不到。"

"很好,那就别那么做。不过,别叫我黛尔。最初和小熊约会时,我听了这个就上火。"

"为什么?"

她唱了一句:"小山谷中的那个农夫!"①

"哦,是这个。好恶心。"

"的确可以说是'恶心'的。也别叫我黛利,那是你买三明治的地方。"

克丽丝特尔忧虑地看了她一眼:"这是什么意思,和你一起出去玩的报名表?"

"是的。"

---

① 儿歌歌词,山谷(dell)就是前文对黛拉罗比亚的昵称。

她们站在那里不说话了,谢天谢地,又有两辆车开过,司机都是老太太。黛拉罗比亚希望她不用为自己的名字辩护。上高中时,当那些受欢迎的女孩都赢得了诸如"丽姿"或"苏西"这样时髦的小标签,她也希望能有个更时髦点的名字,但从未实现过。她就是黛拉罗比亚,杂志上的花环。不是圣经里的女英雄,只是一堆组合在一起的零碎之物。

"既然你提到了,他们在教堂真的是这么说的吗?"她问克丽丝特尔,"说我是圣人?"

"我怎么知道。"

她知道克丽丝特尔会忸怩作态,但不出十秒钟就开始传播小道消息。三,二,一……

"是的,有些人是这么说的。实际上很多人,不包括沃夏姆一家。班纳斯、韦弗斯,还有沃夏姆一家?他们不相信。"

"很高兴你还做了民意调查。"

"不,你知道的。人们只是爱瞎说。他们中有些人很讨厌这个,你知道吗?说你得到了奥格尔牧师的青睐,没有……"

"没有什么?"

"我想,他们觉得你又不是那么虔诚的人。"

"你是说我是个被赶出周三讨论组的野丫头?"

"真的吗？"克丽丝特尔看上去很是惊讶。她也是最近才加入教堂会众的。

"那是很久以前的事了。我以为'讨论'的意思是张开嘴，是我理解错了。你知道，把我赶出去的人是海丝特，而不是博比牧师。"

"你过去常戴狐狸围脖去教堂吗？塔米说你戴过那种围在脖子上的小围巾，上面的狐狸脑袋咬着尾巴。"

"狐狸围脖。是多维的。不敢相信还有人拿这个事说我。进教堂不会也有衣着上的法律限制吧？"

"好吧，但也有其他人的声音，比如考克斯修女，她就是那种相信要爱邻如己的人。我想他们确实相信那座山上发生了什么大事。你知道，就是奇迹。这就是他们都想上山观赏的原因。"

"嗯，的确值得一看。你会吃惊的。"

黛拉罗比亚自从那天和公婆一起上山后就再也没去过。海丝特全权负责游客的交通，这似乎很不公平。突然间，蝴蝶成了兄弟会的财产了。教会和海丝特都有自己最得意的奇迹。并不是说黛拉罗比亚想去当导游，他们也不允许她抱着一个蹒跚学步的孩子，脚边还跟着一个上幼儿园的孩子出去露面。但是，当这群人从她家屋后走上大路时，黛拉罗比亚会猛地拉下百叶窗，感觉有什么东西被别人偷走拿去炫耀了。

"听着,"克丽丝特尔说,"我想让你帮个忙,也不是什么大不了的事。我写了封信,你能不能帮我看一看?你很擅长拼写之类的。"

一只松鼠从大枫树底下蹿到路肩,犹豫了一下,然后蹦到路对面。罗伊聚精会神地看着,因为自我克制而发出一声痛苦的叹息。

"写给谁的信?"

"写给亲爱的艾比的。"

黛拉罗比亚大笑了起来,把科迪和狗都吓了一跳:"你要让我帮你校对一封写给亲爱的艾比的信吗?信里都写了什么?"

"跟布伦达之间的事。她认为我——"

"我知道,布伦达手指断了,她们全家都想揍烂你的脸。"

"好吧,事情是这样的,没人听我是怎么说的。我知道布伦达的母亲给亲爱的艾比写了信,你知道的,请她彻底解决这件事。但她只会站在布伦达那边,对吧?你知道她会的。所以我也要写一封。"

"亲爱的艾比到底是怎么掺和到这件事里面的?我是说,天哪,克丽丝特尔,她只是个老太太,离这里有千里远。谁会在乎她怎么想?"

克丽丝特尔用看智障的眼神打量了她一眼:"每个

人都在乎亲爱的艾比怎么想。你想想,否则她怎么会每天都上报纸?"

亲爱的艾比嘴巴灵巧、心地善良,人们读她的文章也是因为这个:这种组合非常罕见。更罕见的是,她的语法堪称完美。除了警情通报和全国新闻摘要栏目,黛拉罗比亚曾经也是艾比栏目的忠实粉丝,直到小熊坚持说他们没钱再续订《克里利信使》了。为此她还和小熊吵了一架。他的论点是,能在电视上看新闻,为什么还要花冤枉钱呢?而她觉得,他总是不停地换台,让她什么事都不能看个来龙去脉。

"你知道吗,克丽丝特尔?你去写你的信吧,但我想我还是不掺和了。我是说,天哪,那可是布伦达的妈妈。谁也不想在黑乎乎的小巷子里碰见她。"

"我不骗你,我也害怕,"克丽丝特尔表示同意,"我跟你说,在你看我的信之前,我又做了一些改动。"

"你是说,更改了一些事实。"

"不,只是一些鸡毛蒜皮的小事。比如我没提到我喝酒,因为现在这个不关任何人的事。戒酒意味着重新开始。另外,我说的是'我和我丈夫',没提到我是个单身妈妈。"

黛拉罗比亚纳闷校车能不能在圣诞节前到。科迪像条尺蠖一样扭动着想下来,可是她们离大路太近了。柏油路上出现了积水。沟渠已经变成了一条小溪，里面漂着树叶，水还在上涨。她的网球鞋湿透了。"让我理理头绪。你对亲爱的艾比撒谎，好让她站在你这边。这怎么会对你的情况有所帮助呢？"

"听着，你根本不知道人们怎样想。你是已婚人士。"

"我还以为我突然成了全镇人的话题呢。"

"但是你结婚了，好吗？我只是觉得如果艾比知道我的孩子是私生子，她会对我有成见。我还告诉她，我已经接受基督来当我的救星了。"

"我觉得艾比才不会在乎。说实话，我想我在什么地方读到过她是犹太人。"

"你骗人！"

校车爬上了山顶，像一艘金色游轮一样庄严地朝她们驶来。黛拉罗比亚终于被它从"荒岛"上救了出来，这让她真想高兴地跳起来，挥手致意。一群不耐烦的司机像往常一样跟在校车后面，毫无疑问，他们都在诅咒着自己的坏运气，因为他们被困在缓慢行驶的公交车后面，每隔一百英尺左右就得停下，根本没有希望穿过这条弯路。黛拉罗比亚想起自己身处他们的位置时骂的所有脏话，现在身为一个新晋校车乘客的妈妈，她发自内心地向各地的公交车司机表示歉意。她不确定她是否需要拦下车，这时琥珀色的车灯开始闪烁，让她松了一口气。停车标志像一双骄傲的红翅膀一样张开。她向司机挥手,希望能赢得这位负责普雷斯顿安全的女士的好感。但司机在拉校车的滑动车窗。最后车窗啪的一声开了。

司机喊道:"你就是那个女的吗?"

"普雷斯顿的妈妈。"她回答道。与此同时,克丽丝特尔喊道:"你指的是谁?"

"不是你。是她。看见异象的那个女的。"

"哦,他妈的。"黛拉罗比亚说。她希望这句话没有传到那些小朋友的耳朵里。

"蝴蝶女士,"司机坚持道,"就是你吗?"

"我是普雷斯顿·特恩鲍的妈妈。普雷斯顿在车上吗?"

他像口香糖机里的奖品一样从门口蹦了出来,穿着黄色连帽雨衣,脸上挂着灿烂的笑容,他的脸看上去被拉长了。

"待在那里别动,宝贝。"她一边警告着他,一边迅速穿过马路,拉着他的手,护送他回来。

"罗伊!"普雷斯顿大喊着跑过去抱牧羊犬,用胳膊搂住罗伊长了一圈白毛的脖子。他们都朝家走去,让克丽丝特尔像蜱虫一样站在那里。等他们走到干燥的门廊,黛拉罗比亚放下科迪让她站好,收起雨伞,抖落上面的雨滴。

"我也想去看看。"普雷斯顿说。

"看什么？"

"蝴蝶。"

"也不说'嗨，妈妈'，或者'今天过得怎么样？'，就知道说'我想去看蝴蝶'。"

他抬头看着她，脸上带着悲伤和焦虑的表情，她感到一阵难过。他才五岁半，眉心却有一道忧愁纹。

"行吗？"他说。

她跪下来，放下伞，把手放在他的肩膀上，看着他的眼睛："你想什么时候去？"

"现在。"

"冒着雨？"

"是的。"

"有一段很长的路要走。真的要走很远。"

他咧嘴一笑："妈妈，我们可以开越野车啊。"

"啊。不愧是你爸的儿子。"

克丽丝特尔和科迪已经进了屋，克里丝特尔从她的包里拿出了那封信。黛拉罗比亚脱下一层又一层湿透的衣服，脱到只剩胸罩，然后穿上连帽雨衣，系上扣子，像特种兵一样，只是为了节约时间和省下一件干净的衬衫。天马上就黑了。她在小熊的红色夹克口袋里找到了越野车的钥匙。

"克丽丝特尔，我们做个交易吧，"她说，"你在这里照看科迪一个小时,我就替你读信。我要和我儿子冒雨去看蝴蝶。"

"这辆车我开不太好。"她警告说。事实上,她从来没有把它从车棚里开出来过,但她很快就掌握了窍门。它更像一台电动割草机,而不是一辆汽车,不过速度更快。她用一只胳膊紧紧搂住座位上的普雷斯顿,等车颠簸了好一阵子之后,她才好不容易让它放慢速度,沿着牧场崎岖不平的斜坡行驶。

"爸爸开车时也很颠簸。"普雷斯顿机智地说。普雷斯顿很小的时候小熊就开车带着他兜风,但黛拉罗比亚只允许他们在院子周围转小圈。小熊非常可爱,就像一只母鸡妈妈,把婴儿背带绑在自己宽阔的胸膛上,断断续续地把汽车肥大的轮胎压在地上。带着孩子以零英里每小时的速度兜风,实在没什么意义。但他为有了一个儿子而骄傲。

到了山顶,她在想要如何挂挡刹车,然后再让普雷斯顿下车去打开大门。她很顺利,儿子也尽力完成了关门的苦差事,感觉世界上所有的牲畜可能都要指望他了。在继续前行之前,她把手伸到雨衣里面,想用干衬衫下摆给普雷斯顿擦擦眼镜,却震惊地想起来她里面没穿衬衣。这就像她和多维过去常玩的把戏,不穿衣服只穿雨衣出找乐子。现在能让她开心的就是不必额外洗衣服。她从雨衣口袋里掏出一张皱巴巴的纸巾，小心翼翼地擦了擦儿子的镜片，然后擦了自己的镜片，以便两人看得更清楚些。自从所谓的奇迹发生以来，她一直戴眼镜。让那些男孩和调情见鬼去吧，她只想看清周围的一切。大路比较好走，这让她松了一口气。轮胎恰好在车辙中行驶，仔细想想，除了这一辆车，还没有其他车辆从这条路行驶过。

"你饿了吗？"她问道，"因为有点冷。又湿又冷的时候，人会容易感到饿。如果你饿了，我们就先回去吃点东西。"普雷斯顿比和他同龄的孩子更瘦小，因为没有能量储备，就很容易没力气。

"女老师们在学校给我们吃过午饭了。"他严肃地说，好像在向她汇报她可能不熟悉的事，比如监狱状况。

"嗯，宝贝，我知道你在那里吃过饭了。我们把你的信封送过去了。但有时你回到家就又饿了。"她想知道得过多久他才会发现信封里装的是政府表格，而不是午餐钱。他是享受免费午餐的孩子之一，就像上三年级后的黛拉罗比亚一样。他们可真是一脉相承。

普雷斯顿没有回答。她希望儿子不要以为当他放学后饿了的时候她不舍得给他吃东西。有一次，当她和小熊正在为电灯账单吵架，忽然发现普雷斯顿从一个房间走到另一个房间，把里面所有的灯都关掉了。

"没问题,"她诚恳地告诉他,"吃东西是好事,这样你才能长大。我最喜欢的小男孩,就是饿得可以吃下一头牛的那种。"

他终于咯咯笑出了声。让普雷斯顿表现得像普通小孩一样,需要花点心思。她把发动机转了一下。"如果看到马,我们就给你抓一匹当零食吃。"她说。他笑的声音更大了。

"我可以吃掉一条狗!"他叫道,"我可以吃掉罗伊!"

"可怜的罗伊,你可要当心啦。"她说。意外的是,黛拉罗比亚感到轻松又自由,就像要一个人进城闲逛,尽管严格来说她还没有离开自家的土地。

"飞来一只比利国王。"普雷斯顿说。

雨衣的兜帽遮住了她上半部分的视野。"真的,你已经看到一只了?"她放慢车速,让汽车慢慢向前蠕动,这时她才放心地把视线从前面路上移开,身体前倾,朝树林中间仔细看。果然有一只国王陛下在雨中摇摇晃晃地飞行。"你的视力真好。那就是海丝特奶奶说的比利国王。"

"那我们叫它什么呢?"他问道。

"我想,也叫这个吧。"她不知道人们来这里参观时海丝特讲了些什么故事。黛拉罗比亚真希望自己能知道事物的真名,以便回答她那善于观察的儿子的问题。过去老师们很烦她,因为她总是没完没了地问问题,现在普雷斯顿比她的问题还多。雨差不多停了,她把兜帽向后推了推。光秃秃的树滴着水,天空开始放晴。他们驶近冷杉林,发现小路上空有蝴蝶在漫天飞舞。

"我们下车,从这里走吧。"说着,她关掉嘈杂的引擎。能下去走走真好。她想看着他仰起的小脸。尽管湿漉漉的头发粘在额头上,雨点滴在他的金属框眼镜上,普雷斯顿仍感觉自己仿佛置身天堂。"飞来一只比利国王!又飞来一只比利国王!"他一遍又一遍地大喊,和他发射飞行物之前快速喊"五——四——三——二——一,发射!"时一样。很快,飞来的比利国王就太多了,他来不及见一只蝴蝶就喊一声了,但普雷斯顿的嘴唇仍然在默默地翕动。

今天飞来飞去的蝴蝶不如以前那么多。不再像是一条川流不息的河,而像遍布四处的散兵游勇。它们跌跌撞撞地沿着小路飞,不知为何,看上去有点像喝醉了,或者说有点疯狂。

"它们可能也饿了,"普雷斯顿说,"它们吃什么呢?"

"我不知道。"她坦白道。他说得对,它们接连在雨中待着一动不动这么多天,肯定需要吃东西。她很尴尬,她五岁的孩子正在提出一些之前她从未想过的问题。她不想对孩子的问题置之不理,于是说:"我们得去查一查。"

"到哪里查？"

"我想从谷歌吧。"

"好吧。"他说。

上谷歌查一只蝴蝶，这听上去很是滑稽，就像给鲶鱼挠痒痒，但她知道普雷斯顿不会那样想。他会爬到大熊和海丝特家的电脑前敲键盘，查他想知道的信息。养孩子并不像人们说的那样。"别想着把孩子训练得和你一样，等他长完牙，发现互联网的那一刻，除了给他提供鞋子和冬衣，你一无是处。"但普雷斯顿仍然问她问题，他们母子俩是一个团队，这让她感动。在这片若隐若现的树林里，他仿佛过马路一样紧紧抓着她的手，走近那些树，树上垂下一大堆蝴蝶。地上散落着蝴蝶的翅膀。"看上面。"她指着树枝上垂下来的一簇簇棕色翅膀说。这些树上已经满满当当了，甚至连树干上都是蝴蝶翅膀，一直往上延伸，就像巨人毛茸茸的腿上竖立的毛发一样。树林变成了蝴蝶林，一簇簇蝴蝶神奇地挂满了大树，伪装成女巫的长发或枯叶。她知道它们是什么，因为她的眼睛已经洞悉了这个秘密。普雷斯顿不知道。一切都静止不动，又充满生命，等着他去探索。她看见他深色的瞳孔飞快地转动着，一切都充满奥秘，虽然他看见了，却并不明白发生了什么。我的，我们的，她的心怦怦直跳,内心暗自做出承诺。这个比圣诞节礼物还好。她迫不及待地要送给他这样的礼物:见识。

"这是什么?"他问道。

"这也是比利国王。我知道它们挂在那里,看上去怪怪的。但这些都是蝴蝶。"

"嘎!"他大喊道,挣脱了她的手。他跑向一簇巨大的花束,花束几乎从空中垂到地面,长约三十英尺,让一个小男孩显得很矮小。她还没来得及警告他,他就伸手去抚摸了它,弄得它扭动着醒了过来。翅膀张开了,在草丛里打转。最下面的那串掉了下来,扑通一声落在地上。慢慢地,砰的一下,一只只蝴蝶拍打着翅膀,飞散开来。

普雷斯顿回头看她,等着她的训斥。

"没关系。你可以看。轻一点就行。"

她走上前,以便看清楚儿子看到的一切。她从未近距离观察过这一簇簇的蝴蝶,即使现在也很难弄清楚它们的构造。蝴蝶似乎并没有被其他蝴蝶压碎或粘在翅膀上,也不像百车相撞那么简单。它们好像用细如针尖的前腿抓住了树皮、树枝或针叶,一直伸到树的顶端。树的基本形状在下面依然清晰可见,包括柱状树干和扫帚一样的树枝,但都因蝴蝶的存在而被夸大了。只有悬垂在蝴蝶群末端的蝴蝶才会紧紧抓住其他蝴蝶的腿。这些是没有安全感的、充满绝望的蝴蝶,她想。哪个世界都有这个类别。

"妈妈,它们有股味道。"普雷斯顿说。

她深吸一口气,这才意识到自己已经好几个钟头没抽烟了,不过没闻到任何气味。"好闻的还是难闻的?"她问道,"闻起来像什么?"

普雷斯顿和这些生物之间隔了几英寸,他慢慢把脸靠过去,直到他的鼻子碰到它们。他闻了闻,下了结论:"好闻的。介于萤火虫和灰尘之间。"

他们在后门正碰上克丽丝特尔,她已经穿好外套,肩上挎着包,正准备离开。她手里拿着那封写给亲爱的艾比的信,不过已经把它装进了信封。

"克丽丝特尔,很抱歉,我欠你个人情。真的。我们出去了一个多小时。要是你去接儿子,可以开我的车。科迪呢?"

"她睡着了。我把你的车放在海丝特那里,行吗?"克丽丝特尔眼睛朝走廊那边瞄了瞄,悄声说,"前门有人。"

黛拉罗比亚看见罗伊站在离门几英寸的地方,眼睛直勾勾地盯着一处,仿佛能透过木门看到外面。它没有吠叫,而是饶有兴趣地哼哼着,还慢悠悠地挥动着尾巴尖上的白毛绕着圈。罗伊很可靠,会判断人的性格。看来来人并不构成威胁,但需要注意。

"是谁呀?"

"我不知道!他们在那儿待了大概有十五分钟了吧。"

"只是站在那儿吗?是男的还是女的?"

"是一家人。一对夫妇和一个小女孩。"

"太好了,克丽丝特尔,要是他们带了一个孩子来,那就不是杀人犯。也许他们需要帮忙什么的。你为什么不去开门?"

克丽丝特尔斜瞥了普雷斯顿一眼,把信封挡在嘴边,低声说:"他们是外国人。"

黛拉罗比亚愣了一下,克丽丝特尔趁机从厨房门溜了出去。普雷斯顿来到前厅站在罗伊身边,但她知道他不会开门,因为他和所有孩子一样都知道要提防陌生人。她从门上方的窗户往外看,但什么也没看见。她踮起脚向下瞅,才看到门廊上的男人和女人,他们和她差不多高,甚至可能比她矮。看上去像墨西哥人,至少皮肤很黑,尤其是那个男人。难道是耶和华见证人组织的?为了事业周游世界吗?

她立刻打开了门:"请问你们有什么事?"

站在大人中间的小女孩最先开了口:"普雷斯顿!"

"你好,约瑟菲娜。"他热情地打招呼,听起来像家里的主人。

黛拉罗比亚看了看儿子，又看了看女孩和她的父母："普雷斯顿，这是你朋友吗？"

"她也在罗斯老师的班里。"他说。他们俩顺从地、礼节性地拥抱，就像一大家人团聚时孩子们会做的那样。黛拉罗比亚迎着她父母的目光，感到十分茫然。男人蓄着大胡子，穿工装，一件拉链夹克，戴一顶有帽檐的帽子。妻子穿得稍微讲究一些，蓝色开襟羊毛衫下面配着一件夏日花上衣。从装扮上看，这一家人也没去买冬衣。他们紧紧握住她的手，报上自己的名字，卢佩和雷纳尔多，还有一个姓氏，不过她马上就忘了。

"嗨，进来吧。"她说。女孩对父母说了些什么，他们小心翼翼地跟在后面，在垫子上擦了鞋，犹豫不决地进了屋，黛拉罗比亚等了好久才在他们身后关上门。她衣服扣子还没解开一半，又一次吃惊地发现自己里面没穿衣服。她早先脱下的湿衣服还躺在走廊上的水坑里。这些人一定会觉得他们进了猪圈。

"抱歉让你们在外面久等了。我们刚出去了一趟。大家到客厅坐吧，我马上就来。普雷斯顿，你能不能像个真正的大孩子一样，到厨房去给客人们倒杯水来？"

女孩又一次用西班牙语和父母交谈，这次说了好几句话。不管她告诉了他们什么，他们都照办了，因为他们径直走到沙发那儿坐下了。黛拉罗比亚匆匆跑去看了看正在睡觉的科迪，然后急忙跑进卧室梳了梳头发，换上一件像样的衣服。当她回到客厅时，看到普雷斯顿用允许他使用的塑料杯子端来了水：卢佩用了怪物史莱克杯子，雷纳尔多用的是海绵宝宝杯子。他们拘谨地端着杯子。黛拉罗比亚注意到那位妻子穿的是夏天的凉鞋和连裤袜，不由得替她难过，因为黛拉罗比亚清楚地知道薪水晚到一季是什么滋味。那个男的摘下帽子，放在沙发扶手上。他的胡子在嘴角呈两条曲线状，如圆括号一般，好像他要说的每句话都很平静，都是附属的。约瑟菲娜是他们的公主，穿着花喇叭裤和格子上衣。她坐在父母中间，害羞地盯着罗伊笑着，她的父亲伸出手背让狗嗅，鼓励她也这么做。罗伊任凭他们摸它的下巴，然后走到门厅里躺了下来，满意地认为他确保了周围的安全。

"这么说，"黛拉罗比亚开了口，心想该不该让客人吃饼干，她把扶手椅里的一堆衣服拿开坐在上面，普雷斯顿坐在她脚边的地毯上，侧身挨近她，"很高兴见到普雷斯顿的朋友。他是家里最大的孩子，所以送他去幼儿园对我来说有点新奇，他有了另一个世界，而我对此却一无所知。"

她立刻后悔自己说了"另一个世界"，担心他们会误解，但是已经太迟了，小女孩已经把这个信息转达给了父母。他们微笑着点点头，似乎并没有受到冒犯。黛拉罗比亚慢慢明白过来,女孩的父母一个英语单词也不会说。如果孩子在附近上学,他们一定是住在费瑟镇。但不管是什么情况,显然一名幼儿园小朋友成了他们的大使。他们去购物、到银行办理业务也要女儿一起陪着吗?她无法想象。孩子接下来说的话更是让她大吃一惊。

"我爸爸妈妈想去看蝴蝶。"

"你在开玩笑吧!"

女孩开始翻译,但黛拉罗比亚阻止了她:"不,先别。告诉我他们是怎么知道蝴蝶的。"

"我们对蝴蝶很了解,"约瑟菲娜回答说,这次没有问父母,"它们是帝王蝶,来自墨西哥。"她把墨西哥念成"麦西谷",快速滑回了母语。

"好吧。"黛拉罗比亚很是惊讶。

"帝王蝶是从米却肯州来的,我们也来自米却肯。"约瑟菲娜露出一口洁白的牙齿,愈发镇定下来。她个头比普雷斯顿高一点,但看上去大很多。黛拉罗比亚想,也许是为了学习语言,他们不得不送年龄较大的她去上幼儿园。或者也许她的生活经历是此地孩子的两倍。这很有可能。

"帝王蝶,"黛拉罗比亚说,"明白了,我以前听过这个名字。"她拼命回忆着,也许她是在《动物星球》里看到的吧。

"帝——王——蝶。"女孩又说了一遍,这次是按照英语单词重音说的，或者接近英语。

"你是说以前它们住在那里，现在都到这里来生活了吗？"黛拉罗比亚意识到这些话听上去有点耳熟，正是人们经常用来谈论移民的，再一次担心会意外冒犯对方。但女孩的注意力集中在蝴蝶问题上。

"不，"她说，"它们喜欢住在米却肯州。在树上。它们很大很大……"她用手比画了一个很大的形状，费力地想说出一个单词，最后说，"总状花序，就比如，比如葡萄。"

黛拉罗比亚差点惊掉下巴："是的，没错。就像从树上垂下的一大串葡萄。你见过？"

女孩点了点头。她快速对父母说了些什么，他们听了也使劲点头。

"有人告诉我妈妈它们到这里来了。她的朋友从报纸上看到的。我们去了另一户人家，说想看帝王蝶。那位女士让我们付钱，所以我们没去。"

"你说的是我婆婆海丝特。是不是灰头发，扎着一个长长的马尾辫？"黛拉罗比亚用手在脑袋后面比画辫子。

约瑟菲娜点点头："是的。"

"她要你们交钱去看蝴蝶吗？这是什么时候的事？"

"很长一段时间了。"

"感恩节前后？"

女孩问了她妈妈一个问题，她妈妈回答了一个词，听起来像十一月。"十一月份。"约瑟菲娜说。

那个女巫，只对当地教会的人免费，黛拉罗比亚心想，让海丝特把奇迹据为己有吧。"你们是怎么知道到这里来的？"

"今天普雷斯顿坐了校车，我知道你是个好人。"

"哦，谢谢你。你们随时都可以去看蝴蝶。不收费。和你谈话的那位女士不是它们的主人。"

女孩翻译了她的话，他们都笑了。黛拉罗比亚想知道他们是不是想现在就去。

"问题是，我还有个孩子正在睡觉，所以现在不行。如果你们愿意，我们可以这周晚些时候去。可以留一个电话号码吗？到时我给你们打电话。"她从普雷斯顿的图画纸簿上撕下一页纸递给小女孩，小女孩把它交给父亲，告诉他要干什么。他从口袋里掏出一支铅笔，写下一个电话号码，然后递了回去：十位数字，以及当地区号，写得整整齐齐的，一看就是外国人的笔迹，7写得像t一样。

"这么说，"她一边说一边把纸对折两次收好，"你们以前在家乡已经见过它们了？成群成群的蝴蝶？"

"在米却肯，我爸爸是帝王蝶向导。"现在小女孩熟络起来，在沙发上上下晃动，有点上气不接下气地说，"他带着人们骑马去森林看帝王蝶，给人解说，替科学家数蝴蝶。我妈妈为很多人做玉米粽。"

黛拉罗比亚用手轻轻捧起普雷斯顿的头,让他仰起脸来。"关于蝴蝶,你们在学校谈过吗?"

"罗斯老师对亨特老师说了些什么,但没有对我们说,"他说,"约瑟菲娜问我以前有没有见过蝴蝶,因为她见过。她说有一大片蝴蝶,满树都是。"他瞧瞧约瑟菲娜,又看看黛拉罗比亚,和往常一样,好像担心自己做错了什么,"所以那天我就也想去看了。"

"哎呀!我简直不敢相信,"黛拉罗比亚说,几乎不知道从哪里开始她的问题,"墨西哥一直都有这种蝴蝶吗?还是只是偶尔出现?"

"冬天,"女孩说,"夏天的时候,帝王蝶到处飞着吸食花蜜,飞到你们国家来。到了冬天,就都回到我的小镇安古埃。每年都是同一个时间。"

"你父母就是靠这个谋生吗?靠着蝴蝶,还有给那些观赏蝴蝶的游客服务?"

"他们来过,他们的确来过……"约瑟菲娜停顿了一会儿,眼睛盯着中间,脑子里在想些什么,"什么地方的人都有。世界各地。"

"你是说世界各地的游客吗?有多少,一百个?"她想知道,像她这么小的孩子是否懂得几十和几百之间的区别。

"成千上万的人。一亿只蝴蝶。"原来她懂。

"你是怎么知道有多少只蝴蝶的?"

那女孩看上去有点不悦:"我爸爸是向导。我帮他骑马。"

"你还会骑马?"普雷斯顿一脸崇拜地低声问道。他一定以为她是飞天女警再世。

"如果你不介意的话,我想问问你们为什么不待在那儿呢?"黛拉罗比亚问道。

"不在了。消失了。"

黛拉罗比亚身体前倾,把双手放在膝盖之间,很担心接下来会发生什么。不管是否有奇迹,山上的景象都是一份礼物。她尤其愿意大胆地去想象。她从未想过它们可能是从别处偷来的。"你是说蝴蝶不飞回去了?"她问道,"还是游客不再来了?"

"一切都不见了!"女孩很难过地大喊道,"水来了,到处都是泥浆……一场大水。"她看着她父母,问了他们几个问题,他们回答了,但她没有再说什么。

"发洪水了吗?"黛拉罗比亚轻声问道。她想起了九月份在格雷特力克发生的山体滑坡,摧毁了60号公路的一段路。新闻报道称之为一场"大旋涡",整个山谷到处都是巨石、泥浆和树木碎片。她用手做了一个向下翻滚的动作,说:"是山体滑坡吗?"

约瑟菲娜冷静地点点头，身子缩进沙发里，用西班牙语说："山体滑坡。"母亲把女孩抱到膝上，双臂搂住她。现在一家人都快哭了。

"对不起。"黛拉罗比亚说。

父亲轻声用西班牙语说了句什么，约瑟菲娜只说了一句："一切都没了。"

"什么没了？"

"房子。学校。人。"

"你们的房子也没了？"

"是的，"女孩说，"一切。山。还有帝王蝶。"

"那一定很可怕。"

"是的，很可怕。死了一些孩子。"

天哪，她想。"可怕"一词含义丰富，格雷特力克发生的山体滑坡只是毁了一段高速公路。学校还在，也没有人员伤亡。

"这是什么时候发生的事？"她问，"哪一年？"

女孩问了一个问题，她母亲回答了，听起来像是"二月"。约瑟菲娜重复道："二月。"

"去年冬天吗？这么说你记得这些？这是十个月前发生的事？这么说在那之后的春天，你们就来到了费瑟镇？"

她点了点头："我的表兄和叔叔已经在这里工作很长时间了。"

"哦,我明白了。加工烟草。"黛拉罗比亚说。

"烟草。"她的父母齐声重复道。那个男的指着自己说了"烟草",还说了些别的什么。他一定在某种程度上听懂了她们的谈话。她对这家人的感觉一直在变化。他们曾经有一个更喜爱的家,有工作,能协助科学家做某种类型的事。而现在,他辛苦奔忙,显然只能打些零工。她为自己的无知感到羞愧。山体滑坡,多人被掩埋。今晚她和普雷斯顿要到海丝特家去,一起在电脑上查一查。

她把折好的那张纸递了回去,问道:"你能把你家乡城镇的名字写下来吗?这样我就可以……"难道她要告诉他们,说她会到谷歌上搜索吗?这听上去很是残忍,像在窥探别人的隐私。说实话,《每日新闻》就是这样的。当受害人不是坐在你家沙发上的时候,你会觉得一切看起来更体面。

"这样我就可以多了解你们家的情况。"她最后说。

那人把报纸还给她,在电话号码下面写了几个字:"雷纳尔多·德尔加多。米却肯州,安古埃镇。"她已经忘记的姓氏,那个不复存在的小镇。

他们静静地坐了很长时间。黛拉罗比亚曾多次参加祈祷会,但面对失去了一切,包括他们脚下的高山和空中的蝴蝶的这一家人,她不知道该说些什么。

第五章 🔥 轰动全国

那人开着一辆甲壳虫来了。周一早上,他的车与一长串同样不幸的车被困在校车后面。黛拉罗比亚把普雷斯顿送上校车,现在她对这些司机只剩下一半同情。司机们加大引擎油门,迂回穿梭,他们需要放缓下来,接受命运的安排。"上班迟到了吧,你们可真倒霉!"她幸灾乐祸地对司机们嘟囔着,校车发出松开手刹的声音,然后隆隆作响,慢吞吞地往前挪动。她朝那块方形的窗玻璃挥一挥手,普雷斯顿的小脸就在后面,仿佛镶嵌在相框中。

当那辆橙色的大众汽车驶出车流,停在她正对面的路肩时,她感到有点羞愧。那家伙看见她嘲笑他了吗?她把手伸进大衣口袋去摸手机,这个动作毫无意义,因为必要的话她加快二十步便可以走到自家前门。一个身形极其瘦长的男人从小车里出来,像承包商的尺子一样展开身体。

"我想找特恩鲍家的农场。"他说话带着迷人的口音,单词在他嘴里左右倾斜,"特恩鲍"就像"忒哦报"。她突然也想这样说话。

"我就是黛拉罗比亚·特恩鲍。"她大声答道,但说得太快了,一串完整的音节让那个男人笑了起来。

"是真的吧,"他说,"这个名字?"

"不。我还没说中间名和本姓,分别是凯蒂和考西。"

"好吧,那么,"说着,他大步穿过马路,抓起她的手与她握手,"我叫奥维德·拜伦,我也有一个疯狂的名字。但和你的比起来相形见绌。"

疯狂的名儿……相形儿见绌儿[①]——他说话的口音真像个雷鬼歌手。她记下了这个名字,然后歪着脖子,盯着来人。她已经见惯了大高个儿,但这人比特恩鲍家的男人还要高出几英寸。不仅如此,此人又高又黑又帅,特别高,特别黑。好吧,还特别帅。这位拜伦先生有太多优点,他简直就是一个完美的观众,让她想当场创作一场表演。

"你的名字是以诗人命名的。奥维德是古诗人,对吧?还有拜伦勋爵也是。"她拓宽了他们的话题,她曾有过出色的英语成绩,"比我的好——我的名字取自一

[①] 原文为 "Creezy neem...ope-stage dot", 是 "Crazy name…upstage that"(疯狂的名字……相形见绌)之误,用以描述此人的口音。——编者注

个用天然垃圾做成的花环。"她微微行了个屈膝礼。

"请再说一遍你的名字好吗？"

"黛拉罗比亚。"她用手摸了摸头发，他那辆车的颜色倒是和她的发色十分相配：和田纳西大学校徽一样的橙色。也许他是田纳西大学的粉丝，但她不会问这个问题。他可能只是喜欢这个颜色，就像她生来就有这种发色一样随意。她早上还没梳头呢。她在外套下穿着灰格子睡衣，脚上穿着没有系鞋带的靴子。每天早晨赶校车都是一场混战，让她忙得跟喝醉了一样。

幸运的是，这个家伙似乎没注意到她的睡衣。他仔细重复着她的名字，把它分成两部分：黛拉和罗比亚。他聚精会神地皱了皱眉头，仿佛在考虑各种可能性。"有个艺术家也叫这个名字，"他宣称，"我很确定，是文艺复兴时期一位意大利画家。德拉·罗比亚。也许是个雕刻家。雕刻静物的，我很确定。天然垃圾，就像你说的。"

"不会吧！你是在开玩笑吧？"

"没有。但也可能我记错了。"他笑了，"你应该查一下，女人。这可是你的名字。"

这个陌生人的坦率让她喘不过气来。女人！还说她的名字取自艺术家，想想吧，这足以让一个人获得新生。当她结束了他们之间奇怪的谈话，等着他把相机和背包从车里拿出来时，这个想法在她的脑海中盘旋。她领着奥维德·拜伦来到后面,给他指了指大路。她终于想起来在哪儿听过他的口音了。他的声音听起来像动画片《小美人鱼》里唱《在海底》的螃蟹。

他刚走出她的视线,她就有种跑到海丝特家打开电脑的冲动。之前她从未想过要搜索一下自己的名字。她点了根烟,映入眼帘的是后门廊里的一堆静物——沾满泥巴的靴子、纸板箱,还有一辆躺在那里看上去昏迷不醒的迷你自行车。小熊十分钟后就去上班,科迪还要吃早饭。黛拉罗比亚做出了往常发生个人重大事件时的唯一选择。她走到屋子一边,躲在别人从窗子往外看不见的地方,给多维拨打电话。

"慢着,再说一遍他叫什么名字?"在黛拉罗比亚用不间断的句子描述了这次相遇的几乎所有细节后,多维问道。

"我想告诉你的是,人怎么会他妈的这么蠢呢?"黛拉罗比亚说,还没有说完最初的证词,"我这一辈子都以为我的名字跟玛莎·斯图尔特[①]什么的有关,没想到却是意大利艺术家。"

"也许是这个人瞎编的,为了跟你搭讪。这家伙是谁?"

关于这个问题,有很多细节黛拉罗比亚还不太清

---

① Martha Stewart(1941—),美国富商,著名专栏作家。

楚。他穿越大半个美国来看蝴蝶。他说是从新墨西哥州来的,不是墨西哥。他是美国人。有人从网上把《克利里信使》的文章转发给他,于是他打电话给记者,核实她看到的具体景象以及地点。然后他飞到诺克斯维尔,从那里租了一辆车。"我有没有提到,他开的是一辆大众甲壳虫?我觉得他对那辆车有点不好意思。他说他预订了一辆普锐斯,但他们租给他一辆大众汽车。什么样的公司会出租大众汽车?"

"等一下,"多维说,"他飞越该死的美国,开车到你那里,就是为了看蝴蝶?"

"没错。"

"嗯,那他看上去像不像个疯子?"

"我怎么知道?我整天和连地上的图钉都想捡起来吃掉的人待在一起。"

"我们说的这个人多大年纪?"

"比我们大,但不老。我不知道,四十岁?"

"什么样的成年人会在一个工作日溜出来,花钱买机票,就为了看蝴蝶呢?"

"你说呢,多维。你觉得我能编出来吗?我给他指了路,告诉他从哪条路出发,对他说请便,尽管上山。我不会让海丝特抓住他。他是有色人种,她可能会收他双倍的钱。"

"好吧,什么肤色?这家伙长什么样?"

"好像不是周边的人吧?六英尺半高,瘦得和电线杆似的,像非裔美国人,但又不全是。我的意思是,肤色还稍微白一些。说起话来挺不真实,像丝般流畅。"

"哎呀!姑娘,那不就是巴拉克·奥巴马吗。"

黛拉罗比亚笑了:"也许吧。来当旅行卧底。"

"但是那样的话,你家车道会有更多大众汽车,"多维说,"他会让特勤人员跟着来。"

"这倒是真的。没有特勤人员。"

多维模拟电视上的声音说:"惊天丑闻,轰动全国!总统今天被人看到在外面和一个穿着睡衣的田纳西性感女郎调情。"

轰动全国,在某种程度上,她觉得这一点没错。"谁说我还穿着睡衣?"

"田纳西的性感女郎,已婚,是两个孩子的母亲,对一切矢口否认。"

"那么,猜猜还有什么。"

"相信我,我猜不出来。"

"他还会回——来!"黛拉罗比亚唱道。

"好吧,但愿如此。他是不会住在山上的。"

"不,我是说这里,回我们家。"黛拉罗比亚眼睛一直盯着前廊,但还没有人来往,"我甚至没问小熊的意见，就邀请了这个家伙和我们一起共进晚餐。"

"你可真行！根本就不认识人家，却把他请到家里来。"

多维的赞赏让她来劲了："我知道，这很疯狂，对吗？他告诉我他住在路边的旅馆，我猜是这件事让我想救他脱离苦海。那个地方很可怕，这你得承认。你最近去过那里吗？"

"你是说，除了去找冰毒或妓女的时候？"

"没错。我的意思是，那个可怜的家伙，走了这么远的路，最后却住进那种地方。我告诉他千万不要在那家餐馆吃东西，那可能会要了他的命。"

"所以你做饭给他吃。"

"哦，天哪。我得好好想想，该做什么饭好呢？"

"不知道。你用玉米做的墨西哥鸡肉就很不错。"

"好吧，但是万一他是墨西哥人呢？我觉得那个食谱不地道。"

"又有一个墨西哥人来敲你家的门吗？我还以为你说他更——"

"是的，更黑。我觉得。多少有点。或者，像鲍勃·马利[①]？"

"好吧，现在你告诉我，他留着雷鬼辫？"

[①] Bob Marley（1945—1981），牙买加创作歌手，雷鬼乐鼻祖。

"没有。就像鲍勃·马利的弟弟，很可爱，但是不滥用毒品，并且很有文化涵养。哦，糟了，小熊要去上班了。挂了啊。"

"你要把这个告诉他吗？"

"你是说小熊吗？现在先不。他是事情越近越开心。等他下班回家我再告诉他。"

小熊在前门看见了她，示意她进屋。黛拉罗比亚挥了挥手，指着电话喊道："是多维的电话，她有点急事。我马上就回去。科迪还在高脚椅子上吗？"

"在玩具围栏里，"说着，他边把衬衣下摆掖好边往卡车走去，"他们都安排好了，整天都要运碎石。我五点前不会回来。"

"有急事我再找你。"多维小声地说。

"抱歉。"

"与神秘的国际人物共进晚餐的人是你。也许是自由世界的领袖。"

"是的，我最好快点，"黛拉罗比亚说，"我家看上去就像自由世界有毒废物垃圾场。"

"嘿，"多维说，"你们就像《猜猜谁来吃晚餐》[①]中

---

① 1967 年上映的一部美国电影，描写跨种族婚姻对家庭成员产生的冲击和影响，由凯瑟琳·赫本（Katharine Hepburn, 1907—2003）、西德尼·波蒂埃（Sidney Poitier, 1927—2022）等人主演。

的人物一样!"

"你什么意思?"

"你知道的,就是那部老电影。白人女孩带男朋友回家,她的父母都吓坏了,因为他原来是西德尼·波蒂埃。"

"天哪,我想起来了。西德尼·波蒂埃。"黛拉罗比亚感到有些恍惚,连熟悉的名字和电影名也忘了。她过去常常从图书馆借上半打电影,连同每一本没搞懂的书。图书馆很小,是费瑟镇里的一个永远笼罩着灰尘的店面,现在已经关门了,但过去常常有各色各样的人聚在那里。老年男子翻看海事图画书,家庭主妇翻看言情小说和家庭装修指南。当她还是个孩子时,她喜欢观察各种各样的成年人,他们选择读什么透露了很多个人信息。现在她只在有血缘关系和信奉同一宗教的人中间走动,要不就像在杂货店里那样一声不吭。

聊起电影,多维来了热情劲:"你肯定看过《猜猜谁来吃晚餐》吧。特纳电视台老是不停地播放赫本演的片子。"

"我敢打赌,有片头字幕和片尾曲,"黛拉罗比亚说,"我只模糊地记得那些。"

"怎么,看电影中间你还会睡着?"

黛拉罗比亚吸了一口气,但没有说话。多维的电视,就像多维的一切一样,只听候她一个人的调遣。即使她们俩关系如此亲密,多维又怎么能真正理解她家的情况:电影、情景喜剧、终极摔跤等一遍遍地播放,信息必须像弹片一样被吸收。黛拉罗比亚仰脸朝天,感受眼泪涌出来,她眨眨眼让泪水流下来。如果她和多维之间都不存在真正的联结,那她还剩什么呢?

"我不大外出了。"过了一会儿她说。

"听着,亲爱的,你不需要。听上去这个世界在你家门口为你开辟了一条道路。"

差十分钟就到六点了,黛拉罗比亚为厨房里的一切感到尴尬。摔不烂的科瑞尔餐盘,不配套的廉价桌椅,还有尽管擦了一天却依然感觉随处可见的鼻涕和苹果酱的光泽。小壁龛里的洗烘一体机组合,薄薄的百叶门后面堆得老高的脏衣服,台面上放着小熊扔在那里的午餐保温便当盒。丈夫留着过长的头发,一副弯腰塌背的样子,甚至没发现哪里有什么好尴尬的。坐在桌边看《信使报》体育版的他看上去就像一张"之前"的照片。但只能这样了:她于匆忙中嫁给了他,而这一切似乎就是"之后"的样子。

"报纸从哪儿来的?"她厉声问道。她听见自己跟他说话的口气与今天早些时候教训嘴里含着硬币的科迪时一样。

小熊头也不抬地答道:"妈妈家。"

这么说她不能订阅报纸,而他可以读他妈妈的。"看在上帝的面子上,要是你不洗澡的话,总能把衬衫换了吧。"

"亲爱的,我上了一整天的班。我们应该赞颂主。"

"感谢耶稣,闻闻你身上那股味。"她虽然低声这么说,实际上很讨厌自己这样。她这么对他,并不比海丝特强多少。当她告诉他自己早上奇怪的遭遇和邀请,她几乎没法责怪他的反应。他看上去有些困惑,但并不像有些男人那样,在妻子与过路陌生人来往时疑神疑鬼,而是愉快地接受了这一切。她告诉小熊这个男人年纪比他们大,是个黑人,甚至可能是个外国人,她觉得这也许能避免意外的尴尬。也许小熊觉得这些特质在某种程度上让一个男人没有了竞争力,所以不会嫉妒。是这样吗?黛拉罗比亚紧张得想哭。她真希望她看过多维告诉她的那部电影,那样的话,她也许就知道该怎么行动了。她想叫小熊摆放餐具,但想了想还是算了。至少她可以安排一些事情,不至于让拜伦先生用海绵宝宝图案的玻璃杯子。

如果拜伦先生真的出现的话怎么办。这个问题也开始让她紧张起来,因为那个男人似乎消失了。整个上午她都从后窗往外看,但并未见他穿过牧场回来。她原以为他会回来，说他想说的话，比如——"谢谢，蝴蝶很棒，再见。"下午三点左右她以为他已经来过又走了，但她发现房前那辆橙色的大众汽车还在，屁股上挂着大大的、弯弯的微笑。他一定是出事了。她能想象出种种可能：他迷路了，摔了一跤，摔断了脚踝。他不是乡下人，这谁都看得出来。

她用毛巾把通心粉锅擦干，跪着把它收起来，同时避开科迪。科迪头上盖着绿色婴儿毯，正摇摇晃晃地走进厨房。小熊弯下腰，把她抱到膝盖上，小家伙开心地尖叫着。

"这堆破布里装的是什么呀？"他问，把她从一边推到另一边，引得她发出一阵咯咯的笑声。一半的时间里，小熊似乎不记得自己已经是两个孩子的父亲——但实际上他早就是了。孩子是他的掌上明珠。"亲爱的，你有没有在哪里见过我们的小宝贝呀？"他问道。

"好几周没见了。"黛拉罗比亚回答道。

"你觉得我们是不是该把这堆破布扔进垃圾堆？"他把那毛绒绒的一团绿色举过头顶，里面的小家伙发出歇斯底里的高声尖叫，陌生人听见了可能还以为那是痛哭。科迪爱玩消失游戏。这十分有趣，因为就在不久前，她跟在某个玩具后面爬时普雷斯顿把这块毯子盖在玩具上，科迪会坐起身来，面对玩具的突然消失发出绝望的号哭。她不知道可以往毯子下面看，普雷斯顿忍不住又重复了一遍这个实验，惊讶地发现妹妹深信东西不见了就是不存在了。从那时到现在，科迪已经征服了这个世界上最大的谜团。

"我该去喂孩子们吃东西了，"黛拉罗比亚说，"我是说，你瞧，天快黑了。一个人在山上待一整天会干什么呢？"

小熊把女儿的光脚丫放在油毡上，小家伙径直向客厅飞奔而去。"不管他去干什么，"他说，"我们肯定会听说。"

"听上去你并不激动。"

"从什么时候开始，我们可以把街上的人随便拉到家里吃晚饭了？"

好吧，终于来了，她想。得让小熊说上整整一个小时才会意识到他疯了。"我想是从我们决定像基督徒一样行事开始的，"她说，"哎，你今晚打算做什么，跟往常一样，像有注意缺陷多动障碍一样看电视吗？"

小熊听了大呼一口气，表示他厌恶这个提法，然后继续回到体育版面。这种注意力缺陷的话有些过分。小熊上高中时就几乎跟不上进度。但他不停地用遥控器在新闻、斯派克电台、喜剧、购物等频道间切换时，总让她发狂。这么多频道有什么用？时常会有一闪而过的疯狂画面引起她的好奇：一个女人独自横渡海洋，或一对失明的夫妇收养了许多弃婴。但如果她想搞清楚发生了什么，就必须从小熊手中夺过遥控器并且坐在上面。

她很想去抽支烟，但如果现在去走廊，小熊不知会说什么，她可不想听。于是她去查看烤箱，大声叫了一下孩子们，心想最好还是先把科迪放在高脚椅子里，然后再去把桌子摆好。普雷斯顿听到叫声顺从地走了过来，领着科迪莉亚走进厨房，吃力地想抱起她来，好像他能把她抱进高脚椅子里面似的。他和罗伊、查理一样，永远想帮别人的忙，她想，我儿子的性格怎么和一只边境牧羊犬一样。她急忙赶过去接住科迪。

"宝贝，你抱不动妹妹。她有你一半重呢。"

"会把你累虚脱的。"小熊从报纸后面说。

她本来希望早点喂孩子们吃东西，等客人来了把他们安顿在电视机前。拜伦先生可能不习惯吃饭时有孩子在身边吵闹。但普雷斯顿已经得知了这个计划并且根本不愿意接受，甚至她用甜点，用一种孩子们喜欢吃的免烤吉利丁[①]曲奇饼干哄他也无济于事。普雷斯顿不是特别爱吃甜点，不容易被收买。假如镇上来了一个神秘的陌生人，他有权好好见见。

[①] 又称明胶或鱼胶，是从动物的骨头中提炼出来的胶质。

"我来把风,"现在他宣布,从后门看了看前门,又看了看他的母亲,"他从哪条路来?"

"不知道,我猜他现在还在山上。小熊,你觉得我们该派人去找找吗?他从早上八点就去那儿了。"

"幸亏没下大雨。"小熊只是说了这么一句。

"现在还没下,谢天谢地!"她同意道。小熊叠起报纸,对她在这种情况下的感觉没做任何让步。如果小熊打算生闷气,那将是一场灾难。她需要他的配合。"他是我们镇上的客人,"她平静地说,"又不是路边的流浪汉。不管怎样,万一他真出事了呢?'不可忘记用爱心接待客旅。因为曾有接待客旅的,不知不觉就接待了天使。'这可是圣经里说的。"

小熊懊悔地看了她一眼。他和普雷斯顿是如此相像,这有时令她十分吃惊。

她小心翼翼地说:"他大老远跑来,就是为了看我们山上的神的特别赐福。我想也许我可以告诉他一些关于蝴蝶的事情。因为他感兴趣。"

"你可以,"小熊说,"这倒是真的。"近来她一直在小熊耳边絮絮叨叨,不停谈论她从维基百科上读到的关于帝王蝶的内容。难得今天晚上能有个人替他,他倒是挺开心自己能清闲一下。

前门突然传来敲门声,把他们都吓了一跳。全家人都很紧张，孩子们也不例外。她敢打赌，科迪一紧张肯定会大哭。黛拉罗比亚急忙脱下围裙，赶去开门。

"你好！欢迎来我们家！"她说，觉得自己听上去像个完美娇妻。她引他来到厨房，把他介绍给小熊和孩子们，然后抓了防烫套垫便低头往炉子里看，以防自己出丑。她已经换下了平常穿的妈妈装，穿上了粉色针织束腰外衣、打底裤，戴上一对环形耳环，这样感觉也不对：她打扮得过于隆重了。拜伦先生问她，他能否用他们的设施来梳洗一番。

"当然可以。当然！你都在外面待了一整天了。普雷斯顿宝贝，你能给拜伦先生带个路吗？"她跪下来往炉子里看。她最初打算做肉饼，但后来慌了：万一他是素食主义者怎么办？这并非闻所未闻，尤其是在其他国家。明智的家庭主妇是否有为完全陌生的客人准备晚餐的计划？最后她决定做通心粉和金枪鱼砂锅菜，这份食谱略显花哨，需要一罐小土豆和两罐法式切青豆。它似乎万无一失。他肯定不是法国人。

普雷斯顿听妈妈让他去帮助客人，立刻从椅子上跳了起来，然后悄悄走到妈妈身边耳语道："什么设施①？"

---

① 原文为"facilities"，直译即"设施"，是"卫生间"的委婉用法。

她小声回答:"卫生间。"

普雷斯顿点点头,大步走了出去,身后跟着那个高大的陌生人。黛拉罗比亚注意到他的登山靴看起来很贵,但身上穿的衣服却很普通——发旧的夹克,蓝色灯芯绒衬衫,牛仔裤,如果你认为三十八英寸的内缝长度普通的话。他无疑得走超高的购物通道,或者让他的妻子去,如果他有妻子的话。黛拉罗比亚把砂锅放在桌上,用勺子舀了些柔软的奶酪通心粉到科迪莉亚的碗里,吹气冷却。科迪两手各拿一把勺子,像个重金属鼓手似的敲打着高脚椅子托盘,毛茸茸的脑袋也跟着拍子舞动。普雷斯顿回到厨房时,瞥了妹妹一眼,瞪大了眼睛瞅着母亲,似乎在说:"请告诉我,我不是从那个年龄段过来的。"但至少她没有哭。小熊按她的要求从冰箱拿出一罐甜茶,他也没有哭。到目前为止,一切顺利。客人回来了,大家都就座,小熊祷告说:"天父,我们感谢你赐予的食物和情谊,阿门。"她注意到拜伦先生也没有闭上眼睛祷告。他和她有共同之处。

"拜伦先生,跟我们谈谈你自己吧。"小熊说。

那人像交警一样举起一只细长的手。"请叫我奥维德,你这么称呼我让我觉得自己像个老人。"老银[①]。

[①] 原文为"An old mon",是"An old man"(老人)之误,此人的口音如此。——编者注

"当然了。"黛拉罗比亚说,尽管她知道小熊不会尝试去称呼一个听起来像奥利弗或奥布朗的名字。也许她自己也不愿尝试,尽管一开始表示支持。现在她真怕脑子里鲍勃·马利的歌词会脱口而出:"女人,请不要哭。""除了你,普雷斯顿,"她补充说,"你应该称呼他拜伦先生。"

普雷斯顿点了点头,叉子停在嘴边。

"嗯,先生,"小熊问道,"你对我们山上发生的一切有什么看法?"

奥维德慢慢摇了摇头,喝了一大口冰茶,说:"你们山上的情景,我简直无法用语言来形容。"

"它们是帝王。"黛拉罗比亚告诉他。

奥维德有点奇怪地看着她。

"我说的是蝴蝶,"她迅速解释道,"帝王蝶。你可能不相信,但它们是所有昆虫中最神奇的。它们就是那样聚集在一起。"

客人咧嘴一笑,似乎现在明白了:"的确。它们确实那样聚在一起。"

"我是说,不只在这里,这一次。每年冬天,它们成群结队地从美国各地甚至加拿大飞到南方过冬。数百万只。我们在网上看过照片,普雷斯顿和我。和山上的一样,成群的蝴蝶挂在树上,几乎遍布整个森林。你能想象吗？我的意思是，你当然能想象，你刚去看过它们。但你能想象那么脆弱的小东西进行长途飞行吗？"

"我妻子可是这方面的专家，"小熊骄傲地说，"是她最先让我们发现了它们。"

奥维德若有所思地点点头，一边听一边嚼着吃的。"愿闻其详。"他说。她注意到他鬓角附近剪短的头发上有一小块灰白，眼角还有皱纹。

听了小熊的赞美她摇了摇头，但并不想结束这个话题："它们像鸟儿一样，向南飞行数千英里。它们是唯一能做长途飞行甚至能飞越海洋的昆虫。一天能飞一百英里，这令人难以置信。我敢打赌，它们的体重不会超过四分之一克。"

"我看连那一半都不到。"奥维德回答。

"对。但有一个事实你是不会相信的。"

"说来听听。"他说。

"通常它们飞往墨西哥。"她放下叉子，身体前倾，"成千上万的蝴蝶聚集到墨西哥一座山的山顶。每年都是同一个地点。我是说，为什么去墨西哥？那座山有什么特别之处？"

"问得好。"奥维德答道。

"嗯，我猜它们中有一些飞到了加利福尼亚，"她说，"我也不知道为什么。但是，我想，通常百分之九十九的蝴蝶最后都去了墨西哥。"那一家墨西哥人的来访以及他们的灾难令她心情沉重,但她现在不打算提起此事。她只想给客人留下一个美好的印象,不要有任何负面的东西。她把头发捋到后面,满面笑容地看着客人:"年复一年,自从上帝创造它们以来。我猜它们一直都去同一个地方。现在,不管出于什么原因,它们没去墨西哥,而是来到了这里。这里。"

"我父亲家族拥有那片地产已经有近一百年了。"小熊说,好像这个很重要似的。黛拉罗比亚吃了一口饭,努力对丈夫的话保持耐心。接下来他会谈起伐木合同的事吧。谁知道呢,也许拜伦先生会对男人之间的话题感兴趣。她还摸不透他的心思。她伸出手想给科迪擦脸,可那个野孩子哼唱着"不不不",把餐巾一下子打掉。这家人真有艺术气质。黛拉罗比亚看着女儿在高脚椅子的托盘上用手指蘸着奶酪酱作画,双手画着大圆圈。那是一幅有两个太阳的行星风景画,创作者:科迪莉亚·特恩鲍。

大家一时间都不说话了。在谈话间隙,黛拉罗比亚听到客厅传来一阵微弱的鼓掌声,没人想过要关掉电视。听上去像是斯派克台的愚蠢节目,孩子们根本不该看这个。每周总有一次她威胁着说要切断有线电视,但他们与大熊和海丝特家共用一个奇怪的套餐,有线电视基本上免费。黛拉罗比亚也怀疑这个家没有它就过不下去。

电视就像毒品一样,这些公司就是要让你慢慢上瘾。

"它们吃有毒的马利筋,"普雷斯顿尖声说,"告诉他,妈妈。"

"没错,它们吃马利筋,我猜有毒。不是蝴蝶吃,它们没长咀嚼式口器,只能到处喝花蜜。但是它们产卵时会把卵产在马利筋上。虫卵孵化成毛毛虫时,幼虫只能吃有毒的叶子。"

普雷斯顿上气不接下气地补充说:"当它们,当它们吃了那个东西长大后,蝴蝶就有毒了,这样就没有什么动物敢吃它们了!"

"对鸟类有毒,或者让鸟厌恶。"黛拉罗比亚根据记忆的内容证实了这一点。

奥维德双手交叉在胸前,做了个鬼脸,意思是说,"真厉害啊",又很是钦佩地对着普雷斯顿点点头。"小伙子真是聪明。我听说,"他用手指在空中画着圈,然后指向普雷斯顿,"你是个科学家。"

"它们也被叫作比利国王,"黛拉罗比亚说,"这里的人都这么称呼它们。我也不知道为什么。"她是在和她五岁的儿子抢着得到这个男人的认可吗?她咬着嘴唇想。

"比利国王,这个我没听说过。"奥维德说。他把椅子转向普雷斯顿,用抑扬顿挫的声音轻快地问:"现在,告诉我,你说一只蝴蝶为什么会在冬天飞那么远的地方，去找它的同伴们呢？"

普雷斯顿放下叉子，闭上眼睛，以便更好地调动每个脑细胞。最后他试探性地答道："它很孤独？"

"你的假设很合理。"奥维德回答说，"你知道，它的朋友们很分散，覆盖了大片领地。所以，回到团体中让它有机会找到妻子，对吧？一个特别好的妻子，来自这个国家的另一个地方，你知道吗？当然，你还太小，还想不到这个。"奥维德对小熊眨眨眼，"但是有一天，当你有了车——"他转了转眼珠，吹了声口哨，"你就明白我的意思了。"

话题的转向让黛拉罗比亚吃了一惊，她说服自己闭上了嘴。丈夫正大口大口地摄入卡路里，她不知道他心里在想什么。小熊看上去热情真诚，饥肠辘辘，有点像个局外人。换句话说，和他往常一样。

奥维德接着说："你觉得它飞这么远还有什么别的原因？准确地说，是飞到遥远的南方，到阳光灿烂的墨西哥？"

"为了暖和！"普雷斯顿就像游戏节目的参赛选手一样脱口而出。

"没错，为了不被冻坏。真的，普雷斯顿，我喜欢你的想法。现在从另一个角度想想。如果它真是生活在温暖如春、阳光明媚的地方的生物呢？就像我，我也来自这样一个地方，但是生活给了我机会到北方去，去寻找让我很感兴趣的东西。如果那只蝴蝶也是这样，但是不能忍受寒冷的冬天呢？那么我们的朋友怎么办呢？"

普雷斯顿咯咯地笑着瞥了一眼妈妈，说："买件外套吗？"

"要是能的话，它会的。但它是只蝴蝶。"那人露出了迷人的微笑，嘴咧得都露出了两侧的尖牙。

"那是玩笑话，"普雷斯顿一本正经地说，"冬天它会回家，这样就不会冻僵了。"

"正是如此。"奥维德拍手鼓掌，让普雷斯顿开心极了。这个人知道怎么跟孩子交流。"那么我们怎么看这个事呢？"他问道，"也许帝王先生飞到了我们的花园，但根本不是我们这儿的蝴蝶。它冬天不往南飞。也许它真的是一只墨西哥蝴蝶，夏天来北方只是为了参观。"

普雷斯顿睁大眼睛点了点头，看上去跟上了这一思路。

"但是科学家不只会胡乱猜测，你知道。他还会测量，做实验。我们怎样才能查出有关这只帝王蝶先生的真相呢？"

"去问别人？"普雷斯顿建议说。

"我们去问它的家人。"

"怎么问？"普雷斯顿像上钩的小鱼一样迷住了，

一条四只眼睛的小鱼。

"有办法，"奥维德说着向后靠在椅子上，双腿交叉，一只脚踝放在膝盖上，"已经有人这么做了。你知道他们发现了什么吗？它的亲戚们全都是热带蝴蝶，来自达瑙斯家族，整个家族中只有帝王先生最聪明，能到寒冷的地方找机会碰运气。"

黛拉罗比亚感到一阵木然。她既尴尬又愤怒，觉得被他耍了，但又着了迷。"我私下听说，"她指着奥维德说，"你就是一名科学家。"

被人发现了，他摊开双手，粲然一笑，简直是一幅独特的风景画，像科迪莉亚的世界一样，阳光格外灿烂。

"那么，究竟为什么呢？"黛拉罗比亚呛了一下开始咳嗽，直到恢复。她把杯子里的茶喝得一干二净，说："我刚才出洋相了，这要感谢你。"

小熊似乎突然醒悟过来。他把双手平放在桌子上，好像听明白了这个笑话，说："你是蝴蝶生物学家，对吧？"

"昆虫学家，鳞翅类学者。生物学家就行。我不太重视头衔。"

"但是，"黛拉罗比亚费力地提出问题，"你上过大学，研究过这一切，对吧？或者，我是说，你可能是在大学教书。"

"是的。新墨西哥州的德瓦里大学。我在哈佛读的研究生，那儿，"他给普雷斯顿使了一个会意的眼色，"那儿可是非常寒冷。"

"你是从新墨西哥州大老远来这儿的？"小熊问道，"天哪！那得有多远，两千英里？开车要多长时间？"

"我坐飞机来的。我可以告诉你，要在狭窄的小座位上坐很久呢，朋友。"

"我从没坐过飞机，我妻子也没坐过。"小熊带着难以抑制的敬意说。小熊本人就是这次旅程的附属品，他在世界上的位置如此渺小，现在却出现在这位博学之士的版图上。一次全国规模的就餐。黛拉罗比亚觉得头上像是挨了一棍。

"你来这里是因为你是研究帝王蝶的。"她说。

"你说得很对。我花了一天时间在那里快速做了一个蝴蝶数目普查。"

快速，她想，就像九个钟头很快似的。所有蝴蝶他都数过了吗？"这么说，你做实验或者观察？还有写下你发现的结果？"

他点了点头："一篇大论文，几篇文章，还有几本书。都是关于帝王蝶的。"

"几本书。"她对这个人说，同时回忆起她告诉他

"它们叫帝王蝶"时他的表情。这么说还有比给素食者吃肉饼更糟糕的事情,比如把维基百科的事实告诉给可能最先发现这一事实的人。她的行为就像一个脸上沾着食物的蹒跚学步的孩子,她与自得其乐、身上涂满奶酪的女儿成了同一阵营的人,只不过她没有借口,因为她不是孩子。

另一方面,普雷斯顿似乎恨不得爬到那个男人的膝盖上,小熊也差不多。只有科迪保持着事不关己的淡漠,正在给她的作品进行最后的润色,把头发也用上了。奥维德·拜伦似乎并未因此受到冒犯。他又添了一份砂锅菜。

"那么,"黛拉罗比亚问道,"你研究帝王蝶的哪些方面呢?"

他把嘴里的食物嚼完才开口:"听上去可能很乏味。它们的分类,迁徙行为的进化,寄生蝇的影响,飞行能量学,种群动态,遗传漂变。今天我们讨论的,我认为是迄今为止该领域所有人考虑过的最为有趣也最令人担忧的问题。正如你所说,自上帝创造它们以来,大部分帝王蝶都在墨西哥过冬,这是有历史记录以来它们首次来到阿巴拉契亚山脉以南,聚集在特恩鲍家族的农场上。"

听到他在这样一句话的结尾提及了自己的姓氏,一家人都瞪大了眼睛。

黛拉罗比亚的目光落在桌子上方的固定夹上,上面挂着一只粉红色气球的残骸,那是她今天大扫除和以前清扫遗漏下的一处生日派对的痕迹,已经好几个月了。它又小又软又皱,看上去像个受辱的睾丸,她身上显然没长那个东西,但她能猜出来。那完全符合她的心境。你深受折磨,你继续战斗,但是天哪,最后还是伤得不轻。

"拜伦先生,"她说,"为什么你要让我在晚饭的一半时间里絮絮叨叨说个没完?当时你就该告诉我们帝王蝶的事啊?"

他笑了,低下头,装出懊悔的样子让她放松,她能看得出来。"请原谅,黛拉罗比亚。这是我个人的一个自私的习惯。我从不会在自己听自己说话的时候学到任何东西。"

第六章 🔥 跨越陆地

普雷斯顿不再指望能过一个白色圣诞节,他问妈妈圣诞老人是否会驾船。这就是他们的十二月。滂沱大雨浇在身上,像是从水桶里直接往窗户上泼一样,很是反常。有时雨水会透过纱门流进来,外面能见度为零,地面突然刮起阵阵狂风,雨水打着旋化成水雾。各处的地下水水位都在上升。前院变成了一个长满草的平坦池塘。黛拉罗比亚不让孩子们到那儿玩,除非他们穿上雨靴,在上面扑腾着玩水。如果天气再暖和一点,她会考虑让他们穿上泳衣,这样他们就可以像夏天那样在洒水器下面跑来跑去了。

但这是冬天,是严冬时节。约翰尼·米特金在早间广播节目中唱"我梦想过一个潮湿的圣诞节",他每天都发明新歌,黛拉罗比亚真是受够了。这场雨让她想大哭。一连几天,它不停地敲打着窗框,从厨房门底下渗进来,在油毡上留下一个个水坑。她厌倦了拖地,于是用卷起来的毛巾堵住。这个时代似乎符合圣经里的内容。"神啊,求你救我!因为众水要淹没我。"《诗篇》中的这句话让她记忆尤为深刻,因为它听起来颇有戏剧性和现代感,很像是多维说的。

就在刚才,黛拉罗比亚准备到后面的门廊里去抽支烟,但门底下那卷粉红色的毛巾像一条湿漉漉的胖蛇,挡住了她的去路。她知道那东西摸起来会很凉,就像死了的动物一样。她摸了摸运动衫口袋里的烟盒,感觉自己被困住了。科迪坐在地板上玩她的玩具电话。黛拉罗比亚努力不让她的孩子吸二手烟。挪亚太太会怎么做呢?他们的房子变成了一艘船,她的家人就要出海。

她轻轻把门拉开,粉色的毛巾蛇跟着动了,她注意到防风门距离地面两英尺的地方满是鼻子印。这也不是狗弄出来的。为了能听到科迪的动静,她把里外的大门都敞开,然后溜到后面的门廊点上烟,对着眼前的景象,深吸一口,缓缓吐出一个长长的、无声的感叹号。池塘完全被淹没了。牧场中央的排水沟水面上升,成了一条源源不断的溪流。昨晚大风过后,又有许多树枝和小树被冲刷进了牧场,遍布整座山。它们像小水坝一样侧躺着,沟渠变宽了,一个接一个倾泻下来。小熊不记得以前哪一年有小溪在这里流过,现在一连串的瀑布像楼梯一样直达山顶。她的眼睛不习惯后面有这么多水光在闪动,这令她烦躁不安。在水流退去的边缘,一堆堆深色的碎石堆成一簇簇叶子状,她知道那并非树叶,而是尸体。最近入侵并席卷她生活的昆虫的尸体。在今年之前,她几乎没有好好看过一只蝴蝶,现在它们成了她自导自演的家庭戏剧中的明星演员。严格来说,这已经不仅仅是家庭戏剧了。她盯着拜伦博士的露营车,看看里面是否有人在活动。

两周前她一时冲动请到家里共进晚餐的那个人现在住在谷仓旁边。这样的安排在黛拉罗比亚看来很不真实,就像她最初的鲁莽行为带来的许多其他事物一样。让他把房车停在他们家屋后旧羊圈旁边,这还是小熊的主意。小熊还找来耐风雨的延长线,给他连上了外屋的电源。黛拉罗比亚不会提议这个,连想都不会想。那不是她的地盘。即使在公婆的地盘上生活了这么久,她仍然觉得自己的安全感远比一根橙色延长线脆弱得多。第一天晚上她和奥维德·拜伦共进晚餐时,除了砂锅外,她给他的都是关于汽车旅馆的警告。"他们管它叫路边旅店,"她开玩笑说,"就像成语'无人问津[①]'里说的那样。"他回来的时候,真不应该继续住在那里。

[①] 原文为"fall by the wayside",英文俚语,意为"半途而废,无人问津"。

因为他还会回来，那天晚上他就告诉了他们。他所工作的大学学期即将结束，如果他们允许，他想带一个研究小组回来，研究山上的蝴蝶在做什么。他称之为"令人忧虑的问题"。当时他解释说，在地广人稀的偏远野外工作时，他通常住在房车里，然后小熊就随手往窗外一指。他应该把露营车停在那里，方便去现场。那座旧谷仓有电，在冬天闲置着，因为海丝特喜欢在她家附近的谷仓里监管公羊配种和母羊生小羊羔。黛拉罗比亚很吃惊，丈夫这次竟然不先和爸妈商量便擅自做主。和她一样，与奥维德·拜伦见面不过几分钟的工夫，小熊便对他表示大加欢迎。当然，只要是有点名气的人物，小熊都会臣服得五体投地。有一次，她亲眼看到正在一家快餐店点餐的小熊突然激动得说不出话来，因为他认出一名纳斯卡[①]赛车手。他无法抵挡奥维德·拜伦的魅力，因为对方魅力无穷，很可能会让一条蛇着迷。受教育程度高的人就是颇有魅力。

这个好人现在住在一辆白色背驼式露营车里，露营车连在一辆福特卡车的车身上。这辆车上路次数多了，已经变得很旧，它似乎承载了他一生中的众多重大活动。里面有他温馨的小家：炉子，冰箱，还有全套装

---

① 美国运动汽车竞赛协会。

备。他和年轻的助手皮特、马科、邦妮一起从新墨西哥州开车过来。他们是研究生或者博士之类的,现在问他们是什么人物为时已晚,因为当他第一次介绍他们时,她假装明白了那些话的意思。不幸的是,皮特上臂的肌肉线条让她分了心,此外,黑眼睛、腰身细长的邦妮比她穿工装裤和羊毛背心的样子好看多了。学生们在路边旅店住。黛拉罗比亚想知道他们具体是如何安排的——两个男生和一个女生——而且说真的,她为他们住在那里感到抱歉。但是学生们只待一周。这些来自城市的年轻人学历都那么高,能照顾好自己。

他们每天白天都待在山上,除了下倾盆大雨的时候。晚上,他们围坐在房车里的一张小餐桌旁,至于他们到底在做什么,她也不知道。她在里面见过成堆的数字图表,知道他们玩扑克,因为他们邀请她一块儿玩。有一次,在科迪和普雷斯顿上床睡觉后,她过去玩了一把。她想知道,作为女主人被邀请去房车做客,是否有必要带份礼物呢?她带了一罐甜豆。他们打牌的时候有点吵,而奥维德则坐在一旁,孜孜不倦地敲打着他那台轻薄的电脑,电脑像一本一侧打开的书一样,发出的蓝光斜映在他脸上,让他的皮肤在昏暗的房车内显得光怪陆离,他戴的阅读眼镜变成了两个神秘莫测的长方形光框。

她为没有邀请这些人下班后来家里坐坐而感到内

疼，但奥维德不愿打扰她的家人。他说，必须这样安排。他们都让她放心，说这就是从事野外考察的科学家的正常生活。奥维德似乎为他的住所感到自豪。厕所在一个小壁橱里面，关上门后，就变成一个淋浴间。小餐桌折叠起来，座位拉在一起，便成了一张全尺寸床。他个子那么高，需要一张大床。他有妻子和孩子吗？她不敢问。如果假期他打算在这里度过，那对他的家人来说可不是什么好兆头。但昨天他提到会在圣诞节和新年期间离开，把房车留在这里，等一月份再回来住一段时间。她不知道是他的家人想让他回去过节，还是仅仅因为他不想在一个以家人为重的季节给特恩鲍一家添麻烦。

砰的一声让她吓了一跳，她意识到声音是从自己的房子里传来的。她迅速在满是烟蒂的花盆里掐灭香烟，冲了进去，发现科迪站起身来，紧紧抓住玩具电话的黄色听筒，电话的其余部分被电话线吊着。

"是你发出的砰砰声吗？"黛拉罗比亚问道。

"奶奶。"科迪答道。

黛拉罗比亚惊讶地抬起头来，发现海丝特就在她家走廊里。

"我敲门了，"海丝特说，"你去哪儿了？"

"收拾了一下，到后院走廊搬了些东西。"黛拉罗比亚撒谎说。她迅速把海丝特今早可能要拿她说事的东西扫视一遍：吃完早饭后盘子还堆在洗碗槽里，科迪只穿着纸尿裤和衬衫。她想给她好好穿上衣服，可是那个孩子整个上午都对她大喊"不"。她觉得自己像个因为不会做母亲而被乱石砸死的女人。"这些雨水都快把我逼疯了，"她说，"过来坐下吧，我去煮咖啡。"

"嗯，我已经喝过了。好吧，如果你不介意的话，我想再来一杯。"海丝特环顾四周，想找个地方挂她那件湿漉漉的雨衣。

"今天不太适合出门，是吗？"黛拉罗比亚接过海丝特的雨衣，仿佛她是一位客人。

"求你从上伸手救拔我，救我出离大水。"①

"我刚才也是这么想的，"黛拉罗比亚惊讶地说，"想到了那些关于世界毁灭的诗篇。人们还认为《诗篇》里都是歌颂美好呢。"

海丝特似乎对黛拉罗比亚关于《诗篇》的看法无动于衷。她试着一次只专注干一件事，先去挂好外套，再去收拾桌子。海丝特对这个家来说基本上是生客。所有活动都在大熊和海丝特家进行：剪羊毛、装番茄罐头、家庭会议、守夜。这栋牧场住宅只有两间卧室，又小又不起眼，根本不能与小熊和他父亲从小生活的大农场住

---

① 语出《诗篇》114:7。

宅相比，但房子的大小和位置不是问题。大熊可能会屈尊来这里帮儿子拆修发动机，当然海丝特现在也会带领观光团来到附近山上。实际上，对大熊和海丝特来说，儿子的房屋只是占据了他们的田产里本来就没用的一个角落。十一年前，用他们自己的话说，小熊让黛拉罗比亚"陷入了麻烦"，于是他们从银行贷款盖了这座房子，自己选了建筑平面图和油漆颜色，并支付首付款作为两人的结婚礼物。很明显，从那以后他们就不再愿意为娶媳妇花钱了。

"奶奶！"科迪莉亚又叫了一声。她扔下了电话，弯着膝盖蹦蹦跳跳开始跳舞。黛拉罗比亚看到孩子见了海丝特那么开心，感到很惊讶，但随后她意识到收音机里正在高声播放《铃儿响叮当》。她关上了音乐，科迪就像断了线的木偶一样倒在地上。

"对不起，宝贝，但是奶奶和我听不见彼此说话了。"

科迪立刻展开报复行动。她拿起玩具电话开始拨号，电话发出一阵刺耳的噪音。如果有什么东西内部能发出可怕的声音，这个小姑娘总能找到。

黛拉罗比亚努力集中精力煮咖啡。海丝特的出现让她心神不宁，因为这只会带来坏消息。在与蝴蝶相关的每件事上，她们的分歧越来越大：是否收取参观费用，以及是否让教授住进家里来。教堂里关于黛拉罗比亚在所谓的奇迹中所扮演的角色的争论日益激烈。报纸上又刊登了一篇文章,黛拉罗比亚再次上了新闻头条。如果海丝特和大熊要把这一切怪罪给谁的话,那肯定不是小熊。公婆可以代表儿子要求离婚吗?不管海丝特此次前来有何使命,她可是以她的标准在着装上做足了功课。格子衬衫,牛仔裤,银色皮带扣,旧靴子。她全身湿透了,马尾辫湿漉漉的,正往下滴水。需要给她拿一条毛巾吗?

"我看见你屋里多了一棵树。"海丝特说,仿佛在说在浴室看见了一只羊驼。

"这样看上去很有圣诞气氛了,不是吗?那棵小雪松是普雷斯顿和他爸爸昨天从篱笆那边砍的。我们不得不把电视搬走,把它放在那里。"由于紧张,黛拉罗比亚表现得过于热切。但是她的孩子还从未在家里有过一棵属于他们自己的圣诞树,一次也没有。只有海丝特家里有一棵。他们家什么都有,包括圣诞老人。今年,普雷斯顿问圣诞老人为什么不喜欢他们的房子,好了,问题解决,她自行做了主。

"不过,我们没有装饰品。"她补充说,希望海丝特能领会这暗示。海丝特家有好多箱东西,多到他们的树上都装不下。当爷爷奶奶的难道不应该分享这些东西吗?黛拉罗比亚自己的家人都没了,所以在她看来,遗产继承会是一场漫长的胡乱猜测的过程。她希望自己还能拥有童年时那些手摇的木制玩具,那些父亲在他店里制作的东西,在父亲去世后再回想那种简朴的生活,她才意识到那是贫穷。那时她还太小,不会觊觎其他孩子在圣诞节时的电动玩具。她用一种可靠的方式啪地打开咖啡机,接着意识到她没把水倒进咖啡机,而是把倒满了水的玻璃杯放在了下面。

"底下的牧场上全是积水。"海丝特说。

好吧,黛拉罗比亚想,圣诞树的话题终于结束了。她重新收拾,又开始煮咖啡,这次步骤没错。

"我现在把所有的种用母羊都赶到那儿去了,"海丝特接着说,"可我不喜欢这样。这对它们没好处。"

"哦,雨不可能就这样一直下下去吧?"

"听说会这样呢,"海丝特回答说,"往常那片洼地养羊很不错,那里的草也好。但今年不行。"

科迪的玩具电话一直嗒嗒响个不停。在黛拉罗比亚看来,不管是谁设计的这个玩具,都该挨一巴掌。她数着秒数,直到咖啡开始溢出来。海丝特来她家里肯定不是为了羊。"你可以让羊到我们上面的这块地来。"她主动说,"如果你想这样的话。我的意思是,反正地都是你的。"

"我知道。但是需要尽快给它们接种 CDT 疫苗,你知道接下来它们该产羊羔了。我喜欢让母羊离我近点,这样方便照看。"

"我们可以帮你照看。普雷斯顿喜欢羊羔,我也喜欢。我一直最喜欢看羊羔出生了。"

"这可不是儿戏,"海丝特说,"你必须明白自己的职责。"

站在咖啡机旁的黛拉罗比亚背对着婆婆做了个鬼脸。她觉得海丝特做的一切都像火箭科学一样高深难懂。但据黛拉罗比亚观察,产羔季节无非是每天早上到谷仓去看看哪头羊产了双胞胎。她什么也没说。海丝特站起身来,透过厨房窗户上的半帘往外看,想必在为她那万能的母羊评估高处的那片牧场。但她直截了当地问了一句:"他现在还在那东西里面吗?"

"谁,在哪里?我以为我们在谈论羊呢。"

"你知道是谁。"

"拜伦博士?我不知道。他又不会告诉我他的日程安排。"

房车窗户上挂着打褶的窗帘,像旧报纸一样泛黄,通常这边的窗户是关上的,海丝特不会看见什么。她回到桌边,黛拉罗比亚端着两杯咖啡坐了下来,把其中一杯和糖碗一并推过去。她看着海丝特往里加了一勺又一勺糖。她把这些热量都储存到哪里去了呢,这真是宇宙之谜。还有那些甜味,都去了哪里?

"他看上去像个外国人，"海丝特说，"他是基督徒吗？谁知道他是什么人呢。你和孩子们在这里不太保险。大熊和我对他住在这里持百分百的保留态度。"

黛拉罗比亚面无表情。如果海丝特想跟她对战一局，她已经准备好了。"我不信那个人会抢劫我们。他每月付我们200美元的房租呢。"

"他还付租金？"

"这事早就定了，海丝特。小熊没提过吗？"她知道小熊没有——他不敢提这件事。黛拉罗比亚慢悠悠地喝了一口滚烫的咖啡，让海丝特等着她说下去。"这是拜伦博士的主意。他的研究由政府专门拨款资助，费用全包，我们从中赚一部分。这个叫作'按日津贴'。我猜这笔钱可以直接用来支付大熊的贷款。"

她看着海丝特的眉头越皱越紧："他为政府工作？"

"不是直接为政府效劳。这有点复杂。他在大学上班，这是他工作的一部分。我猜是政府花钱雇人做研究吧。"

海丝特哼了一声："还有这样的工作，看蝴蝶。"

黛拉罗比亚吹了吹杯子："你的意思是说，这和看羊不同。"

"羊会成为餐桌上的食物，穿在身上的衣服。"

"嗯，我想上帝创造蝴蝶是有原因的，他肯定把一卡车的蝴蝶都放在我们这儿了。也许我们只需要祈祷。"

黛拉罗比亚为自己的勇气感到兴奋。她默默喝着咖啡,强忍着不笑出来。

科迪开始在房间里走来走去,一边说着"哇,哇,哇",一边还抓着话筒,拽着电话线。她在带小狗散步呢。每隔几秒钟她就回头看看,确保它还跟在身后。一部没有轮子的电话被当成了一个拖拉玩具,真是可怜。它不停地翻来滚去,像乌龟一样仰面躺着,被人拽着脖子直到死去。

黛拉罗比亚回过头来看海丝特时,发现她的眼中涌出了泪水,不由得吃了一惊:"海丝特,你怎么了?"

海丝特急忙把脸别到一边。也许她不知道自己流露出了真情。她用低沉沙哑的声音说:"我正在为此祈祷。我还是不知道该怎么办。"

科迪现在发现她能用电话线把电话提起来,像溜溜球一样让它在地板上弹来弹去。黛拉罗比亚伸出一只手让科迪安静下来,之后用最柔和的声音问道:"什么怎么办?"

海丝特和往常一样面带愤怒和不悦,但她那双灰色的眼睛似乎不再属于她了,它们充满期待,像两汪池塘。黛拉罗比亚从中瞥见一个更为年轻的女人,一个本可以有所期待、坠入爱河的人,一个准备穿着这些活泼的衣服去跳欢快的土风舞的姑娘。

"大熊跟金钱树公司的人签了合同，"海丝特终于开口了，"他说无论如何他都要伐木，不管雨天还是晴天，不管有没有比利国王。我不知道他们为什么不能再等上一两个月看看会发生什么。我每天都为此祈祷。耶和华说，要留心他的荣耀。你是我们当中第一个注意到的。"

黛拉罗比亚完全不知所措，像一辆没油的汽车一样内心噼啪作响。没有了对彼此的怒意，她和海丝特之间的关系便无从依附。她从桌旁站起身来，把科迪莉亚抱到怀里。该给她换尿布了。这时候离开房间合适吗？她又坐了下来，科迪在她膝上颤声哼唱道："三十二，三十四。"普雷斯顿最近一直在教她数数。

海丝特毫无防备地望着黛拉罗比亚。"小熊为你挺身而出，"她说，"最开始我没觉得这是什么好事。但是你看，他做得很好，是个好丈夫。这孩子有一颗纯洁的心。但是他爸爸在一切结束之前是不会对他松口的。"

"这么说大熊在伐木这件事上是不会让步了。"想到蝴蝶，黛拉罗比亚十分不安，她开始把它们看成某种甜蜜稀有的东西，不忍心去多想。光之谷，橙色火焰的枝丫。她永远也无法告诉别人事情的真相，她为何第一个去了那里。那一天似乎极不真实。海丝特缓缓呼出一口气，黛拉罗比亚听得出她在剧烈地颤抖，仿佛正在承受着可怕的痛苦。有时母羊产羔时也这样呼吸。这么想挺可怕。她还在等着结果，等着婆婆带什么可怕的东西来她的厨房。

"他和皮纳特·诺伍德寸步不让，"海丝特说，"我觉得不只是钱的问题。我是说，是钱的问题。但是他们如此匆忙，又不听任何人的劝告。我想他们俩是互相怂恿的。两个男人就这么做了决定。"

黛拉罗比亚的头脑已经完全将自己击垮，让她不能再正常思考。不知何故，她想到了荣誉英语课上涉及的几个伟大主题：男人之间的抗争，男人与自己的抗争。男人就没有不为之抗争的事吗？

海丝特避免与她目光对接："我想如果你站在小熊那边的话，他会与他们抗争的。"

黛拉罗比亚一瞬间突然明白了：海丝特收敛了她高傲而庞大的自尊心，在权衡道德上的选择。为了做正确的事，她需要黛拉罗比亚，今天真是个值得纪念的日子。"海丝特，"她说，"我看你该抽支烟了。"

海丝特的脸因为感激而松弛下来，就像她们上周在电视上看到的那些女人，在见到自己的男人终于从矿难中被解救出来时，她们脸上也是这样放松的表情。一切形式的救赎都以同样的方式显现。黛拉罗比亚抱着科迪，伸手打开藏着烟灰缸的厨房抽屉。她把它连同自己的一包烟一起推给了海丝特。这不是海丝特抽的牌子，但这次她也许不会挑毛病。

"我得去给孩子换尿布了，"黛拉罗比亚说，"抱歉，你别客气，我马上就回来。我看看午饭前能不能让这个小家伙睡个午——觉。"

听到"午觉"一词，科迪并没有反应，她正忙着用电话听筒的黄色一头敲打桌子边缘。她聚精会神地皱着眉头，"咚，咚，咚"。黛拉罗比亚意识到，她那是在把它当锤子用呢。她在钉钉子，就像她昨晚看到爸爸更换挡风雨条时一样。

海丝特几乎笑了："这个孩子对电话真是有一套。拿着它做一切事情，就是不对着它讲话。"

黛拉罗比亚细细端详着这个玩具——笨重的体型、电话线、听筒、拨号盘——她发现它和科迪生活中接触的任何电话都不同。现在的电话都被人们放在口袋里，它们可以被滑开使用，当然没有拨号盘。

"她为什么要对它说话呢？她又不知道这是部电话。"

海丝特当然不会明白这个。在她眼里，这就是一部电话，仅此而已。黛拉罗比亚自己也差点没注意到。她在这个玩具中看到了显而易见的东西，而孩子完全看不见，这两个现实同时并存。她吃惊地发现自己在用过去的眼光看待世界，而孩子们则一路向前。

暴风雨停歇后,世界随之改变。平坦的岩石泛着潮湿的光泽,点缀着牧场,它们散布在山坡上,看上去就像一幅泥手指画。大水退下,留下巨大的淤泥弯道,沿山坡蜿蜒而下,被毫无规律的水流从一边冲到另一边。当黛拉罗比亚冒险外出时,脑海里浮现"用羔羊的血清洗过"的字眼,但农场不是被血冲刷,而是被天空中的水冲刷着,里面的水似乎比任何一个县的都多。等暴风雨到了尾声,房子里短时间停了电,于是她徒步走到露营车前,确认大家是否都安然无恙。她敲着露营车的铁门时感觉很奇怪,但他们对她表示热烈欢迎,请她进屋,奥维德和学生们就像海难幸存者一样围坐在狭窄昏暗的餐厅里。他们正在一盏靠电池供电的灯下面用计算器工作。真正吸引她目光的是潮湿的小房间内到处成堆的湿衣服,这些衣服是他们在雨中干活时淋湿的——在他们被闪电赶回室内之前。黛拉罗比亚试着想象自己因为热爱某件事而落到如此可怜的地步。她主动提出用她的洗烘一体机帮他们洗衣服,学生们立刻欢呼雀跃起来,给了她一大堆衣服。马科脱下靴子,把脚上的袜子也递给了她,他的袜子已经湿得可以拧出水来了。后来她把洗净叠好的衣服送了回来,他们请她坐下来聊天。她就这样收到了和他们一同上山的邀请。他们打定主意要回山上工作,除非龙卷风来了。

在洪水过后的一个早晨，他们踏着泥泞出发了。洪水让人联想起挪亚。属于他们的彩虹什么时候出现呢？他们艰难跋涉，来到大路上，她惊讶地看到上面冲下来许多人为垃圾，可是那儿并没有住人：一个侧面扁平的塑料瓶，在古老的泥土下面呈亮黄色；一片片白色塑料购物袋；一大块皱巴巴的瓦楞铁皮；缠着带刺铁丝网的旧栅栏柱子，来自高处某个地界，不过肯定已经不重要；一些烟头，不知是谁过去生活留下的痕迹，有可能是她的。

皮特走在最前面，用一种她能勉强听懂的仿佛外语一般的话与奥维德轻声交谈：适度的微什么东西，比例，集合，等等。那个女学生邦妮对黛拉罗比亚最为关心，跟在她后面，询问她的孩子，问她是否在这里长大，诸如此类。很快她们便没有了话题，但黛拉罗比亚很感激她做出的努力。她从未见过来自其他州的人，因此颇为焦虑。事实上，自从她怀了普雷斯顿、不再当服务员后，她几乎没和别人交往过。尽管这似乎有些傻，她甚至担心今天该穿什么。她那双革底的旧农用靴跟这些孩子们穿的高科技靴子相比，显得颇为老土寒酸。他们的靴子都是网面、糖果条纹花边、橡胶底，看起来像宇航员的行头。他们就像电视节目中的孩子，来自所谓的"普通家庭"，穿的都是时装设计师设计的名牌，一件衣服从不会穿两次。然而，黛拉罗比亚却穿着农用靴子和牛仔裤。她以前注意到邦妮头上通常系着一块大手帕，扎在脑后的马尾辫下面，于是黛拉罗比亚也这样做了。

"你的两个孩子都上幼儿园吗？"邦妮问道。

"普雷斯顿上幼儿园，只去半天，中午回家。科迪莉亚只有十八个月大，所以够人忙活的。我丈夫今天不用去上班，在家看孩子。"小熊不太乐意，但他并没有其他安排，过去两周内只去轮了两次班。在下倾盆大雨的时候，没人想看到碎石子。这些事实她没有告诉邦妮。她想交谈，但不知如何开口。她非常渴望抽支烟，以至于牙龈都痒痒了。现在人们都看不起抽烟的人，她怀疑这些人也会看不起她，所以为了今天的冒险活动，她决定先不抽了。为了履行承诺，她身上没带香烟。现在，整整十五分钟过去了，她意识到这个计划实在荒唐，她简直要疯了。就像她第一次偷偷摸摸来这里时一样。那次她也被恐惧和兴奋的双重力量折磨得快要爆炸。

全家只有她一个人和这些科学家们玩过扑克，给他们洗衣服，还被邀请到这里来考察他们的活动。海丝特特别想了解他们的活动，只要她表现出想了解的意图，黛拉罗比亚就尽量透露。海丝特抱怨说，她和观光团在山上遇到拜伦博士时，他几乎不跟她打招呼，也不说话，只是埋头干他的工作。黛拉罗比亚想起他来吃晚饭的那天晚上,他对自己的专业知识如此谦虚,他们也没谈什么。"你得引导他开口。你问他什么问题了吗?"她问道。她心里清楚海丝特是不会张口问他的,因为她生来便觉得自己无所不知。在海丝特看来,学生们也很冷淡。黛拉罗比亚一开始也会这么说,但现在她已经帮他们叠过内衣,就不再这么想了。那件事消除了他们之间的隔阂。

大路上新出现了一条蜿蜒的小河。他们设法跳过水洼和小溪,但很快前方的道路就被一股褐色的洪流挡住了。一棵树被连根拔起,侧卧在那里,挡住了水流。皮特和拜伦博士继续寻找可以安全渡过或绕过水面的地方。皮特似乎比另外两个学生更成熟。马科看上去最年轻,也许是因为他顶着一头孩子一样浓密的黑发。他容貌可爱,颇有异国情调,她猜他是日本人,但他告诉她说,自己来自加利福尼亚。事实上助手们都不是很年轻了,可能跟她年纪差不多。有可能皮特比她还大。但小熊称他们为"那帮孩子",这似乎也没有错。因为他们自己没有孩子,她想。他们可以整天自由地观察虫子。

今天外面很冷,她能看见自己呼出的气体。这个天气适合穿猎装。她、马科和邦妮静静地在棕色水沟旁干等着,听着水发出咆哮声。激流之下看不见的物体形成了山峰和沼泽,暗示水下物体的形状。她想起那天她和小熊站在川流不息的蝴蝶中间,运动的物体在站立的身体周围划出一条条线。水流又暗又急。一堆堆泡沫像肮脏的洗碗水粘在岸边。一条鲜亮的橙色带子在水流中漂动,被一根小树枝钩住,过了一分钟她才认出那是标志伐木区域的胶带。这太令人震惊了。水一直从那里流到了此处,下一站该流到她家了吧。她上网搜索了普雷斯顿的朋友和她家人失去的家园,那个墨西哥小镇,伐木就是她找到的内容之一。他们小镇上方山坡的树木被砍伐一空,据说这是大雨引发泥石流和洪水的原因。在一张张吓人的照片中,房屋和扭曲的汽车像三明治一样被压扁在泥巴里。电线杆像火把一样被折断。不等普雷斯顿完全弄明白他们看的内容,她就关掉了电脑。她告诉他别担心,那儿离这儿很远。

这时皮特又露面了,他在喊他们,给他们带路。哗哗的水流震耳欲聋,淹没了人声。他们离开小径,又来到山谷高处,两条分开的小溪汇合处。皮特指着让她看两条溪流是如何汇合在一起的,一条来自道路两旁的黄色淤泥,另一条是森林边的清溪,在汇合之前,深色的水和清水平行着流了好几码远。皮特的观点是森林保护土地不受侵蚀,但这片森林感觉有点残破。地上厚厚一层湿透的落叶,上面躺满了碎树枝。流水形成细沟,两岸堆满树叶,森林地面被冲刷成砾石和基岩。她想,看到森林的地面那样裸露着,真是奇怪。这给人留下的印象是,地球基本上只是一块岩石,上面薄薄地盖了一层东西。

她把冰凉的手放在口袋里,继续前行。他们离开大路,沿着一条小径下到山谷,她对此感到很吃惊,因为这条路她并不认识。可能是他们自己开辟出来的。它直通山谷中心,即杉树和蝴蝶所在地。一路上她看到一簇簇死去的帝王蝶,这是被洪水冲刷下来的部分漂浮物,但此处地面上到处都是扁平的尸体,就像一幅奇怪的油毡图案。这些死去的蝴蝶不再像她之前见它们在休息或飞翔时那样张开翅膀——而是合上翅膀,仿佛祈祷的双手一般。她不喜欢踩在上面走,但其他人就是那样做的。不过他们注意到了这些蝴蝶,有时会把它们捡起来,轻轻展开,就像打开一本待读的小书。邦妮教她如何分辨雄蝶,雄蝶的翅膀边缘比雌蝶暗,且翅膀下方各有一个黑点。

他们在一处宁静的地方停下来,放下背包。水从一根倒在地上的老原木下流过,木头上长满了天鹅绒般的青苔。周围的树上都挂满了一簇簇蝴蝶。这些蝴蝶从树上一一飘落而下,像一场昆虫雨,它们掉到地上颤抖着,等待死亡。她想知道这是不是蝴蝶的葬礼,但无法从这群科学家那儿知道。他们似乎心情很好,拿出卷尺、塑料布、一盒盒蜡纸信封，以及一些她叫不出名字的仪器开始工作。他们还有用来测量的天平。奥维德·拜伦心无旁骛，他把目光投向了那些树，立刻和皮特一起大步走进树林，上坡时边指边聊。

邦妮和马科拉出一个长长的尼龙卷尺，沿着山坡的曲线，穿过树上满是蝴蝶的区域，在地面上画了一条白线。接着，他们煞费苦心地在卷尺的一侧或另一侧，按一定间隔，目的不明地画出一个个正方形。她无意中听到了他们的谈话，内容与科学没什么关系，更多的是私人闲聊。他们谈论 iPod 里放的音乐，她不知道的歌手的名字，还一起抱怨他们去吃早餐的地方，他们说它是"卑劣的"，那里的女服务员行动迟缓，乡村音乐也很糟糕。她不知道这和她在费瑟镇工作过的那家餐馆有什么不同，在那里她不得不穿上一条俗气的涤纶围裙，厨房里的音响每天从早到晚播放乔治·斯特雷特和帕蒂·洛夫莱斯的歌。这个结论令人生惑：卑劣的。也许他们只是夸大其词，就像他们使用"史诗般的""十恶不赦的""一流的"一样。他们在克利里发现了一家墨西哥餐馆，觉得它是"正义的"，黛拉罗比亚对此闻所未闻。她坐在长满青苔的原木上，觉得自己是多余的。她了解到，这些学生以前和拜伦博士一起去墨西哥负责过一个帝王蝶的项目。不超过二十五岁的邦妮和马科已经坐过飞机，去过其他国家，行走在外国人中间，而黛拉罗比亚哪儿也没去过。父亲在世时带她去过弗吉尼亚海滩，那儿有他们的亲戚，但仅此而已。她连嫉妒他们的勇气都没有——那需要很多勇气。她甚至没指望能去克利里的墨西哥餐馆，不管这家餐馆是不是正义的。小熊才不想和任何外国食物沾边。

她好奇他们是否知道约瑟菲娜家乡发生的山体滑坡。那一家人又回来看蝴蝶了，之后到她家厨房坐着聊了一会儿天，不过她没告诉小熊这件事。场面有一点尴尬，但卢佩和雷纳尔多对蝴蝶非常了解，并且总是迫切地想谈论蝴蝶。真是感人。卢佩不再拘谨，说了一些英语。他们还有两个儿子，都比约瑟菲娜小，此时约瑟菲娜正和科迪莉亚坐在地板上，对她的玩具艳羡不已。卢佩告诉黛拉罗比亚，她正在找打扫房子或照看小孩的工作，如果有需要，她愿意照看普雷斯顿和科迪。黛拉罗比亚笑了，想知道穷人怎么帮穷人。她说，这个提议挺不错，不过要是她自己有别的地方可去就好了。

邦妮喊了一声："嘿，我们给你安排些活干，行吗？"黛拉罗比亚吃惊地回过神来，这让她想起了普雷斯顿。马科拿着掌上 GPS 在忙，邦妮递给她一个小笔记本，向她解释说，他们要跪在地上几个小时数地上的昆虫。她把用卷尺画的那条线叫作"样带"，他们要把沿线画的正方形方格内的所有蝴蝶都数一数,这叫"样方"。他们会记录每个方格内的蝴蝶数量以及性别比例,也就是雄蝶和雌蝶各有多少。为了确保她不出错,邦妮让黛拉罗比亚按性别辨认了几只蝴蝶。黛拉罗比亚很紧张,但并不慌乱,全部辨认无误。这是她十年来的首次考试,她拿了满分。邦妮把黄色旗子系在样带上,给每个方格编上号,并分配给黛拉罗比亚十个方格。马科和邦妮每人负责二十个。

黛拉罗比亚从开始到现在都有很多疑问:究竟是为什么呢?如果她告诉家人这些人整天都在数死昆虫,他们是绝不会相信的。她想知道,他们看到的是一场灾难吗?这些问题可能很蠢。他们似乎把全部努力都集中在最简单的测量上。她一声不响,观察他们是如何做的:跪下来,慢慢向前蠕动,分两栏记下雄蝶和雌蝶的数量。她还注意到,如果又有一只蝴蝶从树上掉下来,落到他们已经数过的地方,他们不会回去修改数据。她绝望地看着分配给她的蝴蝶尸体,怀疑如果没有一点尼古丁的刺激,她是无法数清那么多尸体的。但很快她就被吸引住了,当眼睛把世上的一切都过滤排除掉,只剩帝王蝶的颜色和性别等细节时,她感到大脑发生了某种变化。她注意到了它们的气味:正如普雷斯顿所说,像尘土和萤火虫,也像冷杉树,有股麝香味。她几乎从不留意气味，但这股气味越来越浓。她准备同意儿子的看法，味道很好，至少在它自己的世界里是如此。它们的气味就像罐子里死掉的萤火虫，但远没有那么刺鼻。更温和，更像肥沃的黑土。也许是这些死去的蝴蝶留下的。她有生以来见证的第一个奇迹正在成为一种腐烂变质的力量。

她注意到马科和邦妮不时地停下休息，身体往后坐在脚跟上，或闭上眼睛，或抬头看树。马科好几次把死蝴蝶带到邦妮面前，邦妮就用口袋里的一个小银器量一下。他们还有一个吊秤，和杂货店里称农产品的一样，不过个头小很多。他们把一堆堆装着蝴蝶的蜡纸信封挂在秤上。黛拉罗比亚看着他们读秤，把数字记在一个斑纹笔记本上，为他们对工作的专注以及他们懂得那么多而深感嫉妒。之前她以为邦妮和皮特是一对恋人，因为他牵着邦妮的手蹚过小溪，后来她为他拂去裤子屁股上的灰尘，甚至在皮特两手腾不出空时从他牛仔裤前面的口袋掏出一个塑料袋，这些动作让黛拉罗比亚觉得他们似乎过分亲密了。但是现在，她注意到邦妮和马科查看东西时站得很近，胳膊碰在一处，对身体之间的安慰性接触同样感到无所谓。他们让她想起普雷斯顿和他的朋友们投入地玩游戏时的情景，男孩和女孩一起痛快地玩耍，对男女差异毫不察觉或并不理会。黛拉罗比亚想知道，成年后摆脱打情骂俏和两性关系的强迫规则会是何种感觉，她似乎永远无法从那种恐惧和刺激中逃脱。她真想偶尔与男人待在一起时不必考虑他们是男人。

当山谷里突然传来一声巨响的时候，她的心猛地一颤。马科笑了，说那是伐木工，他指的是奥维德和皮特。他说，有时他们爬到树上砍下一些爬满蝴蝶的树枝，把它们扔到油布上，抖落所有的帝王蝶，计算它们的总数。他们去年冬天在墨西哥做过同样的工作。他们有公式来估计每棵树的枝干数目，以及每英亩的树木棵数。"数帝王蝶很是疯狂，"马科告诉她，"就像那个经典笑话里说的数牛群的人。数数一共几条腿，再除以四。"

对黛拉罗比亚来说，这似乎并不疯狂，看上去还很有条理。她知道，如果讲这个笑话的人说的是"奶牛"而不是"牛群"，那么农民就成了笑柄。她真想问他们这个问题：为什么数这些蝴蝶如此重要？但她只是说："我刚刚发现一只蝴蝶身上有个贴纸，这个重要吗？"

他们都欢呼着跑了过来。这是一个小白点，和她的孩子从儿科医生那里得到的免费贴纸一样，粘在她数过的死蝴蝶下翼上。起初她以为这是从她自己的衣服上掉下来的家里的东西，众所周知，她身上粘过比这个更糟糕的东西。但是，不，这个小点是官方数据。马科指出上面一串几乎看不见的数字,今晚他们会把这串数字编码输进奥维德电脑的数据库中,到时他们就知道这只蝴蝶来自何处,是由何人在何处做的标记。

"但它现在死了。"她说,不知道这些信息对可怜的小东西有何帮助。邦妮和马科似乎对这个发现很是兴奋,他们把带标签的蝴蝶装进一个蜡纸信封,再把信封装进密封袋,塞进邦妮的背包口袋里。

"这是我们在这儿发现的第一个标签。"邦妮说。

"真的吗,"黛拉罗比亚想弄清楚科学家如何通过这种方式远距离发送信息,"你觉得它是从哪儿来的?"

"这个问题很是关键,"邦妮说,"可能是来自临近的州,也可能是安大略省。天啊,马科,万一是我们做的标记呢?"她解释说,她和马科整个夏天都在加拿大进行野外工作,包括给蝴蝶做标记。

想到这些脆弱的小动物从加拿大飞到墨西哥,往返穿越广袤的土地,黛拉罗比亚感到震惊。它们中的每一只都那么小,注定要死去,但却构成了一股海潮般的力量。邦妮没有说蝴蝶是直接从墨西哥飞来的,这让她松了一口气。一想到它们有可能是和约瑟菲娜的家人一样,在山体滑坡和洪水后被迫流离失所所以才到这里来,她就感到一阵担忧。这给她家的山带来一种不祥的征兆。如果这些蝴蝶来此地是为了躲避一场可怕的灾难，它们就没什么美感可言了。

天气变暖，他们停下来伸展四肢，脱掉外套。马科的外套拉链在底部卡住了，所以只得把外套褪下从里面走出来，普雷斯顿也会这么做，看上去真是可爱。蝴蝶也开始在群体中蠕动，头顶上的蝴蝶多了起来，让黛拉罗比亚觉得不安。邦妮告诉她，帝王蝶无法让自己的体温升高，寒冷会让它们丧失行动能力，除非太阳让它们体温升高到55华氏度[①]，否则它们无法动弹。

"一定要55华氏度吗？"黛拉罗比亚问道，"你是怎么知道的？"

邦妮耸耸肩。"有人测量过。文章发表过了。拜伦博士早期做了很多关于蝴蝶群体内外温度的研究。夜间，它们在内部最受保护，但在阳光下，待在外面的效果最好，所以它们不停地四处挪动，以占据更好的位置。"

"就像一堆小狗。"黛拉罗比亚说。实际上正确的说法是"一堆小猪"。她继续数数，比其他人先行完成了自己的样方，因为他们给她分配的任务更少。她又坐回到柔软的绿色原木上，意识到自己至少有5分钟把抽烟抛到了脑后。也许是8.6分钟。现在她又想了起来，这就更糟了。如果身上带了火柴，她会点燃一根树枝，只

[①] 温度单位。1华氏度约等于0.56摄氏度。

是为了闻闻那味道。她仰面躺在圆木上,试图把香烟从脑海中忘掉,眼睛向上盯着那摇曳不定、布满鳞片的黑色和橙色的花束。那一团一团的东西很大,就像阴影中悬挂在那里的一头头大熊。她想起多年前和小熊一起去打猎,他们把鹿的尸体挂起来屠宰的情景。当时她就穿着现在身上穿的这件外套——一件适合处理各种动物尸体的衣服,非常百搭。太阳在云层后面眨眼,努力想露出脸来。每当一缕温暖的阳光照在一簇簇蝴蝶下垂的纤毛上时,它们就会亮起来,把翅膀张开,慢慢扇动,沐浴着暖阳。有时,不知什么原因,一簇蝴蝶突然散开,在空旷的空间里动起来。要是想盯紧某只飞行的蝴蝶,那是不可能的。它们在树上飞得那么高,它们的数量那么多,令人眼花缭乱。

皮特和拜伦博士回来了,她很高兴,尽管并没有什么想念他们的实际理由。也许她只是和牧羊犬一样,就像罗伊和查理,看到羊群全部回来总是感到松了一口气。她帮着把一块防水油布铺在地上,他们坐在上面一边吃午饭,一边讨论栖息场所、暴雨中的死亡率等问题,有的黛拉罗比亚能听懂,有的听不懂。她答应过不妨碍他们,但现在他们仍尽心尽力地在向她解释。他们今天采集的样本和计数与一周前一样,因此比较这些数据就能知道有多少蝴蝶在风暴中死亡了。原来是为了这个而记录。她很惊讶地得知，躺在地上的蝴蝶并非都已经死了。太阳出来时，它们中有许多会全身抖动，让体温升高，再次苏醒过来。如果蝴蝶的死亡仅仅是由降雨引起的，那就与他们在墨西哥看到的情况不同。

拜伦博士向她保证，他们的工作不仅仅是清点蝴蝶尸体。他是他们的老板，他们称呼他"奥维德"，所以她也可以这么做。她想起他来吃晚饭的那天晚上，又感到局促不安了。但是他对她的态度平和又亲切，和那天晚上对普雷斯顿一样，引导她明白事理。他把蝴蝶称为一个系统，一个"复杂的系统"。她渐渐习惯了他的口音。后来向多维讲述这一切时，她夸张地学他说话的口音："这是一个服杂的系统。"他研究帝王蝶已有二十年，足迹遍布北美大陆。她问他蝴蝶的寿命有多长，他的回答令人困惑：一般来说大约六周，度过冬天的蝴蝶寿命会长一些，冬眠能让它们多活几个月。他称之为"滞育"，指的是在正常的成长、交配和繁殖过程中的停顿。在生命中途的某个时刻，寒冷黑暗的冬天让它们暂时关闭了性欲，直到未来的信号到来。

她想，就像住在一栋不保温的房子里一样。也许就像大多数人的婚姻。"然后呢？"她问道。这说不通呀，它们怎么可能凭借几周的寿命进行每年几千英里的迁徙？它们怎么知道要去哪里？拜伦博士解释说，没有一只蝴蝶能完成往返飞行。冬天结束时，在墨西哥已年长的蝴蝶苏醒过来，开始疯狂地交配。雄性蝴蝶交配完毕后，怀孕的单亲蝴蝶妈妈们会穿过边境，艰难地向北进入得克萨斯州寻找马利筋。马利筋是毛毛虫唯一能吃的食物。它们在那里产卵，不等见到自己的宝宝就死了。黛拉罗比亚被这个故事震惊了，它听上去像一出悲情肥皂剧，就像氧气频道播出的节目一样。她看得出奥维德也喜欢讲这个。这些失去妈妈的小帝王蝶孵化成毛毛虫，长大后飞往北方，再重复一遍这个过程，在马利筋上产卵，最后死去。他说，他们在这些山上看到的帝王蝶通常是春天出生的第二代蝴蝶。它们会飞到北方生产第三代。只有那些蝴蝶才能在秋天飞回墨西哥。

"它们从没去过的地方。"她说。

"它们从没去过的地方。"奥维德重复道。

"它们是怎么办到的呢？"

他笑了："你正在问一个疯子，二十年来他也一直在问同样的问题。"

"嗯，是的，我明白了。"他那"复杂的系统"开始在她的脑海中占据一席之地，她可以隐约想象出来。不像她之前想象的那样，是一条跨越陆地的橙色通道，也不像弹珠从盒子的一端滚到另一端再滚回来。这是一种有生命的流动，就像静脉中的脉搏一样，细胞在流动过程中不断地分裂、更新。突如其来的想象让她心潮澎湃，让她感到尴尬，她害怕自己会像被蝴蝶包围的那天那样在公婆面前哭起来。为昆虫哭泣，这怎么能是正常的呢？

即便他们是为了她才进行的谈话，她也很难跟上节奏。皮特解释说，近年来他们研究发现蝴蝶的这一"范围"①正向北扩展。奥维德帮着补充说，他的意思是一代又一代的蝴蝶不得不深入加拿大去寻找幸福，可能是担心她会把"范围"一词理解为"炉子"。他说，最南端的情况也变得越来越糟。由于气候变暖带来的季节性变化，帝王蝶离开墨西哥栖息地的时间越来越早。她想知道这一切是否得到了证实。她知道要对气候变化问题保持警惕。他说，没有人完全理解它们是如何进行迁徙的，有数百个因素发挥了作用。举个例子，火蚁现在进入了得克萨斯州，帝王蝶会因此变得岌岌可危。蚂蚁会吃毛毛虫。此外，农药正在杀死马利筋，这是他提过的另一个担心的问题。她在想该不该告诉奥维德墨西哥发生的山体滑坡，但学生们也加入了两个人的谈话，让谈话变得更难理解了。生物地理学，栖息地，寄主植物，越冬区，还有什么生物群落的损失，毁灭。最后一个词

---

① 原文为"range"，一词多义，有"范围"和"炉子"之意。

她听懂了：毁灭。一股橙色溪流在自身内部引擎的推动下，流经一个大陆，这幅景象久久盘桓在她脑海中。

"它们好像很顽强，"她说，"似乎总能找到自己的路。"

"它们对信号做出反应，"皮特说，"气温，太阳信号，这是它们唯一能做的，一切很完美，直到发生变数。比如，如果它们在马利筋长出来之前就离开越冬地飞到北方，那就没有可吃的东西了。或者如果天气太干，它们会脱水。当我们记录的气温逐年升高，墨西哥的栖息种群就会向山坡高处迁移，寻找依然凉爽湿润的地方，但是山的范围有限。"

"然后我猜你会讲到这里，"黛拉罗比亚说，推测这就是答案，"情况有那么糟糕吗？它们真的很美。我说，这么好的东西来我们这儿可不常见。"

皮特跟邦妮、马科交换了一下眼神。他们的沉默令她难堪。

"它们很漂亮，"奥维德平静地说，"可怕的东西也可以很美。"

"它们哪一点可怕？"

他慢慢摇了摇头，和她第一天晚上看到的一模一样，当时小熊和他聊天，问他对这里的蝴蝶有何看法。"可怕，美丽，不是由我们说了算，"奥维德说，"我们是科学家，我们在这儿的职责只是描述存在的现状。但我们也是人。我们也喜欢这些蝴蝶，你知道吗？"

"当然。"黛拉罗比亚说。她很高兴，至少做人还是被允许的。

"所以我们非常担心，"他说，"据我们所知，帝王蝶这个物种自起源以来，就一直在墨西哥过冬。我们不知道确切的时间是多长，但是也有成千上万年了。而今年十分反常，是因为发生了什么事才让它们来到了这里。"

他咬了一口他的三明治——应该是小麦面包上的奶油芝士，而她则在思忖"成千上万年"的含义。根据她的经验，类似的谈话总以同样一句话结束：上帝以神秘的方式运行。

但他说的话使她大吃一惊："如果一天早上你醒来，黛拉罗比亚，你的一只眼睛移到了头的一侧，你会有什么感觉？"

"啊。"这个令人厌恶的画面占据了她的脑海半秒钟后才被赶走，"我会尖叫，"她说，"我对眼睛很敏感。"

"好吧，差不多就是这样。眼睛长在耳朵旁边，可能看上去很漂亮。但我们在这里看到的情况令人担忧。就像你说的，我们很抓狂。"

四个人都表情严肃、充满期待地望着她，她觉得自己脸上的器官真的要大变样了。她猜不出奥维德是不是在开她的玩笑。眼球大挪移。他们是认真的吗？"嗯，我想我会去看眼科医生,"她说,"我讨厌去看医生,但如果发生那样的事就只好去了。"

她吃了带来的午餐,午餐放在塑料购物袋里面,因为她没有价格不菲的漂亮小背包。她也没有受过良好的大学教育,只有让聪明人来解决这个问题。她试图保持愤怒,但感到怒火被一种巨大的悲伤淹没了,这种悲伤就像她家院子里的地下水一样在心中升腾涌起。为什么她一生唯一一次见到的壮观景象竟然是大自然的疾病?这些蝴蝶本来是她的。是她发现了它们,带儿子来看它们,它们正以她的名义变得受人喜爱和重要起来。它们似乎很重要,她从未拥有过这么重要的东西。她已经下定决心,如果真到了那一步,她拼上自己一百磅的体重也要和家里的男人斗争到底。那么,一个外人是怎么会来到这里,宣布整个事件是一个巨大的错误的呢?这些人什么都有。他们受过教育,长得漂亮,光是脚上一双靴子的价格便与她丈夫上次发的薪水相当。现在连蝴蝶也成了他们的了。

整个下午她一直在数昆虫。这辈子她干过比这更糟糕的工作。她和马科合作完成一个样方,余下的由她一个人完成,其他成员都去干别的工作。他们用一种黄色小仪器观察、测量树木,拿一个叫卡钳的镊子测量翼展,用一个黛拉罗比亚觉得像是毒贩用的小天平测量它们的湿重。天色渐渐暗下来,他们下山了。她真想跑向她亲爱的孩子们,更重要的是,跑着去拿她的香烟。但他们一起走着,穿过森林,来到大路,走下去,把太阳甩在身后。白天飞来飞去的蝴蝶现在沿着大路向他们涌来,回到它们的栖息地。奥维德说,它们是在四处找花,吸食花蜜。温暖的天气唤醒了它们,四处飞翔会耗尽它们的脂肪储备。蝴蝶还有脂肪储备?是的。他说,事实上温暖的天气可能比寒潮更危险。蝴蝶燃烧能量的速度比在墨西哥高海拔栖息地的持续低温中要快得多。这座山的一个大问题就是没有冬天的花朵来给蝴蝶补充能量。她试着想象冬天的花朵,结果却是一片空白。猩猩木呢?他是这么说的:"蜜源不足。"他竟然说她这儿的山资源匮乏,甚至是缺少花朵,她努力不为此耿耿于怀。

她试图平息内心增长的怨恨,沉浸在周围如潮水般涌动的蝴蝶里。感觉就像来到电子游戏内部一样,橙色的小 V 形移动光源不断朝她飞来,在周围舞动着。它们似乎让阳光更亮了,点燃了空气。她明白它们在不稳定的世界里多么需要稳定的提示。她同情它们。她也想喜欢那些真正关心蝴蝶的科学家们,他们可能远远比她更关心它们。奥维德说得没错,他们只是在测量它们。

如果消息很糟，那也不是他们的错。他们只是普通人，大多数还是孩子，基本上和她是同一代人，腰间系着夹克，沿着涌动的蝴蝶河前行。

那天早些时候，她看见马科的外套拉链坏了，曾考虑提出更换它，但她犹豫了。也许他并不在乎。现在她开口提了。

"替换它？你是说，把拉链取出来，换上一条新的？"他问道，显然对修补衣服的概念很是陌生。这些孩子一定以为他们昂贵的衣服是从树上长出来的。

她笑了："把外套平铺在桌子上，用你们的测量工具量一下拉链。你可以从克利里的沃尔玛买一根，他们那儿有布料和缝纫用品。明天把它送到家里来，如果你能一天不穿外套，我马上就给你缝好。"

"怎么，你还有缝纫机？"他颇为惊讶。

"嗯，是的，"她说，"缝纫机，又不是原子加速器之类的，只是一根上下摆动的针。以前我上高中时穿的衣服，舞会礼服什么的，几乎都是自己做。虽然与时尚无缘，但我的收入只能付得起这个。"

"可你是怎么学会的呢？"邦妮似乎也惊呆了。这些大学毕业生全都对黛拉罗比亚的知识储备困惑不解。她不知道是该感到骄傲呢，还是该觉得受到了嘲笑。

"没什么难的，只要耐心就行。我妈妈是个裁缝。"

"真的？"马科说，"那她缝制什么？"

"她的专长是商务套装，如果你能想象的话。大部分是女装，但我小的时候，一些上了年纪的男人也定做西装，后来他们才去买工厂制造、便宜一半的成衣。"

"血汗工厂。"邦妮说。

"或者外国制造、价格只有原来的十分之一的成衣，对吗？"她同意，"小时候妈妈教我要特别注重双接缝和衬里，但等我长大后这些东西都不存在了。"

学生们似乎正在消化这一点。也许他们也不懂接缝和衬里。马科换了话题，说这条路被雨冲垮了，势必会妨碍她妈妈的旅游业。过了一会儿她才意识到他指的是海丝特。

"哦，那不是我妈妈，是我婆婆。"她决定不提她死去的父母，因为那势必会终结谈话。

"她带谁到这儿来了？"马科想知道。她看得出来，其他人都支棱着耳朵听，他们也对这些私事感到好奇，真是奇怪。她不是唯一一个有问题不敢问的人。整整一天下来，她第一次意识到，这些科学家在这里一无所有，而且他们深知这一点。她丈夫的家人随时都可以把他们赶出去，在弹指间把树砍掉，不去管那些不可计数的蝴蝶。这里有两个世界同时并存，似乎各自觉得自己的世界最重要，都不情愿与另一方交谈。他们几乎没有共同语言。

"嗯，一开始都是教会的人，"她说，"在我们教会，这件事很有意义，人们很欣赏……"她犹豫着要不要使用教会词汇，"这种美吧，我想。这对人们来说挺鼓舞人心的，也有助于大家尊重地球。"

森林在夜晚的金色光亮中寂静无声，一切看上去都那么珍贵，甚至连水声似乎也平静下来了。"你们的教会有多大？"过了一会儿，邦妮问道。

"三百多人。"她说，这个数字让众人扬起眉毛。她想知道，大学生们去的是什么样的教堂。"不仅仅是我们的会众。起初这件事只在当地有点名气，后来克利里和更远的地方也有人来了。现在已经在报纸上登了两次了。"第二次记者和摄影师来到这儿，声称他们是来采访科学家团队的，但事实却不是这样。

"海丝特把游客们组织得很好。她不喜欢一组人数超过八或十人。如果游客年纪太大，身有残疾，或者带着小孩，她会开越野车带他们参观。那样要价更高。"

"这么说老年人没有折扣。"马科说。

"没有。我婆婆才不会体谅别人。即便她是殡仪馆工作人员，她也会告诉顾客停止抱怨，自己走到墓地去。"

他们听后都嘲笑了海丝特一通，黛拉罗比亚感到一阵刺痛，不知道该对谁忠诚。当然，她并不打算与这些学生结为盟友。但是他们走了，她会想念他们身上充满趣味的勃勃生机。下周二十一号，不管他们的家在哪里，他们都会回去过圣诞节。她的主要教育来源约翰尼·米特金在广播中说，二十一号是一年中最短的一天。邦妮和马科假期后不会再跟着奥维德回来，因为他们只是二年级研究生，还要上课。奥维德只在第一个学期教课，剩下的时间都做研究。邦妮解释说，他最近拿到了一笔"天才补助金"，这意味着他成了重要人物。黛拉罗比亚听说过明星们有自己的活动房屋，但不是他这种厕所和淋浴间承担双重功能的。邦妮说，皮特可能还会回来，因为他是全职做研究的博士后，但不会待太久，因为还得留在学校打理奥维德·拜伦的实验室。黛拉罗比亚的脑海浮现出电影里疯狂科学家的实验室，瓶瓶罐罐里都是煮沸的物体，她感到很绝望，因为还有那么多东西是她搞不懂的。"蝴蝶实验室"这个词根本说不通。

当她们俩在路上与前面的男人拉开一段距离时，邦妮提到皮特刚刚结婚，他妻子不愿让他离开太久。黛拉罗比亚用下巴朝皮特肌肉发达的肩膀一指，问："你会愿意吗？"

邦妮笑了："我猜不会。"黛拉罗比亚想问邦妮是否也结婚了，她回答还没有。

如果海丝特摆正心态，她会发现这些年轻人并不傲慢自大。也许他们有些世故，当然，他们根本察觉不到自己的好运气。但在某些方面，他们看起来比实际年龄年轻。除了换拉链和洗衣服，黛拉罗比亚希望自己能多为他们做点什么。他们非常喜欢她给他们带去的甜豆，几乎把罐子舔了个一干二净，就好像她在莳萝、醋里加进了尼古丁一样。她当然可以从海丝特那儿再拿一些，因为他们家装了大约五十夸脱的甜菜罐头。怎么会有人从没听说过甜豆呢？

她现在想，该举行一个欢送会。只是在她家客厅里小聚一下，吃些圣诞饼干，喝点蛋奶酒。她差点向邦妮提出这个想法，但她缺乏勇气。他们马上就要走到小路尽头了，机会转瞬即逝；话在嘴边，但她发现自己就是说不出口。关键在于她不好意思邀请这些人到她家做客。他们中的一个住在活动房屋里，其余可能住在冰毒实验室旁，但黛拉罗比亚仍然无法忍受他们对她的生活品头论足。就像他们称其"卑劣"的那家乡村音乐餐厅。这些年轻人连拉链能更换都不知道，肯定也没见过她家那种科瑞尔牌的盘子、脏兮兮的地毯和到处都是枕头的房间。她家里的物品不是牢不可破，就是支离破碎。

第七章 🔥 全球交易

似乎每一场灾难都会让一部分人受益,这场洪水也给砂砾行业带来了好处。整个周末和接下来的一周,小熊都被叫去上两班倒的班,甚至因此错过了做礼拜。海丝特认为如果有紧急事情,不去教堂是情有可原的。小熊的工作主要是给那些自家车道被冲到下坡邻居家的人运送碎石,但这也意味着有钱可赚,所以没什么可抱怨的。黛拉罗比亚和小熊年底前会付清他们的房款,其他所有收入都将用于设备贷款,包括海丝特的观光团收入所得。他们一直把这叫作她的"蝴蝶钱",用这个名称来形容这种轻量级的资金来源很是贴切。即将偿还的贷款是一个气球①,这个名字不太合适,因为它的重量足以压垮一个家庭。大熊和金钱树公司的人达成了一项协议,

---

① 原文为"balloon",其字面意思为"气球",但在借贷场景中意指分期付款中最后一笔大额还款。

开始伐木之前，先等一个月让树晾干，最多两个月。

　　自海丝特突然造访以来，黛拉罗比亚几乎就没见过小熊。她本想跟他提这件事，但那天下午他拉着他们每月清理一次的垃圾去了垃圾填埋场，第二天一大早她就和奥维德以及学生们一起上了山。等她回来，小熊又被叫去上班，开车拉着砂砾运到一条被冲垮的路上，这是第一趟，之后又有许多趟。现在她基本上就是在他出门时把咖啡递给他。今天早上她还在纳闷家里的杯子都去哪儿了，然后意识到它们一定在他的卡车车斗里空滚着。他今天四点下班，她让多维过来照看孩子，这样小熊就可以和她一起去为孩子们买东西了。多维觉得他们应该开车去克利里，那里的商店比这儿多五十倍，至少可以逛逛，但黛拉罗比亚买不起大部分店里的东西，她也不觉得只逛不买有什么乐趣可言。也许他们该去克利里郊区靠这头的沃尔玛。但他们最后还是下手晚了，因此只能去费瑟镇那些不太起眼的店面扫货。小熊花了整整一个小时发牢骚，说他累了，而电视上正在播放一场弗吉尼亚理工大学球赛。跟大学毫无关系的人居然对大学球赛如此热情，真让人吃惊。"你为什么不和孩子们一起去呢？"他问道，"你不总是把科迪放进购物车里吗。"

　　"这可是去购买圣诞礼物啊！然后对孩子们说，惊不惊喜，是圣诞老人送来的吗？"

她还一件礼物也没买。她觉得，对于那些失去父母、没有经济收入或两个条件都具备的人来说，怨恨圣诞节很合理。雪松依然光秃秃地立在客厅里，散发着刺鼻的气味，就像泥泞的户外风景一样缺乏圣诞气氛。她早就让小熊对海丝特说了，今年圣诞节的早晨他们要在自己家过，或许还可以建议海丝特为他们捐赠一些装饰品。但她不知道结果怎么样，因为她已经有好几天没能和丈夫好好说话了。

当他们终于自然地有了一个机会，就立刻开始争吵起来。这是一条婚姻法则：你越迫切地需要与配偶独处，就越容易把它搞砸。第一年结婚纪念日，他们两人单独去餐馆吃饭，最后在车上大吵起来，用通道锁砸破了后车窗（他们在愤怒中把锁扔了出去，实际上不是朝对方扔的），吵架的原因很多，其中之一是他为什么把油乎乎的通道锁放在了车里。今天的争吵不像上次那样激烈，人生中重要的事已经足够让人疲惫了。他们更多是靠着忍耐，穿过费瑟镇四个街区办了以下事项：首先去了加油站，她只让他加了半箱汽油，这样她可以省下钱去买盒烟，香烟的价格贵得差点让她流泪，她发誓说这盒烟一定要抽够一个月，虽然知道自己做不到；接下来，他们去了折扣五金店，换了他买的更换厨房漏水水龙头的夹具，因为他买错了，白痴都看得出来。现在他们来到一元店进行变了味的约会,希望在那里花大约50美元购买礼物,让孩子们过一个难忘的假期。

"在伐木这件事上我不能跟爸爸对着干。"这句话他已经说了二十遍。

"你能,但你不会这么做。"她这么回答也有二十遍了。

"因为我不能像你期望的那样完美。"同上,同上。他们穿过玻璃门,为了脸面,把声音降低了几分贝。"告诉我除了那件事,还能从哪儿弄到那么多钱,"小熊悄声说,"我把钱交给爸爸。"

那座山要被推倒了,一个确定的世界也会随之倒塌,这对黛拉罗比亚来说不可想象。随着时间的推移,她的生活版图变得日渐开阔,就像那些长方形加油站地图,打开后有挡风玻璃那么大。在某种程度上,她和那些科学家息息相关。奇怪的是,也和海丝特有关。她很想告诉小熊,他的母亲希望他能挺起腰杆与父亲抗争,但她也渴望小熊在这场战斗中坚持自我。她的丈夫不仅是他母亲的棋子,还是家里的主人:这个要求是否太高?

商店入口处,一个四英尺高的圣诞老人开始慢慢扭动屁股,发出尖细的电子演奏音乐《给世界带来欢乐》。他身体里面一定有感应器,人一走近,便触发他做出这一动作。"好吧,"她说,"我们还是专注眼下的事吧。圣诞饰品,你问过海丝特,让她给我们一些用了吗?"

"这儿不全是圣诞饰品吗。"小熊边说边朝过道挥手。没人能否认这一点。商店里的塑料小玩意儿足以填满一块干草地。

"很好,"她说,"童工奴隶制造的传家宝。"她母亲过去常常像诅咒一样说:童工奴隶。黛拉罗比亚被她说的话吓了一跳,脑海中浮现出一群灰不溜秋的孤儿。她过去常常想象他们穿戴着做工粗糙的帽子和夹克,对各地幸福的家庭心怀不满,搞垮了父亲的手工家具生意,夺走了母亲的裁缝工作。在能做工的最后十年,原本缝制商务套装的母亲沦落到去针织品工厂做内衣,最后这帮臭孩子甚至让针织品工厂倒闭了。回想起来,黛拉罗比亚完全能理解母亲为何酗酒。

小熊正暗自酝酿一种他自己设计的坏心情。他猛地拉出一辆购物车,开始往里面扔东西:蟑螂蚂蚁杀虫剂、克瑞伊胶水、高乐氏漂白水、防冻液,像看电视一样,购起物来就像在一元店浏览频道。这让她想起他们经常在垃圾填埋场看到的那个瘦骨嶙峋的老人,总是用锄头不停地翻动垃圾堆,在不长财富的垃圾堆里寻找财富。有人称之为生活。

"不错的圣诞礼物啊,亲爱的。如果我们名单上的人都计划自杀的话。"

他翻了翻眼珠,摇了摇头。得容忍自己的老婆。男人们从电视上学到了这一点,她想。

"喂,为什么总是让我当警察呢?你都已经花了十几美元了。"

"好吧,"他很大声地说,"因为你已经在焦油和尼古丁上花了 40 美元了。"他把东西放回架子,过了一会儿又拿来两件尺寸合适的 T 恤,上面分别写着"消防队员"和"小马驹",一件 6 美元,另一件 10 美元。她接了过来,手指摸着那薄得可怜的布料子。小马驹 T 恤的边缝已经开了。

"为什么女孩的东西更贵?看看这个。布料少一半,质量减半,价格却几乎翻倍。"

他耸了耸肩:"不知道,因为男孩的衣服穿得更快?"

"哦,得了吧。你觉得有人站在我们这边吗?"她把 T 恤扔回架子,没有放回原来的位置,但她不在乎。让他们多雇几个帮手吧,反正人们需要工作。他们把购物车推到应季商品通道上。"去问海丝特要些饰品吧,好吗?她有很多呢。你可以到她阁楼偷一些,她永远也不会发现。"黛拉罗比亚想起父亲多年前做的木制装饰品,这些装饰品肯定还放在某个地方。它们经历了多么复杂的生命周期啊：阁楼上的盒子、葬礼剧变、庭院拍卖。就像昆虫经历若干个生命周期，最终的目的只有一个：飞走。

小熊拿起一个黄铜样的塑料钟，上面写着"纪念品"，把它翻过来。"2美元，"他说，"这个不错。"

"是这样的，天才，好好算算。你需要不止一个，得二十多个，否则圣诞树会看上去很寒碜。"

他把装饰品一一放了回去。真是幼稚，她想。他的消费技巧比女儿略胜一筹，但也好不了多少。她看了看那些装着金光闪闪的垃圾便宜货的箱子，感到一阵绝望，得努力找一件带回家之前不会散架的东西。也许她的父亲英年早逝是一大幸事，那时他对手艺的自豪感还丝毫未受影响。他会怎样看待如今这个世界呢？实际上生产这些的可能不是童工奴隶，但肯定有大批工厂工人在生产这种廉价的东西，低收入的穷人生产物品供低收入的人购买和使用，他们的生活主要是为了互相抵消。世界范围内的社会底层人民就这么被困住了。

"你小时候做的东西呢，小熊？"她问道，"那些棒棒糖星星，还有她一直留着的别的玩意儿。海丝特至少应该把那些东西送给你，挂在我们的树上吧？"

"她说俗气。"他说。

"但我们乐意俗气。圣诞节的意义不就是这个吗，把爱传递下去什么的?"

"圣诞节的真正意义是,把它翻过来,看看价格标签。"

这句话给她留下了深刻的印象,她觉得这是几年来小熊说过的最有见地的话,尽管他可能指的是字面意思。他们开始在一架子标有"二手"的DVD光盘中挑选,每张光盘都有收缩塑料薄膜包装。她觉得很是丢脸,好像在买被人咀嚼过的食物。小熊举起一张标有"怪物机器"的光盘,但她摇了摇头。

"这不是普雷斯顿现在真正想要的。他喜欢大自然之类的东西。"

小熊傻笑着又举起另一张,一条巨大的蟒蛇缠在一个女孩身上,女孩大腿暴露,一副吓坏了的样子。

"看我的嘴唇,"她说,然后用嘴型说,"混蛋。"

小熊知道普雷斯顿近来对什么感兴趣,她怀疑小熊对此不以为然。他希望儿子擅长运动。她知道,普雷斯顿的身高是小熊祈祷的内容。但愿他长大后别像他妈妈那样成为聪明近视的小矮子。小熊很喜欢一档电视节目,讲的是住在一家公寓里的极客[①]年轻人,都被认为是天才,但在隔壁金发碧眼的美女面前,他们总是变成

[①] 美国俚语中智力超群、善于钻研但不爱社交的学者或知识分子。

说话结巴的傻瓜。这些穿着不合身裤子、社交头脑迟钝的年轻科学家引得小熊哈哈大笑。黛拉罗比亚注意到他们有一台洗碗机,还有一套看上去价钱不菲、安格斯公牛大小的真皮沙发。

她眯起眼睛读一部像是关于狮子的纪录片上的小字。很难说你到底能从里面学到什么,而且它要 12.5 美元。对于一张之前有人看过的光盘来说,这也太离谱了。他们来到拐角处的玩具通道时,购物车仍空空如也。小熊拿起一个拳击机器人游戏,看了看标签写着 20 美元,又把它放了回去。接着他挑了一件 5 美元的大物件,看上去像是一套自动武器和链锯的组合。

"每个乡下孩子的梦想!"她抱怨了一句,引得小熊警惕了起来,她很少见他有这种神情。她知道她该控制一下自己。她不知道她为什么会爆发出这种厌恶情绪。这让她害怕。她又有什么了不起的呢?上高中时就怀孕,急匆匆找个人便嫁了,现在却想超越自己的地位,和更高阶层的人打成一片。

"嚯嚯嚯,你们两个!是圣诞老人的小助手吗?"

他们抬起头,发现是同一个教堂的布兰奇·比斯。黛拉罗比亚指着他们空空的购物车说:"没帮上什么忙,不是吗?"

"我看到你又上报纸了,黛拉罗比亚。"布兰奇拽着紧紧裹在腰上的雨衣说。她穿的每件衣服都是按照以前的身材做的,那时她的体重还未让她深受折磨。黛拉罗比亚觉得那些衣服拒绝接受现实。布兰奇的目光焦急地划过黛拉罗比亚夫妇的脸,结果两人都对她提到的报纸上的文章毫无反应。"好吧!"她尖声说道,"你们觉得这种天气怎么样?我们要不要开始建造方舟?"

夫妻俩的争吵还未结束,就像电影按了暂停键一样。布兰奇明白了过来,急忙离开了。

"如果我们靠一份微薄的工资养的是乡下孩子,那我很抱歉,"小熊几乎是在咆哮着说,"但至少我上班。"

"哦,我没有。"

他没回应。

"那你跟在孩子们身后追上一天试试,你会累到平躺下来的。"

"周五我照看他们了,而你却跟在那些花哨的孩子后面。"

"才一天,小熊,甚至不是一整天。而且你是躺在那里照看他们的。"

"那我也照看了,不是吗?"

"你那也叫照看啊?我回家时,他们把冰箱里的东西全倒在厨房地板上了。普雷斯顿正把一罐花生酱放进微波炉,而科迪穿着有十磅重的纸尿裤走来走去。我记得你当时在沙发上看《1000种死法》。"

"话说回来,你打算什么时候训练她自己上厕所?"

"我什么时候训练她自己上厕所,"黛拉罗比亚对着想象中的肥皂剧观众用嘴型说,也许不完全是想象出来的,结账台一位穿黄色围裙的女员工几乎盯着他们的一举一动,"她还不到两岁,"她低声咆哮道,"花哨又是什么意思?那些学生住的是路边旅馆。"

"住得不好也是来度假的吧。等他们圣诞节回家,就会把经历的一切说给朋友们听。"

"我不知道。"她说。她清楚这有可能是事实。她有时觉得自己在透过他们的视角看问题。事实上,很多时候是这样。他们的生活就像在《乡巴佬网络频道》冲浪:坑坑洼洼的道路,路边旅馆,简陋的餐馆,还有她俗气的房子。她自己也成了他们的真人秀节目《乡巴佬幸存者》的常客。这改变了她对很多事物的看法,即使是在这家熟悉的商店里,她也以一种新的眼光审视购买的东西。好像她还有别的地方可去似的。

"你不知道什么?"小熊问道。

"我不知道那些孩子回家干什么。你也别觉得自己很懂。"

"随便。你可是大人物。"他把目光转向他们遇见布兰奇的过道尽头。

"怎么，就因为大家见我上了报纸？是你吹牛来着，小熊。你还准备好了上班时给人签名，因为你老婆出了名。"

他假装在端详一排穿着不同薄纱服装的一模一样的洋娃娃。"我可没想到会变成一份全职工作。"他喃喃地说。

她用鼻孔呼出一口气，觉得自己就像匹马。"第二次我甚至都不想跟他们说话。我告诉过你。我说他们该去采访拜伦博士，但他已经上山了。我只和他们谈了大约十五秒，摆了个姿势让他们拍了张照片，想打发他们走。"还有一个原因是他们第一次拍的照片很难看，她希望把它从记录中删除。

蜘蛛侠袜子，3美元。蜘蛛侠内衣三包，5.5美元。普雷斯顿两样都需要，但内衣算是圣诞礼物吗？小熊不停地说想让孩子们过一个"真正的圣诞节"，但她感到心里很不平衡，不知道这些话是什么意思。"哦，我对你说呀，那些记者来的时候，科迪一直尖叫，和第一次一样。我觉得她不喜欢抛头露面。"

"不像她妈妈。"

"你能不能别犯傻了！"

过道尽头的一位顾客抬起头来。黛拉罗比亚压低了声音："是你先起头的，小熊，在教堂当众宣布。我在那篇文章里说的关于蝴蝶圣地和一切的内容,甚至没有你说的一半多。都是你干的好事。"

"我感受到了圣灵,黛拉罗比亚。我想你不明白这个。"

她知道,他的真诚不可动摇。不只是在教堂,在哪儿都是。他甚至主动给奥维德提供了一处露营地。不管他是什么,也不管他不是什么,小熊身上有着一种朴实纯净的人性。现在,这一事实只会让她更加自怨自艾。她发现自己无法让步。"上周日在那儿的是我,而不是你,非常感谢。"

她不得不独自面对海丝特,忍受众人的目光。作为一个圣灵方面的名人,人们期待她能像指路明灯一样发光,而不是偷偷去喝咖啡或摄入碳水化合物。费瑟镇的奇迹带来了好处,但有些人似乎觉得黛拉罗比亚是在自吹自擂,而海丝特则从中牟取暴利。另外一些人不喜欢外来人,不喜欢奥维德·拜伦以及他可能代表的某些无法言明的东西。当然,这一切传言在被她听到之前已经经过了几扇纱门的过滤,但她能想象到这一点。她努力揣摩海丝特的心思,到目前为止已经见海丝特三次向她低头了:第一次是在教堂,在奥格尔牧师瞪大眼睛的注视下;第二次是她对牧师的即将造访感到紧张万分的时候;第三次是她在黛拉罗比亚的厨房里哭着寻求帮助。

不，一共是四次：还有一次是在山上，她宣布黛拉罗比亚接受了圣灵。海丝特被什么东西吓坏了，她开始觉得那可能是上帝的力量。教堂变得太复杂了，令人不安。

"这么说是圣灵感动了你，让你同意父亲的决定？"她问小熊，"把我们山上的树全部砍掉？"

"你表现得好像我们还有别的选择似的。我们需要钱。"

"是他需要钱。大熊在申请设备贷款之前根本没征求我们的意见。为什么最后一笔大额还款成了我们的问题？"

"他没料到经济不景气会让他失去了全部的合同。"

"好吧，但风险该由他承担。"

"那也是他的土地。"

"我们难道没有份吗？无论农场里有什么活，我们都去帮忙。小熊，看着我。我和你说话时，你能不能看着我？"

他停了下来，带着夸张的恼怒转过身来，用充满倦意、了无生气、爱意全无的眼神看着她，跟她一样厌烦了这个故事。她想要的不可能实现。她想让他选择跟谁站成一队。不是做母亲的儿子，而是妻子的丈夫。

"你知道我是对的，"她恶狠狠地说，"我们在那个农场干活，我们教育我们的孩子，那是我们的家，而我们却没有一点点发言权？我在说什么？我们甚至连一点他妈的圣诞装饰品都没有！只能向你父母乞求施舍。该死的，小熊。你什么时候才能让你自己真正长大？"

有人盯着他们看。结账台穿红色高领毛衣的女收银员似乎随时准备好打电话叫人了。最糟糕的耻辱莫过于在公共场合两口子闹矛盾。她疲惫的生活犹如一团乱麻，真让她厌恶。突然间，就像每次得流感之前总感到喉咙里面红肿一样，在十月和十一月间拽着她逃离婚姻的那种奇怪的疏离感又回来了。骑在浪尖上不顾一切，只想体验前行的刺激。此时此刻，她异常清醒，清醒到让自己害怕。那次差点实现的私奔就像一场梦。现实生活中不存在干净利落的逃离。在这种生活中，为了跟丈夫吵一架，她还得请个人帮忙照看孩子。

小熊拿起一个青蛙形状的吸管杯，2美元。她从他手里一把夺过来，扔进购物车。这样收银员就不会觉得他们是来偷东西的。

"他星期天说了什么？"小熊问道。

"谁？"

"奥格尔牧师。关于山上的事。"

无论是博比·奥格尔还是他母亲，小熊都会听从，他是个随大流的人。他需要一个盟友。海丝特也需要，尽管她很凶。每个人都想待在圈内而不是圈外，也许生活就是这么简单。"如果博比反对伐木,"她问,"会不会就替你解决了问题?"

"不知道。"

"如果海丝特这么做,会不一样吗?或者世界上除我以外的任何人?"

"并不是世界上的每个人都知道这件事。"小熊说。

"嗯,也差不多了。在这个镇上,屁股上有个文身都不能保密。就好像大熊想保密似的,他才不想。"

"他没什么好丢人的。他说违反合同是不对的。"

"我们是在谈论大熊·特恩鲍的道德观吗?哦,等一下。等我在空中撒些钱,看他的道德观会朝哪个方向。"

小熊拿起一根叫作"鞭子声音魔杖"的东西,只是想看看,但她把这东西从他手上一把夺下,扔回架子上。这种玩具的唯一目的就是让妈妈们发疯。

她的坏脾气开始让小熊害怕,事情的走向已经很明显。被压制——她知道男人们会这样说。她婚姻中的所有道路都导致了这样一种感觉,那就是她从海丝特手中接管了小熊的生活,这个想法最让她痛苦。"对不起。"她说着,把魔杖还给了他。他毫无热情地挥动了几下,又把它放了回去。

"那么奥格尔牧师是怎么想的呢?"小熊又问她,

"对于我们在山上该做什么这件事。"

"地是我们家的,为什么要由博比·奥格尔决定如何使用呢?"

她当然知道为什么。为什么人们会问亲爱的艾比该如何行动,或者听信约翰尼·米特金的话,说华盛顿特区的哪些家伙是骗子?在各个方面都一样,雅皮士们观看那些巧舌如簧的喜剧演员如何嘲笑那些住在房车中、听乡村音乐的人们。她听说,一听到"田纳西"这个词,在场的观众都会哄堂大笑。他们永远也不会亲自来看看田纳西是什么样子,就像她永远也不会拿到一个科学学位并且弄清楚拜伦博士描述的气候状况一样。没有人真正在为自己做决定。信息太多了。人们实际上只是静静观察周围的情况,决定由谁替他们的家族出头,然后在一系列问题上发表意见。

小熊离开了玩具货架,却拿着她有生以来见过的最丑陋的东西回来了。那是一个天鹅形状的大花盆。"我们该不该给妈妈买这个?"

她上下打量了一番。闪亮的橙色鸟嘴,廉价的白色塑料模具,一季后就会破裂。从脖子一直到脸上恶狠狠的亮眼睛中间有一道长长的中缝。"当然了,"她说,"海丝特会喜欢的。"

他又消失了,留下她推着购物车里那只绽放着的天鹅,让大家看个究竟。它双眼眼距很近,看上去像精神病。她意识到,海丝特会在里面种满矮牵牛花,然后放到门廊上后,这个礼物会持续发挥作用,而且每次她把车拐到车道上时都会碰上它那恶毒的目光。她为瞧不起海丝特而感到内疚,甚至连这种事也变得复杂起来。鉴于教区又有人在背后说了坏话,她们俩从某种意义上说已经算是盟友了。博比自己可能也在观望。上个星期天,他谈到在这个"用后即弃"的社会,人们过于看重物质,尽管也可以从这段话中领悟出更多意思,但她自然地联想到了大熊和他的伐木计划。他说《旧约》和《新约》共有一千多篇关于尊重上帝的土地的篇章,信息似乎足够直接了。但后来他祝福了所有在场的人,希望大家日子越过越好,又有些削弱了之前的观点。这让她感到绝望。即便博比·奥格尔也无法读完这上千篇内容,并逐个搞清楚。在一个充满战争和宗教纷争的世界,富裕可能是达成普遍共识的唯一要点。老实说,如果你挥舞着一大把钱,谁的目光会不被它吸引呢?她猜只有那些付清了房款的人才不会这么做吧。

小熊把她一个人留在玩具区,他仍然没找到任何能让普雷斯顿高兴的东西。科迪很好打发,包装纸就能让她很开心,但普雷斯顿不一样。她低头看着那排土豆头先生和土豆头太太①和盗版芭比娃娃，脑海中浮现出儿子充满期待的眼神和不可避免的失望。她的目光落在一套绿色的塑料双筒望远镜上，它被塑料薄膜包着，背面是明亮的硬纸板，上面写着"十分有趣！"。探索，发现，走进自然，整套才1.5美元，包括随身的背带。中国制造。她把塑料包装斜举到眼前，试图透过它往外看，甚至连自己购物车里的东西都看不清。它的质量不出所料，也就值1.5美元。仅仅因为包装上写着"探索自然"，而且能买得起，人就特别想买一件丑东西。你可以假装它真的有用，让你的孩子闭嘴，自己也闭口不提。这就是穷人养育孩子的方法。她把双筒望远镜放回去，突然特别想抽支烟，想在土豆头太太面前马上点一支。在被人发现并被阻止之前，她能美美地抽上好几口。她知道他们不会把她赶出商店，他们还想赚她那该死的50美元。

他们教堂一个叫温妮·维斯的女人推着她的小宝宝从另一头走进了玩具区。温妮是克丽丝特尔或者布伦达的亲戚，她不记得到底是谁的亲戚了。这是教堂的另一个麻烦：现在克丽丝特尔的孩子被主日学校开除，她把他们带到了咖啡馆，所以黛拉罗比亚不能再妄想偷偷溜

---

① 美国动画电影《玩具总动员3》中的角色。

进去安静待上一段时间了——那个地方乱成一团。其他失控的妈妈和克丽丝特尔待在一起,而詹森和米卡尔则在教她们的孩子如何把果汁机当作喷枪。会众分成了支持克丽丝特尔和支持布伦达的两大派系,如果你保持中立,很难想象会有何后果。温妮没有看见她,所以如果她离开玩具区,就可以顺利脱身。不过他们仍然一个玩具也没买到。黛拉罗比亚抓起一只粗制滥造,甚至看上去完全不像浣熊的毛绒浣熊,扔进购物车,因为它才1美元。她真想揍人。都是被这个世界逼的。

至少这里的食物值得一买。通心粉和奶酪2美元一盒,她买了好几盒;她在麦片中挑来挑去,想找一种配料不像棉花糖那么甜的。在过道上,她看到小熊站在咖啡货架旁,克丽丝特尔·艾斯代普也在那里,今晚玩完了。周围不见她的两个孩子的身影,克丽丝特尔满脸笑容,仰头看着人高马大的小熊,身体向后靠在购物车上,骨盆前倾,就像一个正在做伸展运动的幼儿园小朋友。克丽丝特尔看见了黛拉罗比亚,朝她挥了挥手,推车走了,留下小熊在一旁细细研究咖啡。黛拉罗比亚向丈夫走去,暗自发誓尽量表现得温柔一些,但他还是不出所料地拿起一罐福杰仕咖啡。"放回去,小熊,"她说,"去买超市自营品牌。"

"我还以为我们喜欢喝福杰仕呢。"

"它要6美元。自营的才1.75美元。你说我们喜欢哪个?"

他们一起来到过道尽头的"最后机会区",那里的商品已经过期,价格低得离谱。她买了一罐混合柠檬粉和一些水果鸡尾酒。谁知道罐装水果竟然还会过期?

"克丽丝特尔还好吗?"她问道。

"和平常一样,喋喋不休。"小熊说,"她太闲了,需要找个人好好调理调理。"

黛拉罗比亚笑了:"这样说可不厚道。"

"她说想让你看看她写给亲爱的艾比的信。"

"噢,天哪,还来一遍吗?你应该看看她写的那玩意儿,有二十页那么长。她应该把这种锲而不舍的劲头用在自己的普通高中同等学历证书考试上。"

黛拉罗比亚惊讶地发现,"最后机会区"不仅有食物,还有千奇百怪的护发用品和口香糖。竟然还有一包避孕套!她想知道哪个头脑正常的人会买过期避孕套?这正是典型的亏本买卖。小熊自然又拿起了热软糖圣代甜点,她真想一把从他手里夺过来,狠狠地打他的大肚子。今天的乐子已经够多了,她决定还是不提小熊的体重问题了。如果她假装冰激凌味的早餐零食不会导致肥胖,也许他会忽略掉肺癌这些更为不利的方面。

"嘿,兄弟!这位漂亮小姑娘是谁啊?"一个又高又瘦的男人，穿着雨衣，戴着老式软呢帽，越过他们放了邪恶天鹅花盆等物品的购物车，伸过手来和小熊握手。小熊向她介绍，这是他在砾石公司的上级主管格雷格。

"这么说你觉得呢？"格雷格向她挤挤眼，"建造方舟的时候到了吗？"

哈，哈，哈，哈。黛拉罗比亚已经为她的世界备好了新材料。小熊和他聊起了工作有多忙。她不明白当老板的怎么还来一元店买东西。有时似乎没谁不缺钱。但他属于管理层，难道生活不是应该更好一点吗？该去两元店？为了显得有礼貌，她在那里逗留了足够长的时间，然后挥手告别，继续往前逛。小熊在狗粮区追上了她。

"爸妈在喂家里的狗。"他说。

"罗伊有一半时间待在我们家，你没发现吗。上次我去海丝特家讨要了些普瑞纳牌狗粮，她可不高兴了。所以需要狗粮的是我们。"

小熊仔细研究了一番，没有拿与视线平齐的10美元一袋的名牌狗粮，而是顺从地从货架底部拿了商场自有品牌，一袋十五磅重，标价才4美元，毫无疑问是由垃圾制成的。小熊从咖啡区吸取了教训，这一点她很感激，但她觉得这个节省法对不住罗伊。作为一条狗，它堪称完美，不应该吃如此廉价的口粮。它真该找一个更有钱的人家。

"这么说那人就是你老板。"她说。

"是的,格雷格。总头。"

"你蒙着眼就能把他拿下。我敢打赌你准赢。"

小熊笑了。"圣诞节你正需要这个。"他举起一个陶瓷马克杯,上面写着:"正在发呆,五分钟后回来。"

她咧嘴一笑。也许争吵已经结束了。也许他们俩为了和好甚至会来一场性爱,如果他们离开这里时不会为了孩子和可恶的圣诞节再吵起来的话。她想知道有多少人离婚是假日购物直接导致的。"你知道吗,亲爱的?我们得再回玩具区一趟。"

小熊跟着她走到尽头,又回到长长的那排玩具那儿,重新面对让人难以接受的商品。她拿起一把玩具斧头,开心地假装要谋杀米老鼠。小熊心不在焉。他吐着气,看上去很担心。她放下武器。"怎么了?格雷格说什么了吗?"

"没,我只是……在考虑伐木的事。我们该怎么决定好呢?"

"我不知道。面对事实?"

"什么事实?"他问道。

好像她知道似的。他们俩不知所措地站在霸王龙高压水枪、声波爆震器和发光毛毛球前,这些玩具闻上去好像有毒。

"嗯,首先,"她说,"砍伐山上的树会引起山体滑坡。我不是吓唬你,小熊,这是事实。你到'美食大王'饭店去看看,山上淌下来的泥都堆到马路上了。墨西哥也发生了同样的状况,那些蝴蝶就是从那儿飞来的。山上的树被一砍而光,一场洪水把整座山都冲垮了。你应该看看网上的照片。"

她真希望自己没看过那些照片,它们一直在她脑海中挥之不去。一所学校被埋,很多孩子遇难。她控制不住,脑海中不停地浮现出恐怖电影的画面,以及她不想被问的问题。一座村庄会像纸牌屋一样被夷为平地吗?或者房屋漂浮起来时会不会像汽车一样,给人一些时间逃生?

"那是墨西哥。"小熊说,"而这里是这里。"

"是的。你知道我一直在想什么吗?我们的房子是我们自己的,"她说,"虽然不值钱,而我是第一个这么说的。但是自从我们结婚以来,房款都是我们付的。房子是我们俩唯一拥有的东西。"

她认真的态度引起了他的重视:"你告诉他墨西哥发生的事了吗?"

她知道"他"指的是谁。奥维德·拜伦。"没,没有。这事太奇怪了。就好像蝴蝶来了,下一个可能就轮到我们了。好像它们预示了什么。"关于那些科学家们说的要保持山体完整的话她不想提。他们的疑惑，他们对地球的担忧，所有这些她都无法向小熊解释清楚。团队已被选出，科学家不是我们，他们是他们，小熊会这么看。每个人都得扮演角色。

"这场雨不会一直下个不停，"他说，"他们说这场洪水百年一遇。这么说，接下来一百年这种事就不会发生了。"

黛拉罗比亚知道这种想法不对，厄运并不遵循这个规律。一个人可能会厄运连连。但她也不太明白，无法向他解释。"只是这么说的话，似乎目光太短浅，"她说，"如果砍伐那座山，树就没有了，但债务还在。仅仅为了支付一次款项，就弄个翻天覆地，这样做有意义吗？就好像下个月不用再付了，那还有下下个月呢？"

"但这是最末期的大笔还款。事情会好转的。爸爸会拿到更多合同。"

"同时我们的房子可能会被泥土掩埋，是这样吗？"

"爸爸说，如果有任何风险，他们就不会砍那里的树。"

"谁会信呢。你注意到没有，他可不打算把他和海丝特住的房子上面的树砍掉。"

"好吧，还是你去和爸爸商量吧，"他说，"普雷斯顿会喜欢这个吗?"

她接过他递过来的用收缩膜包装好的扁平包裹。那是一套恐龙拼图。"不,"她说,"那是更小点的孩子玩的。"她再次想起了马科和邦妮,她想知道他们是否玩过这样的玩具,或者他们的父母是否给他们买过这种教育性物品。如果普雷斯顿将来想上大学,那他已经落后了,因为他跟小熊是一队的。她从拼图中抬起头来。

"你知道拜伦博士他们说蝴蝶是为什么来这里的吗?他们说这意味着真的出了问题。"

"出了什么问题?"小熊问道。

"整个地球,如果你想知道的话。你不会相信他们说的那些话,小熊。这就像世界末日一样。他们需要时间弄清楚一切意味着什么。你不觉得这很重要吗?"

"好吧,如果蝴蝶飞到了别处,博士他们就可以把露营车停在别人家的谷仓后面了。"

"如果它们没有别处可去了,怎么办?"她问道。

"总会有别的地方可去。"小熊说。他的语气仿佛是在说:轮不到我们这样的人操这份心。让我们担心的事已经够多了。他也没错。

"但是如果没有呢?"她轻声追问。

"给普雷斯顿这个怎么样?我找到了这个。"小熊说。那是一套修补匠玩具,或者说塑料版本的修补匠玩

· 238 ·

具，它被装在一个大大的盒子里。可以说那不是父辈们的小玩具。现在它们有了无数额外的功能，包括一个小马达，让你的作品可以在地板上跑来跑去，直到有人踩上去，动脉被刺穿。

她和小熊看了价格都倒吸一口气。他把它放了回去。

"这么说你爸爸想拿着钱就跑。你怎么想呢？"

"我不知道。"小熊看着天花板，吐出一口气，"有点空间挺好的。让孩子们过一个真正的圣诞节。"

的确如此。当然了，她想把世界上最好的都给科迪和普雷斯顿。但这到底意味着什么呢？"什么是真正的呢？"她问道，"这家店有吗？我们应该给他们每人买一盒最甜的麦片，然后回家。他们这么小，真的有辨别能力吗？"

科迪可能真的很想过个糖果圣诞节，但普雷斯顿不会。每个孩子都对圣诞老人兴奋不已。普雷斯顿告诉他的幼儿园老师，说圣诞老人要送给他一块手表，罗斯小姐像破译了阴谋般笑着把这个消息告诉了黛拉罗比亚，好像她已经完成了最难的部分，现在父母只需要把它变成现实。今天下午，她一直在留意寻找一块玩具手表，但如果圣诞老人送的是塑料手表，那将多么令人失望啊。她能想象儿子在圣诞节的早上一脸勇敢、努力不让自己失望的样子。他梦寐以求的是马科的手表，那是块超大的黑手表，上面有小小的黄色按钮、计时器等等，马科让他玩过。这些学生很喜欢普雷斯顿，一点也不像电视上的极客，实际上恰恰相反，他们对孩子的兴趣和能力有着无比敏锐的觉察力，所以现在普雷斯顿对这群学生有种极度的好感，渴望引起他们的注意。他会整个下午潜伏在活动房屋周围，假装掀开石头看，变着法吸引别人，这激起了黛拉罗比亚的防御性保护欲。他不该做出那么大的牺牲。他为什么要看他不能拥有的东西呢？

小熊正在研究一个带包装的大件物品，看上去像是个玩具电视，还附带赠品。"你知道他真正想要的是什么。超级马里奥兄弟和太空堡垒。"

"他只是从别的孩子那里听说了这些，"黛拉罗比亚说，"他甚至不知道它们是什么。"

"要不我们给他买个 Wii 游戏机吧。"

"这样你就可以玩了是吧。"她感到一阵恼火。

"可是很有教育意义。"小熊坚持说。

"你要是对儿子的教育感兴趣，就去给他买台电脑。如果你走运能捡个鼓鼓的大钱包的话。他上网看张照片都得去海丝特家。他能认字了，你知道吗？他认识很多单词。"

"太好了。如果他像你一样聪明，我在家就永远寡不敌众了。"

她很是吃惊意外:"你要拿聪明来说事,跟我对着干吗?这是在给孩子们传达什么信息?"

"你说呢。如果想让他们拥有电脑之类的东西,我们就需要伐木的钱。或者,"他摊开双手,"我们留着树,继续当乡下人。"

"没错。就因为害怕把孩子培养成没脑子的乡巴佬,我们去砍树,然后自己像一群乡巴佬一样被埋在泥巴里,你是说我们这么做就因为我们是这样的人吗,"她提高了嗓门,"那我们到底是什么样的人?"

"黛拉罗比亚,看在上帝的面子上,你非要把一切都搞得那么复杂吗?"

"海丝特同意我的看法,"她说,"你妈妈也觉得把山上的树砍光是不对的。那天她来我们家亲口告诉我的。"

他不解地望着她。黛拉罗比亚看着他在脑海中重新梳理整件事,一脸泄气的样子,神情越来越沮丧。跟他对着干的都是强势的女人。他当然会这么看。他们俩面对面站着,男人高大忧郁,妻子矮小痛苦,两人都快哭了。两个人吵架怎么可能没有一个赢家呢?

"我的要求很简单,"他说,"就是让孩子们好好过一个圣诞节。"

她知道，有些人毁掉自己的生活，起因比这个还不值一提。私奔的那天她那么兴奋，几乎把一切都抛弃了，包括孩子，现在竟然为不能给他们买雅皮士级别的玩具而感到难过，她可真够虚伪的。突然间，她觉得自己对中国制造的塑料过敏，呼吸困难。她说："等你明白了这件简单的事，就告诉我。我去一趟停车场。"

去抽支七毛五的烟吧，她郁闷地想。她朝出口走去，路上有什么东西吸引了她的目光。在所有东西中，竟然有一块布制防烫套垫的形状像只帝王蝶，这太让人难以置信了。它被挂在开罐器等一大堆杂七杂八的东西中间，仿佛只是路过这里，暂时停留一会儿。它的颜色很是扎眼。她踮起脚把它取下来，发现它的做工出奇地精致，她以前从未在这里见过。从黑色的条纹，到翅膀下方的两个黑点，都精确无误。难道中国也有帝王蝶吗？她不知道。但远方有个人不辞劳苦地把它制作出来。她用手抚摸着它，脑海中浮现出一个人的身影，一个坐在缝纫机旁、头戴蓝色发网的瘦小女人。女人的体形和她一般大小，很可能也是一位母亲，上下踩动踏板，仔细调整缝线角度，缝制出一条消息，不管内容是什么。救我出去。

如果无处可去呢？

她大步走向收银台，把防烫套垫放在柜台上。那个穿黄围裙的女收银员把它拿起来，仔细端详它的做工。"真漂亮，"她说，听上去很惊讶，"这是送给女主人的绝佳礼物。"

"实际上，这是送给我儿子的。"黛拉罗比亚说着，从大衣口袋里掏出四张皱皱巴巴的1美元。结账的女士拿起钱，头微微后仰，透过眼镜，仔细端详着这位脑子不太正常的顾客。

黛拉罗比亚耸耸肩，指着上面那些小黑点说："也许没人会在意，但这是只雄性蝴蝶。"

多亏了多维，她才顺利举办了圣诞晚会。多维很想了解这个叫奥维德·拜伦的家伙，她责备黛拉罗比亚对此只字不提。"你什么时候变成了胆小鬼？"

"我胆小？"她绞尽脑汁寻找反驳多维的证据。她想起了那天，克丽丝特尔躲在门后，不敢面对平均身高不到五英尺的那一家墨西哥人，是她打开了大门。但是常识不等于勇气，穿狐狸衣服去教堂也不等于勇气。她确实记得每次走进房间时别人看她时的那种感觉，尽管她身材瘦小，却有一股坚定的力量。她自信地认为，她身上拥有比她身材高大的人拥有的一切，没有浪费丝毫空间，而且她更有思想。以前她和多维常常开车去克利里的酒吧玩，随口捏造一个身份，假装是空姐或软件工程师。她们似乎仍有可能成为那些人，这让她们的谎言还算可信。不管她们编造的话有多么离谱，男人们都相信了。有一次，黛拉罗比亚戴了眼镜，自称是珍·古道尔①的助手。她和多维看过一个关于这位女科学家的节目，知道很多黑猩猩的资料。那个一直跟黛拉罗比亚搭讪的家伙转过身来，问她能不能给他找份差事干。他甚至不动脑子好好想一想，珍·古道尔的团队来克利里干什么。

今天多维跟她做了个交易。多维三点钟下班后，会去杂货店买派对所需物品，而黛拉罗比亚则要到过去的勇气中找出一些残留的东西。她最后在愤怒和放弃之间找到了答案。她厌倦了向别人讨要挂在树上的装饰物，这是一年到头来的一个阴谋，人们以为能享受来自天堂的所谓欢乐和善意，却没有金钱硬通货作为后盾。她受够了那些善良的穷人举起他们该死的充满善意的杯子的故事，厌倦了在自己家举办派对，却要得到别人允许；她不去问，因为她自尊心强，不愿在这个家求人。在她的圣诞故事中，普通人就是这样生活的，故事早该重写了。为了不让自己失去勇气，她从十年前的安定药瓶里取出半片，然后大步走到露营车前，在门上贴了一张

---

① Jane Goodall（1934— ），英国生物学家、动物行为学家、人类学家和著名动物保育人士。长期致力于黑猩猩的野外研究，并取得丰硕成果。

纸条,邀请他们全体人员在结束一天的工作后到她家做客。

让人很吃惊的是,那天下午正赶上下雨,科学家们早早结束了工作,于是马上过来参加庆祝活动。他们把夹克和沾满泥巴的靴子放在后门廊上。奥维德还给孩子们带了两份包装好的礼物,并且说在圣诞节前不能打开这些礼物,这让孩子们既兴奋又躁动。奥维德脸上挂着全明星般的笑容,露出了他那微曲的雪白的上尖牙。黛拉罗比亚自己也有点疯狂,她烤了很多盘星星和铃铛形状的饼干,让孩子们装饰、布置餐桌用。科迪站在一把椅子上,普雷斯顿跪在她旁边的椅子上,用勺子背面给饼干涂抹糖霜,并对妹妹使用糖霜的方式进行细致指导。见到这些学生,普雷斯顿立刻进入炫耀模式,宣布他正在做一项实验。他把红色糖霜和绿色糖霜混合在一起,制成一种褐色的东西,任何熟悉尿布的家庭都不会去买这种东西。黛拉罗比亚只是笑了笑,把它刮掉,然后重新开始,这没什么大不了的。糖粉是最便宜的可食用物品,这真是杂货店经济学的一个谜团。

多维把夏奇拉的歌音量调大,将大家吸引到客厅。只见她身穿紧身银色毛衣,蓬松的棕色卷发上别着一顶圣诞帽,随着音乐翩翩起舞。孩子们很快也把饼干扔到一边,来到客厅,看到家里有成年人参加庆祝活动,他们都惊呆了。站在地板中央的科迪随着音乐跳起来，不管播放什么都大声唱《鲁道夫》，还期望大家为她鼓掌。黛拉罗比亚看着多维打着响指，挥动手肘，走来走去，把波旁威士忌倒进每个人的蛋酒里，感到自己又年轻了，变得无所畏惧。多维还是以前的多维，喜欢打情骂俏，对皮特展开强烈攻势，即使完全清楚对方的婚姻状况。他们玩得很开心，如果有谁最后用了海绵宝宝玻璃杯，黛拉罗比亚也不在意。她已经好几个小时没抽烟了，一时觉得自己可能会把地毯嚼碎，但这种感觉被成就感盖过了：她成功地开了个派对。

他们还装扮了一棵不同寻常的圣诞树。为了寻找现金，她把家搜了个底朝天，翻遍了钱包、牛仔裤、外套口袋，搜遍了抽屉，甚至把车上脏兮兮的杯垫都摸了一遍，搜索结果令人兴奋，她找到了一些小额钞票，八张1美元的，两张5美元的。她把它们折成小扇子，不完全是蝴蝶的样子，她不想那样做，但它们看上去很喜庆。学生们也从自己的口袋里掏出更多钱帮她叠钞票。马科会叠长着长脖子和嘴的纸鸟。他说小时候他参加过学校一个项目，帮着折了上千只纸鸟，他们相信这些小鸟有助于世界和平。纸鸟很漂亮。等黛拉罗比亚的家人看到她在这里的所作所为，她会需要世界和平的。海丝特会气疯的。

多维拿出一张20美元的钞票借给她用,然后在人群中穿梭。等找到一个会跳土豆泥舞①的伙伴时,她当即就把皮特给甩了。碰撞摇滚舞,小马舞步,吉鲁巴舞,两步舞,天哪,奥维德·拜伦甚至还会太空步。他们把地毯卷起来,这样他就可以只穿羊毛袜子,仰着头,闭着眼睛,自如地向后扭动。普雷斯顿兴奋得几乎要晕过去。马科像机器人一样跳舞,邦妮只是舞动双臂,玩得很开心。多维带了她的iPod和充电线,这个姑娘就是一个十足的派对达人,所以他们从迈克尔·杰克逊到酷玩乐队,从钻石里奥乐队再到查巴旺巴乐队放个没完。小熊下班回家时看到的就是这个情景。黛拉罗比亚听见他放下午餐便当盒,打开冰箱,接着才意识到了家里的骚动。他出现在客厅门口。

"黛拉罗比亚,到底是怎么回事?"

"圣诞快乐!"他们一齐朝他喊道。

黛拉罗比亚考虑到有孩子在场,所以没有喝多维的波旁威士忌,但她为了鼓足勇气而服用的那半片安定也肯定已经过期了。有什么东西让她感到双膝发软。她小心地抓住梯子,转过身来对小熊咧嘴一笑,露出了牙

---

① 1962年风靡美国的舞蹈动作。这一舞蹈动作和土豆泥歌曲最早因詹姆斯·布朗(James Brown, 1933—2006)于1959年在其演唱会上演绎而出名。

齿:"我们在庆祝真正意义上的圣诞节。"

她正在往树上挂美元。纸币用完后,他们把回形针弯成钩子,将胶带粘在1分硬币、1毛硬币和25美分硬币上。普雷斯顿从圣诞树旁一趟趟跑到马科和邦妮身边,把那些用胶带粘好的硬币拿来挂到圣诞树枝上。他使劲往上挂,法兰绒衬衫掀了起来,露出他干瘦的小肚子。普雷斯顿不知道金钱树产业,和其他人一样,对圣诞树和婴儿耶稣之间的关联印象模糊,可能他年龄太小,不能完全理解黛拉罗比亚叛逆的程度。但也许不是。被母亲的恶作剧所感染,加上自己想当众出风头,他表现得有点疯狂。

她看见小熊端详家里的场景,努力得出一个结论。小熊从来不擅长讽刺,但他可能从中体会出了亵渎宗教的意味。他似乎被激怒了。

"你到底在教孩子们看重什么?"他终于问道。

普雷斯顿跳上跳下。"爸爸,看!我们还在顶上放了一张20美元呢。"

第八章 🔥 地球周长

圣诞老人给普雷斯顿送来了他想要的手表，和马科的一模一样。其实就是马科的。在他和其他学生离开镇子的那天早上，他敲开厨房门，把表递给她，作为送给普雷斯顿的礼物。黛拉罗比亚震惊得不知所措，但马科说这是她替他修好拉链的谢礼，坚持要她收下。他声称手表并不昂贵。他说，家里还有块比这个更好的，并向她演示这块表上一些已经不能用的功能，好像她能看出来似的。他想把它送给普雷斯顿，普雷斯顿称它为"科学手表"。黛拉罗比亚以前还担心儿子是只害虫，但是现在她在马科的角度体会到了被人追捧的感觉，马科家肯定没有小弟弟渴望得到他不用的东西。她承诺会在圣诞节早上告诉普雷斯顿，说这只表是他的大英雄马科送的。

但等那天到来，她还是违背了诺言。普雷斯顿撕开包装纸，大叫道："是的！我知道！世界上真的有圣诞老人!"他激动得说话都有些结巴了,说他做了一个实验,特意没有告诉父母想要什么礼物。他没想到幼儿园老师可能已经泄露了秘密,也没料到马科已经猜到了。普雷斯顿手中的手表证明圣诞老人读懂了他的心思。黛拉罗比亚见到儿子如此开心,不忍心让他幻想破灭。"所以幻想赢得了胜利。"她这样对多维形容道。

"像往常一样。"多维表示同意。

"他太聪明了,聪明得吓人,"黛拉罗比亚说,"什么样的孩子会做实验来检验圣诞老人的存在?接下来他会问我圣诞老人是如何做到一个晚上环游世界的。"

多维把洗衣篮里最后一条毛巾叠好。"你能给我解释一下为什么人们鼓励儿童的妄想症行为,却给有此行为的成人用药吗?这也太随便了,就像一个不光彩的圈套。"

"没错,人要到什么年纪才会越过界限,说,'现在我要面对现实了'?"

"到了那里,给我寄张明信片。"多维唱起了歌词。

黛拉罗比亚心想,其中通常包含一次妊娠测试,但她没有说出口。她很少承认自己的生活和多维的生活之间存在鸿沟,但鸿沟确实存在。她把衣服放在床上,分成几摞,把自己和小熊的衣服塞进抽屉里。她和多维一起度过了一个上午,本着她们从小就在一起的那种精神：让彼此的心灵摆脱日常的折磨和撕裂。即使是在过去，她们大多数时间也都在黛拉罗比亚家里玩，因为她家没有一群野蛮的哥哥需要对付。五年级后，黛拉罗比亚的父亲过世，只剩下悲伤的母亲，所以家里很安静，她们俩可以为所欲为。

现在问题当然要归结到谁家有儿童安全电源插座了。多维住在费瑟镇郊区一套复式公寓里，距这里有十分钟车程，公寓是她哥哥的。今天上午，她帮黛拉罗比亚清理了一堆年终税务文件和两大堆要洗的衣服，还有更多要处理的东西，她们还清理了那棵奇特的圣诞树，这让孩子们抱怨不已。"不，我的，不。"黛拉罗比亚从科迪莉亚的小手中夺下硬币，准备扔掉上面的钩子时，小姑娘尖叫起来。她吩咐普雷斯顿把上面的钞票一一展开、弄平整，以备日后使用，但他对马科叠的纸鸟很是感伤，哭叫道："我们必须留着它们过下个圣诞节！"黛拉罗比亚把钞票一一放进口袋，不无愧疚地暗自希望把它们加起来能买上一条香烟。

"明年圣诞节我们会叠更多。"她说。

普雷斯顿一头倒在沙发上。"马科可能都不在这儿了。"

多维问是否有某种物理定律，让孩子们在圣诞节前后两头表现出大小一致、方向相反的疯狂劲。黛拉罗比亚送他们回自己房间时，他们并未表示抗议。科迪在地板上做了一个玩具窝，普雷斯顿坐在床上看手表，按下上面的按钮，把它放在耳边，看样子这一活动可能会陪伴他进入青少年时期。他还喜欢拜伦博士送给他的礼物，那是一本日历，上面每个月都有一张不同的濒危物种的大幅彩色照片。普雷斯顿还不能按照顺序说出所有月份，但他在一天内就记住了这些动物。

黛拉罗比亚从烘干机里取出下一批洗好的衣服，把它们倒在凌乱的卧室床上，她和多维可以躲在那里，不让孩子们看见。她打开收音机盖住两人的谈话，音量放得很低，如果孩子打闹的话，她还能听见。惹事的一直是科迪。黛拉罗比亚开始把暖乎乎的像章鱼一样纠缠在一起的衣服一件件分开，拿出袜子，而多维则试图把那些接缝像生菜一样皱巴巴的法兰绒小衬衫叠好。

"我忘了告诉你，我有个约会，"多维说，"你可以帮我做头发。我带来了新买的直发夹板。它能设置得和地核一样热。"

"你要为某个男人把头发拉直？那肯定是真爱了。"两只不成双的袜子像脐带一样拧绞在一起，黛拉罗比亚把它们拽开。"是费利克斯吗？我还以为他只是一时的宠儿呢。"费利克斯是克利里的一个酒保，据说人很性感。黛拉罗比亚从没见过这人，怀疑以后也不会见到。

"有可能只是瞎胡闹，"多维说，"是全体酒保服务生去吃大餐，其他人也在场。他们昨晚都上了很长时间的班，所以今晚要玩个痛快。"

前一晚的跨年夜他们加班到很晚。黛拉罗比亚和小熊在床上安顿好孩子，两人在沙发上一边共享一瓶啤酒，一边看乡村音乐电视台的特别节目，等着看那颗闪闪发光的球落下，等待的原因似乎已经无人记得了。小熊能同意近一个小时不换台，对他来说已经标志着足够的浪漫。穿尖细高跟鞋主持节目的女孩是全国才艺大赛的一个赢家，他们不可能叫出她的名字，她很年轻，可能觉得在跨年夜加班是件美差。小熊曾宣称，没生过孩子的女人并不真的性感，她们看上去就像衣架上挂着的裙子，等着被穿在某人身上。黛拉罗比亚听了很受触动。

小熊不会假意恭维别人，这一点可以确定。他还会说你戴上新买的墨镜看起来像只青蛙，也不是有意冒犯。他总是脑子里想到什么就说什么。在托比·基思和凯蒂·威尔斯两个歌手的节目中间，两人都睡着了。几小时后他们醒来发现躺在沙发上，人晕晕乎乎的，错过了重大活动。她把自己和小熊拖到床上躺下，感到疼痛和悲伤，无缘无故地，像是宿醉一般。这种情绪一直到今天还挥之不去。

她倒不是羡慕多维的社交生活。她怀疑费利克斯已经成为历史，他肯定不是多维大费周折打扮的原因。做头发是她和多维长期以来的消遣，她们可以像小比格犬一样互相梳理和拨弄头发。她们曾把这种活动称为"美容店"，高中时的这个称号越来越具讽刺意味，但现在她们仍然忠诚地接受挑战，给黛拉罗比亚笔直的头发弄个卷，把多维的卷发拉直。老实说，黛拉罗比亚觉得这是那天她在一元店想到的那种永无止境的无用之举的一部分，工人劳动和顾客消费相互抵消。如此多的人力都被花在了改变不必要的事情上，尤其对女人来说，这个事实不容否认。

她们第一轮抛了一枚硬币。黛拉罗比亚赢了，这意味着她可以坐在有镜子的梳妆台前，多维则拿起电热卷发器开始工作。她把金属夹子叼在嘴里，跟着收音机哼唱着经典乡村音乐，这是她们在高中时喜欢的歌：帕蒂·洛夫莱斯的《漫长的孤独》、帕姆·蒂利斯的《好的都没了》。黛拉罗比亚心想，自己还不到三十岁，怎么最喜欢的音乐就成了经典。看到多维嘴里叼着发夹，她又开始想念母亲。她的母亲过去常常整个下午都皱着眉头，嘴里叼着别针，往铺在餐桌上的一匹布料上钉纸样。布料越贵，家里就越安静，母亲的眉头就皱得越紧,免得剪错了还得自己承包这笔费用。黛拉罗比亚会拉过一把椅子读她从图书馆借的书:《时光的皱纹》,或者《是我,玛格丽特》,或者《侏罗纪公园》,具体读了哪本取决于年份。橡木桌子是她父亲亲手打造的,在他去世很久之后,这张宽大光滑的桌子仍支撑着一家人的努力。她也想念那张桌子。它现在去哪儿了呢?

和她母亲不同的是,多维无法长久保持沉默。几分钟后,多维把发夹吐了出来,扔到了梳妆台上。"舞会之王奥维德有什么近况吗?他什么时候回来?"

"下周二。"黛拉罗比亚脸红了。

多维扬起眉毛:"几点几分?怎么一提起蝴蝶先生你就紧张了?"

"对你来说是蝴蝶博士。"

"你说什么?我可是跟他跳太空步了。"

"因为你不要脸。我可是第一个看到他的人。"

"我们可以分享,"多维说,"就像我们对内特·科伊尔那样。还记得吗?"

"哇,可怜的小内特。他是第六个吗?"

"第五个。我打赌他到现在还在接受心理咨询。"带着令人信服的专业感,多维用尖尾梳把每一缕番茄色头发挑出来,把它高高竖起,然后卷下来。黛拉罗比亚觉得不戴眼镜观看这个过程很是有趣。她的头渐渐变大了，满满都是发卷。她们不时听到小熊拿着管子钳在房子下面敲打的声音，他在底下干活，用新的绝缘胶带包水管。气温终于下跌到接近冬天的范围。

"嘿，还有句好玩的，"多维说，"是我在来这儿的路上看到的。'现在冷淡，以后发烧！'"

"说起你和教堂来，多维，你总觉得一切都与地狱有关。"

"地狱，哦耶！"

黛拉罗比亚发现自己总是不由自主地想象她的父母还在另一个世界活着，也许怀里还抱着那个从未在这个世界被爱过的外孙。但是她不喜欢这个体制，仅仅根据出席次数惩罚多维，然后奖励像她这样的人。"我想我不相信地狱，"她说，"这有点过时了，就像在学校打孩子的做法一样。奥格尔牧师甚至从来不提。"

"等等，他们取消了地狱？天哪，我妈妈会气个够呛。"

"我是认真的，多维。你觉得谁会受到肉身被烧焦这个念头的启发？就我们这个年纪的人，我是说。"

"嗯，"她用牙齿咬住梳子，腾出双手进行操作，"太露骨了。就像某种万圣节的汽车影院的电影。"

黛拉罗比亚意识到这是事实。上一代人最担心的事成了下一代人的B级①娱乐。"我听人说博比·奥格尔是无地狱牧师,"她说,"就像那是某种官方教派一样。"

多维从嘴里拿出梳子,指着镜子。"你知道吗?我觉得拉尔夫·斯坦利②就是其中之一。既然你提到了这件事。我在杂志上读过他的访谈。"

"哇。"黛拉罗比亚无法想象,杂志还八卦乡村音乐传奇人物的宗教精神生活。从多维那儿总能听到各种奇谈怪论,但后来都被证明确有其事。

"你是说大名鼎鼎的博比·奥格尔牧师属于新千禧一代?我还以为他过气了呢。我以为他是个老头。"多维从黛拉罗比亚脖颈处撩起一缕头发,让她不禁打了个哆嗦。

"不,我猜他三十出头。你不记得高中走廊上他的照片了吗?他是校橄榄球队队员,后来校队还成了州最佳球队。"

"哇,那都算近代历史了。"

"好吧,现在不是了,多维。但我们上高中的时候是。我想他似乎只是在精神上比我们超前。他的父母年

---

① 此处应指B级片,即拍摄时间短且制作预算低的影片,普遍布景简陋、道具粗糙,影片常缺乏质感且尺度较大。
② Ralph Stanley(1927—2016),美国著名乡村音乐人,曾获第四十四届格莱美奖。

纪很大——也许这是部分原因。他们收养他的时候都已经六十多岁了。"

"他是被领养的？"

"和被放在篮子里的摩西一样，是被领养的。"

突然小熊来到后门，从厨房里喊："亲爱的，你知道我的车钥匙在哪儿吗？"

黛拉罗比亚对着镜子瞪大了眼睛。"我不和他上床，除非他不再把介词放在每个该死的句子末尾。"

多维低声说道："你知道我的车钥匙哪儿在吗，婊子？"

"什么事这么好玩？"他在卧室门口问道。黛拉罗比亚看不清他脸上的表情，因为客厅光线亮，有背光，但从他的姿势中可以看出来，他不愿进入她们俩的领地。多维和她在一起时，小熊有点害怕，这让她很难过，但她永远也不会改。她们对集体的不忠就像一剂良药：苦涩、定量、延年益寿。

"你要去大熊和海丝特家吗？"她问道。他的一串钥匙在梳妆台上。她伸手抓过来把它们扔了过去，他单手在空中接住，钥匙叮当作响。对于一个走动起来仿佛在水下的人来说，他的协调能力令人吃惊。

"是的，我们的妈妈今天想给怀孕的母羊打蛔虫。"

"单找元旦这一天啊，可真喜庆。"这个假期过得可不怎么愉快。洪水过后,小熊用员工折扣买了两卡车碎石,在休息日和大熊一起去修公路,这样海丝特就能恢复旅游业务,大熊也渴望为伐木卡车修好路,尽管严格来说这是伐木公司的事,但大熊不相信他们会办好。

"她一直让我帮忙给羊灌药,"小熊说,"最近天太暖和了,不知道是不是这次寒流让她改变了主意,我们到时候就知道了。"

"好吧,晚饭见。"她吻了吻自己的指尖,挥了挥手。小熊用手指比画了一个手枪的姿势,朝她眨眨眼,便走了。

和惯常的祈祷一样,黛拉罗比亚再次希望自己是个不一样的妻子,更在意小熊的善良,而不是他糟糕的语法。她总是嘲笑他的单纯,真算得上是一种病态行为。这种病像传染病一样无处不在。在电视上,嘲笑别人成了时髦。上了年纪的人、天真幼稚的人都成了笑柄——有时她感到震惊,不明白规则怎么变了。一两天前的晚上,他们看到喜剧演员嘲笑一个穿迷彩工装的老人,那位老人不是演员,而是现实生活中的人,可能是任何人,一位邻居,正站在他家谷仓旁边,嘴里叼着烟,谈论着天气和他的猎犬。"比利·雷·哈奇",她和小熊大声重复着这个名字,好像他是他们的某个亲戚。这是一档深夜节目，巧妙地把喜剧和新闻结合在一起。他们发现了这个家伙，并且跑到他家去问他一些可笑的问题。每次回答后，问问题的人都会装模作样地点点头，皱起眉头，假装很感兴趣。全世界的人都能看到比利·雷·哈奇被当猴耍了。小熊换了台。

"淋湿母羊①是什么意思？"多维抬起下巴，打量着梳妆镜中的自己，问道，"我总是想象你们把羊赶到洗车场。"

"才没有那么好玩呢。是用水枪一样的东西把药喷到羊的喉咙里。让海丝特用驱虫药庆祝一个全国性的节日吧。"

多维用手拍了拍黛拉罗比亚的双肩。"好吧，你的头发卷好了，换我了。"黛拉罗比亚离开座位，拿起多维带来的新直发夹板做实验。这东西太热了，吓了她一跳。它在梳妆台上加热时真能把东西点着。她先把多维浓密的头发合理分成几块，接着开始行动。

"那么，"多维说，"我们再回到大帅哥蝴蝶博士的话题。他什么时候回来？"

"星期二。顺便说一下，可能还有蝴蝶夫人呢。他戴着婚戒。"

---

① 原文为"drench"，一词多义，有"淋湿"和"给动物灌药"之意。

"这个很难说。也许他丧妻了。或者她跟他分手了,而他拒绝接受。"

"我觉得那人不是在服丧。对了,说起有妻室的男人,皮特也会回来。"

"你是怎么知道这一切的?"

"他前天打电话了。奥维德。"大声说出他的名字让黛拉罗比亚心跳加速。他的声音从电话里传到她的耳朵,让她生出一种意外的渴望,仿佛她已经等了很久,而他终于出现了。"他和皮特开着一辆满载设备的货车从新墨西哥州来。信不信由你,他们要在羊圈建实验室。"

"你开玩笑吧?一个疯狂的科学家在你家那奇怪的旧谷仓里。我看过那部电影。"

黛拉罗比亚很想辩解,这让她自己也吃了一惊。她不确定她是在替科学家还是谷仓说话。"外面并不像你想象的那么糟糕。他们用的是五十年前养奶牛时的那间挤奶室。"奥维德在离开之前去谷仓看了看,最后选了挤奶室,因为四周有围墙,水泥地板还可以用水管冲洗。大熊和海丝特起草了一份为期三个月的租约,租金似乎高得吓人。贷款的末期大笔款项正式被还清了。"皮特只在这里住几个星期,然后他会开车回去。我猜这辆车是学校的。但是设备会在这里放一段时间。"

"做什么用的设备？"

她重新梳理了多维那乱糟糟的头发，试图给它们分层，以便拉直。淡淡的烧焦头发的气味钻进她的鼻孔，但多维似乎并不惊慌。"我不知道干什么用。他说，做分析用。分细。"她用他的口音纠正自己说道。

"真是大忙人，闲看蝴迪飞。"

"嗯，我觉得很有趣。我知道把这么多精力花在蝴蝶上很疯狂，或者有点微不足道，我猜。但有什么事不算微不足道的呢？"

多维倚着镜子，说："做头发和化妆。"

"你每天都切肉。这也没法挽救生命啊？"

"人们必须吃饭才能生存。"

"人们为星期天的晚餐买烤肉，但星期一又饿了。我们养羊是为了制羊毛衫，但最后被人胡乱扔到衣橱放起来，因为他们还有另外十件羊毛衫，而那一件颜色不对。"

"你公公造护栏。这不是微不足道的小事。很抱歉提起这个。"

"那是以前，那时州际公路还有钱。想想看，百分之九十九的司机从来不碰护栏。也许百万分之一的人都不受影响。所以对大多数人来说，护栏也是微不足道的。"

"你说得很有道理，那我现在就从桥上跳下去吧。"

"我只是说你永远不知道什么事最重要。他说他需要助手。奥维德。"她的脸又红了,但多维这次放过了她,也许是因为意识到事情很重要。黛拉罗比亚需要把自己关在橱子里,一遍遍练习说那个名字:奥维德奥维德奥维德。"他在《信使报》上登了一则招聘广告,等学校开学后招募志愿者。但他也花钱雇人。他说他会付薪培训至少一名助理。我觉得他在暗示我应该申请这份工作。"

"那你为什么不去呢?"

"你开玩笑吧?看看我的简历:在捣豌豆和发脾气方面经验丰富。他会从克利里招聘大学毕业生。"

"别把自己看扁了。"

"我就是扁的。你觉得我有什么能拿得出手?"

"她是火箭,注定就要燃烧。"多维跟着电台里凯西·玛蒂亚的歌唱了起来,歌词真是恰如其分。她用手指着黛拉罗比亚:"一定要穿这件衣服去面试。"黛拉罗比亚笑了。她身上那件大大的黑色 T 恤上面有一堆洞,脖子处已经被撑得肥大变形,让领口从肩膀上滑落下来。这是小熊的衣服,她套在牛仔裤和背心外面做家务穿。上面有查理·丹尼尔斯乐队的图案。这衣服还是早在他们结婚之前买的。

"小熊不希望我去工作,"她说,"我有孩子,还有家里的一切。你能想象海丝特会说什么吗？"

"正因为这个，你才该去。"

"说实话，我和小熊已经为此吵过架了。就在他打电话之后。"

"怎么，你告诉小熊你会去？"

"我问了，他说不行。我早就料到了他会说什么。'别人会怎么想？谁来照看孩子们？'我告诉他这些问题我都会解决。"

"我觉得你没有理由不去。"多维盯着镜中她的眼睛，"你就是火箭。你有你的追求，黛拉罗比亚。你就是这样的。你什么时候不这样了？"

黛拉罗比亚闭上眼睛："我想，等无处可以降落的时候。"

"喂，瞧，"多维咯咯地笑道，"女人就是这样。男人和孩子可以轻装飞行，甚至不用担心接下来会发生什么。"

"不，宝贝，每个人都这样。这只是如何想象怎样紧急迫降的问题。"

"那就别想象了。"

"这是一种策略，"黛拉罗比亚承认道，"有时候管用。"

"我会帮你照看普雷斯顿和科迪。只要有空随时可以。"

"我知道你会的。海丝特偶尔照顾一下他们也不是不可以。或者我还可以花钱雇人。价格挺不错的。"

"有多不错?"

"他说每小时13美元,比小熊赚的还多。"

"哎哟,你麻烦来了。"

"的确。但他不能对我说这个,你知道吗?相反,他还在因为不愿意让陌生人替我们养孩子而大发雷霆。他的原话是,让我们自己养我们的孩子。我告诉他,给你播放一条新闻,你儿子现在已经上学了,教他认字的就是陌生人,而不是他父亲,而他父亲在教他怎么看斯派克电视台的节目。"

"你的婚姻真是鼓舞人心。"

"我知道,正是为了让你保持单身。你确定这个烫不坏你的头发?"

"确定。如果你想,烫到下周二都行,它还会变弯的。"

"我有了个工作,多维。你能想象吗?也许我会学到一些东西。"

"比如?"

"我不知道。比如那些蝴蝶是怎么知道它们要去哪里的?你想知道一些事吗?每年冬天飞往南方的甚至不是一批蝴蝶,而是去年冬天那些蝴蝶的孙辈。它们在北方某个地方孵化出来,一出生就知道该怎么做了。它们那圆圆的小脑袋告诉它们如何一路飞到墨西哥的那座山，它们的祖父母就是在那里认识的。就好像它们的内心都装着同一幅大蓝图，它们对旅行的渴望跨越了好几代。"

多维在打量她的指甲，令人失望的是，她听了这些话以后并不感到吃惊。虽然没有什么能让多维真正感到惊讶，但她的反应还是让人失落。"想想看，"黛拉罗比亚坚持道，"如果它们以前从来没有去过的话，又是如何找到这个几千英里外的地方的？"

"我从没去过什么地方，"多维指出，"但有了手机上的地图应用程序我就能去墨西哥。它的大脑大概和昆虫一样大。哎呀，我的大脑可能只有昆虫的大脑那么大。"

"好吧，问题是，如果你的地图突然指引你去了错误的地方怎么办？因为这就是这里发生的事情。"她用手指朝多维一指，不让她说轻率的话，"我是认真的。蝴蝶不可能出去找个新的大脑。它们为什么来到这里？"

她的朋友听明白了，没有吭声。

"我的意思是，如果以前从未发生过这种情况，那么现在究竟会发生什么？也许我们该担心这个。"

多维把手伸到后面，假装拉了拉想象中的马尾辫。"孩子们，和耶稣在一起吧，世界末日来临了。"

"多维。"她抱怨道。

"喂,怎么了?你可真让人扫兴。"

黛拉罗比亚正拿着直发夹板在多维的卷发上进行第三次尝试,但它们还是弯了回去。不管在哪个方面,这个女孩都很坚毅。电台里传来迪安娜·卡特的歌声:"我刮了腿毛,就是为了这个吗?"以前她经常和多维扯着嗓门高声齐唱这首赞颂空洞婚姻的歌曲,觉得很好玩。她肚子疼了起来,让她想把整个身体蜷缩成一团。"你知道今天是什么日子吗?"她问道。

"全民宿醉的一天。严格地说,我们还不应该起床。"

"今天是我生第一个孩子的日子。没活下来的那个。"

多维的脸上露出了几丝惊讶的表情:"一月一日?我怎么不知道?"

"你当时不在。"

"嗯,不,因为那是我们这辈子我唯一生你气的一个月。"

黛拉罗比亚讨厌眼睛里猛然出现的咸咸的刺痛感。这不是她计划中的。她把滚烫的直发夹板拿开,让它像支枪一样朝向天花板,不敢在她模糊的视线中用它瞄准任何东西。

多维伸过手来握住她的另一只手。"亲爱的,你甚至过了一个星期都没告诉我,也不接我的电话。我以为你结了婚就不要我了,两个人到外面喝酒狂欢呢。"

"我们当时都待在家里睡大觉。或者随便你怎么称呼那个地方。就是大熊和海丝特给我们用的单间婚房。"

黛拉罗比亚关掉直发夹板的电源,把它放下,放弃了斗争。她朝门口瞥了一眼,接着打开藏着香烟和烟灰缸的梳妆台抽屉,让多维挪了挪,和她坐在一个座位上。她们俩都很瘦小,坐在一起有点像挤在大人桌旁长凳上的孩子。她点燃香烟,吸了一大口。

"事情就这样发生了。我醒来时肚子疼得厉害,我们去了医院,然后一切就结束了。我的预产期是五月——我一直希望能拖到毕业后。当时我心里只有一个念头:发生的这一切不可能是真的。"

"你懂什么?"多维平静地说,"你当时才十七岁。"

黛拉罗比亚慢慢点了点头:"你知道小熊一直说什么吗?'这将是今年出生的第一个宝宝。你的照片会上报纸,我们还能得到一年免费尿布。'可怜的小熊。别人拿他开玩笑时,他总是最后一个才明白。"

多维又拿起黛拉罗比亚的左手,抚摸着,一圈一圈地转动她手指上的结婚戒指。"不敢相信我们俩从没谈过这个,"她最后说,"我的意思是,从没谈过这件事有什么重大影响。你总说这是最好的结局。"

"没人谈论这事。小熊和我都不谈。你不会为一个连名字都没有、没存在过的孩子感到难过。"黛拉罗比亚抬起头来,吃惊地看到镜子里的自己泪流满面。她感觉不到自己正处于悲伤之中。多维脸上的情绪比她自己的更真实。多维一言不发地站起身来,来到她身后,开始把她头上的发卷一一取下,露出一缕缕长长的卷须,它们看上去不像人的头发。

"听着,"多维过了一会儿说,"我也从没说过这个,但我不明白你为什么留了下来。"

"留在哪里?"

"婚礼很匆忙,是的,这个我理解。但当你们住在大熊和海丝特家楼上时,你憎恨一切,讨厌每个人。流产之后,你为什么不直接走人呢?你们俩还没准备好结婚呢。"

"走哪儿去,和妈妈一起进收容所?你难道忘了当时的情况吗?"

多维沉默不语,黑眼睛睁得圆圆的。可能她不记得了。

"我们的房子已经保不住了。我把家具和其他东西都存起来了,但付不起钱。"父亲的那张桌子肯定放在了那里。自助储物处会对不再缴费的储物柜中的物品进行拍卖。那么多手工制作的家具,谁要是买了真是赚翻了。可能是被某个来自诺克斯维尔的经营高档产品的经销商买去了吧。那些人知道到什么地方寻宝。

多维靠过来弯下身子，抬起黛拉罗比亚手里的香烟，吸了一口，一边摇了摇头，嘴里快速吐出一串串小烟圈，接着还了回去。多维为了社交偶尔吸烟，她还有本事让吸烟看上去有毒。"你当时为什么不搬来和我住？"她说。

"哦，那个啊，你妈妈甚至不喜欢我留下来吃晚饭。你和你的小弟弟住一个房间，你的衣柜里还装着一个尿布桶。我记得你还因为毕业舞会礼服闻起来有股尿骚味大发脾气。"

黛拉罗比亚站起身来，把卧室窗户打开一条缝透气。牧场的篱笆离这一边的房子很近，铁丝网像窗户护栏一样横在她眼前。外面灰蒙蒙的，阴晴不定，一个分不清季节的新年，和过去一年一样看不到希望。

"事情是这样的，"说着她又在梳妆台前坐了下来，"大熊和海丝特拿到了盖这栋房子的银行贷款。那可是件了不起的大事。他们已经浇了墙柱，等五月份孩子出生就可以搬进来住了。贷款由小熊和我偿还，当时是这样计划的。"

"这个嘛，可是你们搬进来的时候不是五月吧。只有两个行李箱，什么家具也没有。"

"对，他们花了更长时间才盖完房子。孩子来早了，房子盖晚了。"

多维眯着眼想了想："那是七月四日的一个周末，对吗？小熊和他那帮朋友还在院子里放了烟花。那两兄弟叫什么名字来着？他们俩都没了手指，这似乎不是什么好兆头。"

"拉斯普家的，叫杰瑞和诺埃尔。"

"无意冒犯，黛拉罗比亚，有人给你盖了一个舒适的小盒子，你就搬进来了？这基本上是人们用来防治害虫的概念。"

"无意冒犯，多维，但你一直有个家。重返十六岁，让一切重新开始可不是我的选择。你要这样做的话，需要有父母帮助。"

黛拉罗比亚慢慢吸了长长一口烟，感知着化学物质一点一点涌进她的血液，她的手，她的脚——那似乎是对一种比她的身体更为庞大的渴望所做出的回应。"不管怎么说，我感觉到了胎动。每当我想躺下时，它就会打嗝。那是小熊一生中最快乐的时候。我们马上就要有一个小家庭。有些东西你从外面是看不到的。"

多维一动不动地站在那里，与镜子里的她对视。

"我们不得不动用全部积蓄给它买了一块墓地。"

听了这话，多维在她身边坐下，把头靠在她肩上，几乎要哭了，这个场面极不寻常、令人不安。如果她们俩同时崩溃，接下来的场面可能更难以控制。"是这样，"黛拉罗比亚说，"他今天该十一岁了。如果这个孩子活着的话，他现在就这么大了。我们会在这里为一个五年级小学生举办生日派对。我想不出什么办法能让它在我脑海里变得真实。"

她们身后的镜子里突然出现了普雷斯顿的身影，把黛拉罗比亚吓了一大跳，她的香烟差点掉在地上。

"妈妈，"他说，"吸烟会得癌症，会让你没命的。"

"宝贝，我也听说了。我现在就应该戒掉，对吗？"

他严肃地点点头。黛拉罗比亚故意做出在烟灰缸把没抽完的香烟掐灭的动作。她打开梳妆台抽屉，拿出一包香烟，扔进了垃圾桶。它像一艘沉船上的幸存者一样浮在一堆纸巾和皱巴巴的收据之间。黛拉罗比亚已经在策划如何拯救它了，她的思绪飞到下次再偷偷与她最持久的激情——尼古丁——发生关系的时候。有这样一个恶魔，谁还需要地狱？

"告诉我，"普雷斯顿离开后，多维平静地说，"这套例行动作你干过多少次了？"

"我恨我自己。"

"别去想象在癌症病房紧急迫降的情景就行了，"多维扬起一侧眉毛说，"就像你说的，这是一种策略，对一些人有用。"

"好吧,好吧,我是个混蛋,和其他人一样。只对普雷斯顿说谎。他可是天生的鹰级童子军[1]。他值得有个比我更诚实的妈妈。"

"你觉得别人比你强多少呢?你真该去我上班的地方看看——肉类柜台是罪恶意识的总中心。脸上写满'心脏病发作'的人都在买培根。或者某些可恶的老太太命令我给她们来一只二十磅的感恩节火鸡,就好像这能让孩子们回家一样。人都不愿意面对坏结果,就是这样。就像帕姆·提利斯在歌词里唱的那样——我们都是埃及艳后克丽奥佩特拉,沿着埃及的那条河巡航。尼罗河女王。[2]"

这个词对黛拉罗比亚很有分量,父母去世后她曾先后两次参加学校赞助的悲伤团体组织。死胎是她在高中最后几个月经受的第二轮打击,要不是因为这件事,她几乎对那些日子没有印象。心理辅导老师的建议是否认、愤怒、讨价还价、接受、了结。"我有很多情绪,"她说,"但我不否认,我不去想。"

"不谈这个了,亲爱的。"

---

[1] 美国童子军最高级别。
[2] 双关。原文为"Queens of de-Nile",字面意思是"尼罗河女王",但它也包含了"denial"(否认)的谐音。这个双关通常用来调侃或讽刺那些拒绝接受某种现实或真相的人。

黛拉罗比亚感到茫然,多年的生活在内心不留痕迹。二十八岁的她觉得自己还很年轻,尤其是多维的陪伴让她觉得自己和十七岁、七岁时没有不同。她和多维可以像现在这样给对方打扮,直到头发掉光,但内心却没有经历什么真正的改变。

"我看起来像个快到青春期要离家出走的孩子。"多维说。两人如此相似的心态让黛拉罗比亚吃了一惊。但事实并非如此,多维是在说平直飘逸的头发。"我们读过的那些书里的小孤女们都有谁?"

"棚车少年[①]。"

"就是他们!我是一名棚车少女。"

"你总是这么说,但你错了。你看起来像时髦辣妹,而我却像恐怖辣妹。[②]我们为什么要一直这么做?"

"重复同样的行为,期待不同的结果:这实际上是精神疾病的一个定义。"多维读了很多杂志。

"我看起来像小孤女安妮。"黛拉罗比亚站起来,摇了摇她的一头卷发。也许她可以穿上露肩T恤跳个快闪舞。但谁是真正的孤儿,这个毫无疑问。多维在顾影自

[①] 指钱德勒·华娜(Chandler Warner,1890—1979)所写的同名系列儿童小说中的角色们。
[②] 时髦辣妹和恐怖辣妹是英国五人女子组合中的两位成员,一个是直发,一个是卷发。

怜，把她那细软如丝、光泽闪亮的黑发像洗发水广告上那样卷来卷去。

"或者像个妓女，"黛拉罗比亚继续说，一边摆弄着她脸上卷曲的头发。"你得承认，我的头发看起来比脑细胞多。"

"可是，小桃子，你并不是。"

黛拉罗比亚看了她一眼。"'小桃子'，这是从哪儿学来的？"

多维笑了。"有个来现金俱乐部的家伙这么叫我。他想勾搭我的次数比他买碎牛肉的次数还多。他长得像魔鬼一样可爱，顺便提一句。"

"这种情况有多久了？"

"我不知道，一年？ 我只是用他来对付我的男同事。他们总是对光顾肉类柜台的女士垂涎三尺。"她压低嗓门，模仿说，"'嘿，我看到我未来的前妻了。'"

黛拉罗比亚没有笑。

多维耸耸肩："这家伙就是个口水诱饵。我未来的前男友。"

"听上去有点像个祸水男。我说得对吗，他很年轻？"

"当然。"多维说。

"下巴有个酒窝，就在这儿？运动型的，胸肌和肩膀很好看？左耳戴着银饰？"

她们在镜子里看着对方的脸:"你真是——"

"我不是。"

"是他?"

"是他。"

"我向上帝发誓,我要从那头蠢驴身上切出几片火腿。我是当真的。我有专门的刀子。"

"不,多维,由他去吧。他对我来说已经什么都不是了。"

多维伸出手来握住她的手腕,轻轻地把她拉到身旁的座位上。她们在镜中并排的脸就像挂坠盒上成对的照片,那些在折价商品区售卖的逝者的珠宝中早已成为回忆的孩子。"今天对你来说可不是什么好日子,对吗?"多维问道。黛拉罗比亚耸耸肩。

"亲爱的,我不知道。"

"你怎么会知道呢?"

"妈的。竟然是你的电话男。"

"妈的。每一个人的电话男。"

黛拉罗比亚浪费了一整个晚上加上第二天上午讨厌自己。她被一个男人骗了两次,而且更糟的是,她以前竟然准备跟那个家伙私奔,背叛自己的丈夫。这么说,即使是作为一个通奸者,她对他来说也没什么特别的。

她能向谁抱怨呢？她已经坦然接受了那个错误，并努力将其抛之脑后。可是他仍然有摧毁她的力量。

面对自己那些不体面的迷恋，她感到凄凉无助，这种感觉从未动摇过。在吉米之前，她迷恋着乡村公司的那个男人，当时她正怀着科迪，告诉自己这不是一次真正的调情。他有一头钢灰色的头发，戴着金色的婚戒，悄悄地对她好，让她完全放下了戒备。见面持续了一周又一周。比起在他办公室外面等着的其他人，他总是把更多时间留给她和她的医疗补助文件，她坦然接受，对此并不介意。她从不介意。还有小熊的老朋友斯特里克兰德，练举重，还经营修剪树木的生意，一直给她运送木屑，用来覆盖她并不存在的花坛。她也接受了，让它们在谷仓后面堆积了好几年。他的生意叫"新高度"，象征某种敢做敢当的精神，她发现她对此很难抗拒。小熊从不知道这事。她没让事态再往前发展，然而她明白背叛是真实存在的。她想象一个人身体内部有什么东西在支撑着忠诚的婚姻，就像胸腔一样的某个脆弱钙化的支架，她知道她的那个也许从一开始就是畸形的。

尽管黛拉罗比亚的个人生活发生了巨大动荡，一月二日却肯定没什么大新闻。正午时分，在她正要给孩子们吃博洛尼亚香肠三明治的时候，一个电视摄制组出现在她家门口。

她飞奔去开门，科迪还被绑在高脚椅上，普雷斯顿负责看着她小口小口地吃饭。黛拉罗比亚吃惊地看到门廊上站着两个陌生人：一个是化着完美妆容的漂亮女人，另一个是男的，秃顶、尖脑袋、戴一副角质框架的小眼镜。他肩上扛着一架大大的照相机，好像它就长在上面，可能是以某种方式连在他那件结构复杂的风雨衣上，他的衣服上有好多口袋和拉链，甚至袖子上也有。最奇怪的是，他们停在车道上的车是一辆吉普车，轮胎超大，上面有卫星天线。

"你是黛拉罗比亚吧？"脸色苍白的女人直盯着她的眼睛，极具惊人的气势，就像一个开着的水龙头，"我们是第九新闻台的，希望你能抽出几分钟时间，谈谈你们农场里的那个现象。"

那个现象。那个男的在房子前面四下张望，好像在侦查现场，以防有人闯进来。

"我家里有小孩，我不能丢下不管。"黛拉罗比亚走出来，随手把门带上。她绝不能让这些人进入她乱成一团的家。这一天够难熬了，可现在还不到中午。让孩子们在圣诞节后整整一个星期甚至更长时间不上学，到底是谁出的馊主意？普雷斯顿正在家里过火箭科学日，用玩具当火箭弹，沙发垫当着落垫。黛拉罗比亚在卫生间待了不到五分钟的工夫，科迪莉亚就用脆谷乐麦片干了一件大事,她称之为"农夫":把整盒麦片像种子一样撒在客厅地毯上。她可以在地毯上看到自己的未来,她将没完没了地吸尘,每个人脚底都会沾上沙粒。就像去海滩上度假,只不过没有海滩,也没有假期。

"我们只需要你几分钟的时间,"女人重复道,"我是蒂娜·乌特纳,这是我的助手罗恩·瑞恩斯。"她紧紧握着黛拉罗比亚的手。蒂娜·乌特纳看上去很是迷人,脸、鼻子、手指、手腕都那么纤细。她的发色是无法伪造的真正的浅金黄色,眉毛与头发很配,几乎是白色的,肤若凝脂。虽然她只比黛拉罗比亚高几英寸,但有了这样的容貌,她可以拥有整个世界。她的妆容本身就堪称奇迹,眼线画得如此完美,大大的蓝眼睛像是奇异的花朵。

"听着,我很抱歉,"黛拉罗比亚说,"我们在这里不太合适。我的孩子们正在吃午饭,我也不知道该告诉你什么。"

蒂娜把头歪向一边:"他们多大了?"

"一个五岁,另一个不到两岁。"

蒂娜的脸上挤出一种优雅的苦笑:"你在开玩笑吧!我告诉你,这些我都经历过。我的分别是六岁和九岁,我从没想过我们能等到这一天。两个男孩。你的是什么呢?"

"我的是什么,这个问题问得好。今天早上我还在想,也许他们是猴子。所以你是说等他们上完幼儿园就不用换尿布了,我们还能有自己的生活?"

"是的,我保证。就像本金和利息之类的。我也不知道为什么,但到了六岁,他们就从一种负债变成了资产。"

"完美,"黛拉罗比亚说,"到时候我就把他们卖了。"

蒂娜笑了,笑声由两个音符构成,像门铃一样低沉,和她整个人一样漂亮:"我的意思是,他们已经开始听你的指令了。你可以叫他们去找爸爸,他们会照做的。"

黛拉罗比亚伤心地咧嘴一笑:"这还是一大优势?"

"哦,我明白你说什么了。"蒂娜说,似乎他们家真有可能就是这样的。她的指甲那么白净,难道真的也有过养孩子的这种鸡飞狗跳的生活?在蒂娜的光芒下,穿宽松T恤、素面朝天的黛拉罗比亚很是窘迫,但蒂娜似乎没注意到。她似乎随时准备把她的摄影师朋友扔到一边,和黛拉罗比亚去喝咖啡闲聊天。黛拉罗比亚预感,那个男的一定对孩子不怎么感兴趣。

"事实是,"她向蒂娜坦白道,"如果我现在让你们看到我家客厅的样子,我就得杀了你们。而且孩子们正单独在家里,很可能连高乐氏洗洁精都喝到肚子里了。我实在看不出我能帮你什么忙。"

"我们可不可以改天再来,等你不忙的时候?"

黛拉罗比亚耸耸肩："等他们高中毕业后？"

蒂娜又笑了，仍然是两个音符的波动声音。她瞥了那个男的一眼，向他发出某种信号。罗恩显然很恼怒，把头侧向一边。他还没说上一句话，就向他们的车子走去。蒂娜一直等到他上了吉普车，才压低嗓门说话。

"罗恩有点着急，"她说，"要是我们在最后期限前完不成这项任务的话，他会非常生气。他已经和住在这条路上的邻居们谈过了，想采访他们，但我没同意。我现在很为难。"

"抱歉。"黛拉罗比亚说。虽然她和蒂娜·乌特纳才认识了不超过三分钟，但她现在十分不想让对方失望。

蒂娜环顾四周，似乎在衡量各种选择。"我们这样做吧。你去照顾孩子们，我来控制损失。不过，你觉得我们能不能在大约十五分钟后把孩子们放进吉普车，然后迅速赶往那里，看看那些东西，那些蝴蝶，然后拍几张照片呢？我们会把一切都安排妥当，孩子们一刻也不会离开你的视线。也许可以带点什么东西让他们在车里玩？"

黛拉罗比亚端详了一下吉普车。罗恩坐在驾驶座上打电话。多维对她说过："你有更高的追求。"

"我们能在那东西里放个汽车座椅吗？后排有安全带吗？"

"当然可以。"蒂娜说。

黛拉罗比亚冲进屋里,在说了孩子们可能会喝高乐氏后,她有一种不祥的预感。还有她那句关于卖掉孩子的笑话——蒂娜·乌特纳会怎么看她呢?孩子们正在厨房里吃三明治,毫发无伤,谢天谢地。黛拉罗比亚立刻行动起来,把沙发垫子放回原处,迅速收拾了一下客厅,以防蒂娜过后来家里用洗手间。她把普雷斯顿心爱的手表和科迪的动物农场玩具塞进尿布包,迅速涂了口红,画了眼线。那天阳光明媚,天气很是暖和,不适合穿外套,真是幸运,否则她只能穿她去农场干活的夹克或去教堂穿了十年的笨拙外套了。她穿上一件奶油色螺纹开襟羊毛衫,那是孩子们送给她的圣诞礼物。这意思是说,衣服是在塔吉特商店由她自己挑选,让小熊包装好的。她从来没有穿过这件衣服,真是好运,这样她就不会像往常在外面的公共场合时那样,低头一看,发现胸前还有一大片污渍。至于戴不戴珠宝,她拿不准主意,于是选了一对看上去很优雅的假珍珠小耳环。她的一些头发还呈现出昨天跟多维胡闹时留下的卷曲状态,她把它们往后一拢,用一条淡蓝色缎带随意一绑,就这样吧。还没等孩子们明白过来发生了什么,他们就和妈妈挤在第九新闻频道汽车的后排座位上,一路颠簸着朝大路驶去。黛拉罗比亚没找到安全带,但是已经没有放汽车座椅的位置了,她只好把科迪抱在膝上。反正车速也快不了。目前除了小熊拉砂砾的皮卡,还没有一辆真正的汽车从这条路上开过。但这正是大熊所有工作的意义所在,她明白这一点。一条获得货物的路。她探身向前,指引着罗恩穿过田野,朝大门走去。

"普雷斯顿和科迪莉亚,我很高兴见到你们,"坐在副驾驶座上的蒂娜转过身来,"你们的名字真好听!"

"普雷斯顿是我爸爸的名字。"黛拉罗比亚主动开口说。

"科迪莉亚取自《李尔王》。[①] 当然了!"蒂娜越过车座位伸过手来和两个孩子握手。普雷斯顿摇了摇她纤细的手指,但科迪只是盯着看,可能和黛拉罗比亚一样被她的美甲迷住了。她又一次对蒂娜的孩子们浮想联翩。当他们的妈妈在到处游荡的时候,他们在哪儿?她不知道这些人从哪里拉来了装备。诺克斯维尔吗?听口音不像。蒂娜转过身去和罗恩用完全不同的声音说话,更像是在谈公事。

《李尔王》,当然了!黛拉罗比亚不敢保证自己知道这一点,她只是喜欢科迪莉亚这个名字的发音。也许就像自己的母亲一样,她起好了这个名字,却忘记了出

[①] 科迪莉亚(Cordelia)是莎士比亚悲剧《李尔王》中李尔王的三女儿,国内译文通常译为"考狄利娅"。

处。她听见蒂娜低声问罗恩:"你觉得白色在镜头里好看吗?"

黛拉罗比亚把一只手放在胸前,意识到蒂娜在介绍时一直盯着看她的毛衣。"我该换件别的衣服吗?"她问道。

"不,这件很棒,很美。有时白色在镜头里会有点飘。白色,还有条纹。"

"实际上是象牙色。"黛拉罗比亚说。她的婚纱就是这个颜色,穿给能分清米白和纯白之间区别的观众看。也许蒂娜分不清。黛拉罗比亚可以花上整整一天时间研究她那件咖啡色风衣的构造。那件风衣的前襟、腰带和袖口处都有整齐漂亮的白色平行线,很可能是设计师设计的大品牌。

"那么,你的邻居们,"蒂娜又从座位上转过身,换上了"让我们做朋友"的口吻说,"他们是什么情况?好像跟你家关系不是太好。"

黛拉罗比亚对她与邻居之间的关系,或者说和他们根本不存在的关系,感到很尴尬。蒂娜现在可能比她更了解库克一家。"他们和我公婆之间有嫌隙,我对他们并没什么意见。他们这几年很不顺,儿子又得了癌症,这件事让他们反对使用化学农药,所以他们喜欢有机产品。他们失去了所有的番茄收成。他们还弄了个桃园,里面的树都快死了。我公公说,当雨下得这么大时,你就得喷农药,否则树就会烂掉。"

"这么说你公公不喜欢有机产品。"蒂娜的左胳膊肘翘在椅背上,她的另一只手则放在膝盖上。早些时候他们到她家时,黛拉罗比亚见她带了一个小录音机。她想知道录音机是不是正在录。

"嗯,典型的农业生产就是这样,人们接受新事物很慢。你知道,他们不得不这样。当你可能会在一季内失去一切的时候,再去赌就很不明智。我公婆讨厌健康有机食品的生意,因为这听上去好像会让人觉得我们所做的一定是不健康的、非有机的。"

"还有你公婆对这里发生的事情,对那些蝴蝶,有什么看法。你能谈谈这个吗?"

"不知道。我是说,他们有他们的观点。或许你该去问问他们。"

黛拉罗比亚被整修过的道路分了心,这还是她第一次见这条路。她知道小熊父子清理了许多倒下的树木以及洪水造成的破坏,但让一切改观的是厚厚的一层白色砂砾。他们把这条荒野小道修成了一条大路,周围一片泥泞,但道路的边缘清晰可见。就像其他乡村道路一样,这条路没有什么值得被特别期待的,它的野性被驯服了。她不由得想起了吉米,还有那天的自己,她充满了欲望，只顾着自己。现在她和路一样被铺平了。

她比蒂娜先看到蝴蝶，但很快就发现蝴蝶无处不在：一种现象。俯瞰台的公路加宽了，车辆可以在此转弯，罗恩把吉普车车头向外停下。蒂娜仍然系着安全带坐在座位上，直勾勾地看着。科迪和普雷斯顿也坐直了身子盯着看，就像他们在电视上看到自己喜欢的节目时那样。

"看那个啊。"科迪莉亚指着挡风玻璃说。

他们面前的山谷充满了金色的颤动。黛拉罗比亚意识到，科迪莉亚从未见过这些蝴蝶。普雷斯顿只见过一次，还是个下雨天，那时它们没有到处飞。她让普雷斯顿下车。

"别走远了，宝贝，离边上远点，别掉下去。"她打开身旁的车门，抱起科迪，把尿布包放下。"是的，女士，这就是比利国王，"她平静地说，"和在奶奶家看到的一样。"她不想让蒂娜知道她的孩子们以前没见过这个，那样会显得她很懒，整天待在家里之类的。那样的话，蝴蝶也不再是她一人的专属。蒂娜不知道这条路是新修的，在这周之前根本没办法把一个蹒跚学步的孩子带到这里来。

她看着女儿亮晶晶的眼里露出惊奇。普雷斯顿穿着运动鞋，站在碎石路最边上，双臂张开，好像要飞起来似的。黛拉罗比亚也有同感：这一景象永远不会让人看腻。树上停满了正在休息的蝴蝶，空气中充满了生机。她深深吸入了树的香气。终于有了一个晴朗的冬日，瓦蓝的天，深绿色的冷杉树，中间充满了舞动的金片，就像一个雪球。她看见蝴蝶从树上涌起，在空中四处向上飞舞。数以百万计的帝王蝶，像橙色的节庆纸屑，把舞动的光芒映射到他们眼里。

"你就在这儿拍照。"蒂娜说着从车里走了出来，突然直截了当地对罗恩指手画脚。黛拉罗比亚之前感觉蒂娜害怕罗恩，但现在她动摇了这个念头。蒂娜指了指他应该支三脚架的地方，然后让黛拉罗比亚站在悬崖边，这样山谷的景色和蝴蝶就成了背景。蒂娜用粉扑拍了拍黛拉罗比亚的脸，让她的脸不至于太亮。蒂娜解释说她们俩先聊一会儿，聊天时镜头会对准黛拉罗比亚，然后镜头转动，也拍下蒂娜。过后他们会把它拼接成一个完整的对话。黛拉罗比亚哪怕说话语序颠倒，或者说错了话，也没有关系。蒂娜说，他们可以进行剪辑拼贴，让一切看上去毫无破绽。

黛拉罗比亚被焦虑压得喘不过气来。蒂娜问的大多是私人问题：她是谁，住在哪里，她和她的家人对这里发生的事情有何看法？令她震惊的是，甚至连蒂娜也知道那个流传甚广的传言,说黛拉罗比亚能先知先觉。她想不想谈谈这个?黛拉罗比亚的回答是:"不太想。"

"那你想说什么就说什么吧。只要是你认为重要的。"蒂娜说。

"我认为有一点可能很重要。通常这些蝴蝶去墨西哥过冬。它们以前从没来过这里,这样大概有一百万年了,现在它们突然来到了这儿,如你所见。他说……喂,等一下。停。我能告诉你一件事吗?"

"当然。"

"这儿来了一位科学家,拜伦博士,你该跟他谈谈,他过几天就回来了。他对这些蝴蝶了如指掌。你能不能在这个星期的晚些时候再来,和他谈一谈?"

"也许吧,当然了。绝对要谈。但现在我们先不谈那个。"蒂娜给了她一个纵容的微笑。黛拉罗比亚感觉自己无能到了极点。

"好吧,抱歉。我可以重新开始吗?"她把手伸进牛仔裤口袋里,试图冷静下来。她应该很善于辞令。小熊总说她能把栅栏柱子上的铁丝都给说下来。她在高中时做过演讲,进行过戏剧表演。

"想重来多少次都行,别担心,自然点就行。"蒂娜举起双手,挥了挥,仿佛要把一切都赶走,重新开始。"我们想对黛拉罗比亚进行深度私密采访。告诉我你第一次看到蝴蝶的情景。当时你有什么感觉？"

"第一次。"她瞥了孩子们一眼。科迪现在安全地钻进了吉普车里，正在玩她的塑料谷仓，但普雷斯顿正慢慢朝眺望台的边缘走去。"普雷斯顿！"她大喊道，"一步也不能往前了，先生！我是认真的。否则你就和妹妹一起到车里坐着。"她向蒂娜抱歉地皱了皱眉头，而蒂娜还在微笑。她真有耐心，和圣人一样。"对不起。"黛拉罗比亚说。

"不用客气。继续说下去吧。"

"我之前想说的是，这些蝴蝶今年迁徙到了错误的地方，这是有史以来第一次。我想在世界历史上也是首次。所以，虽然景色看上去很漂亮，但可能是因为出了问题才这样的。真相可能真的很糟糕。"

"为什么呢？"蒂娜问道。

为什么呢。她突然什么都说不出来了，她的头发从发带上滑落下来，脸周围的卷发在微风中飘动，分散了她的注意力。突然间，她觉得她扣错了毛衣的扣子，或者根本忘了扣扣子。这一天太疯狂了。她用一只手摸了摸胸部，检查了一下前襟上的纽扣。"等一下，我能不能，我的毛衣扣子系错了吗？我肯定看上去很糟。"

蒂娜像公鸡一样竖起脑袋，黛拉罗比亚开始熟悉她这个小动作了。"你知道我刚才在想什么吗？说实话？

这可能是很长一段时间以来我们拍过的最漂亮的照片。好几个月以来。你,你那美丽的头发,还有身后的蝴蝶。简直美死了。在琥珀色的光芒照射下,站在你旁边,我看上去会像具尸体一样毫无生气。看到照片时你会爱死它的。光线怎么样,罗恩?"

"棒极了。"罗恩在镜头后面回答道,吓了黛拉罗比亚一跳。罗恩是什么时候站在她这边的?棒极了。不知道吉米会不会在新闻上看到她,想到这里,她心里涌起一股怒火,这股怒火主要源自身体对尼古丁的渴望,不完全针对吉米。但部分原因在于他。他跟所有女人打情骂俏。难道他从没认真对待过她吗?仅仅因为她年纪比他大,结了婚,他就觉得她唾手可得,觉得可以放心跟她上床,而不必担心她纠缠不休。他甚至是否在乎她结束了这一切?她希望这件毛衣现在穿在她身上与当时在商店里试穿时一样好看,那家店还有间少有的更衣室。她完全不知道蒂娜刚才问了她什么。"你刚才问了什么问题?"

"你从哪儿开始说都行。"蒂娜说,可能有点不耐烦。

她希望能说出实情,说一下整件事情的来龙去脉。说大熊要把山上的树全部砍光卖钱,说他们确实需要那笔钱。有些人永远无法理解这个,理解那种困境。这也是最初她来这里的原因,不是因为一个男人,而是一种绝望。尽管她的这种冲动可能有问题，但正是它让她来到了这里，让她第一个看到了目前的景象。

"这个现象对你来说很特别，"蒂娜说，"我们在这个镇上听到的说法是，你预见了这个。那么，黛拉罗比亚，当你第一次知道帝王蝶奇迹般地来到你们农场时，那天发生了什么？"

"简而言之，我在逃离一些事情。"黛拉罗比亚回答说。她不想提到吉米，不想让他出现在她的故事中。他会在电视上看到这个吗？

"逃离什么？"蒂娜用更温柔的声音关切地问道。

黛拉罗比亚把头稍微歪向一侧，以便能看到蝴蝶。就像第一次一样，她看着那冰冷的火焰升起，感觉就像一场梦。很难相信她所看到的是真的。世界末日，这是一个很好的猜测。她慢慢地呼出一口气："我的生活，我想。我再也受不了了。我想离开。所以我一个人来到这里，准备抛弃一切。然后我看到了这个。它阻止了我。"

"为什么会这样呢？"

"不知道。我太专注于过自己的小日子了。只有我一个人。这里却有更重要的东西。我必须回来过一种不一样的生活。"

蒂娜眨了眨眼，瞥了罗恩一眼。

"好吧，事实是，我甚至不知道那是什么。"黛拉罗比亚说。她在一座疯狂的小镇里拐进了一条错误的道路,事情就是这样。她像警察一样举起手,摇了摇头。"太私密了。你能想象如果我的家人听说了,会怎样吗?还有我的孩子?"

幸运的是,她看到普雷斯顿已经慢慢地沿着路朝前走了,很可能他听不见。"所以,这个不能公开,我们把这些都剪掉,重新开始,行吧?"

"当然。"蒂娜说。

大约在九点十分左右,两人的电话同时响了。小熊下班很晚,他躺在沙发上看电视时睡了过去,因此他的手机在口袋里响个不停,而黛拉罗比亚则跑去找包里的手机。是多维打来的,她说话语无伦次,尖叫着让黛拉罗比亚打开电视。

"开着呢。"她说,心怦怦直跳。是错过了什么灾难吗?

"是你,"多维不停地说,"快调到美国有线电视新闻网。"

这种事在电影里时有发生,黛拉罗比亚想。但是电影里的人总能找到遥控器。多维在电话里不停地大喊大叫,而她的搜寻则变得越来越疯狂。靠垫下面,小熊身子底下,沙发底下。电影里的人不会跟把小电器拆成零件和电池的小罪犯生活在一起。"等等！"她朝手机里喊道。她不再寻找了，选择跪在了电视机前。果不其然，她发现电视本身根本无法控制，上面甚至连开关都没有。这说不通啊！电视机可是现代的上帝！你只能从远处向他发送请求。

"你说是我，是什么意思？"她问道，努力让自己平静下来。

"你昨天做的那件事！芭比娃娃对你的采访。但她没有露面。上面都是你，黛拉罗比亚。"

黛拉罗比亚站起身来，打量着房间。小熊还在酣睡。实际上从电话里她能听到多维的电视发出的嗡嗡声。

"哦，天哪。"多维尖叫道，"这疯了吗？他们说你想自杀！"

黛拉罗比亚很是震惊，她浑身发沉，一股水一般的力量从脚开始，让她膝盖酸软。她用尽全力推开小熊，在沙发上腾了个空，把手机放在耳边，同时用一只手在小熊身子底下摸，她无法停止她那无望的搜寻。小熊的手机不再响了，然后尖响着来了一条短信。

"这太疯狂了，"她对多维说，"再说一遍。你刚才说的话。"

"你正走在去跳崖的路上，看见了蝴蝶，就改变了主意。现在结束了。"

"什么结束了？"

"整个报道。现在正在播放……"多维停顿了一下，"我不知道，在说非洲发生了什么战争。你只出现了一两分钟。也许不止。几乎算个头条新闻。他们播放了你说的话，还有另外一个我不认识的人。是你的一个邻居？"

"库克家的？他们和隔壁库克家的人谈过。"

"也许是他，是的。他说你们都要去伐木，才不管什么蝴蝶，然后说你是唯一的……什么。唯一理性的声音，或者类似的声音，你和你的家人唱反调。"

"哦，太好了。"她祈祷大熊和海丝特可千万别看见这一幕。他们很有可能看不见。他们从不看新闻。

"还有关于你有自杀倾向的事情。'黛拉罗比亚·特恩鲍有自己的理由相信蝴蝶是非同一般的事物。它们救了她的命。'我不能一字不差地重复他们说的。听着，播放这个的时候我都快激动死了。我心想说，哇，那可是我最好的朋友！她的头发还全是我帮她做的呢！"

"关于自杀，他们究竟从哪里得到的消息？"

"也许他们会在十点钟再重播一次。"

"天哪。也许我就该从悬崖上跳下去。"她把头放在膝盖上，觉得自己真有可能会昏倒。身旁的小熊动了动，开始醒过来。

"是这样的,"多维说,"你看上去美极了。那件毛衣可以借给我穿吗?"

那次采访的确又重播了多次,先是作为全国新闻,然后出现在地方新闻。在克利里,某个当地的人要是上了新闻,那可是件了不起的大事。记者们不断把电话打到家里来,每次电话一响,黛拉罗比亚就心跳加速。要是她再见到照相机,她就打算逃命。小熊被这种关注度惊呆了。当地电视频道把这件事作为头条新闻,每晚更新。头条标题始终是以蝴蝶为背景的黛拉罗比亚的静态照片,标题是:"蝴蝶之战"。这些新闻让黛拉罗比亚感到焦虑和恶心。等着她的形象出现在屏幕上,就像等着被别人扇耳光。但她也忍不住想看。不管她说了什么,教堂和杂货店里的人基本上都在不停地对她表示祝贺,他们只相信一条指导原则:上电视即是人类经历的巅峰。告诉他们这感觉就像剥了她的皮,似乎很不礼貌,所以她一言不发,让他们继续希望有一天这种事能轮到自己头上。

黛拉罗比亚让记者们都去采访大熊和海丝特。小熊担心父亲在这个故事中会被塑造成一个大坏蛋,一个故意破坏蝴蝶的人,这时候他们应该有发言权,但是大熊和海丝特还从未在电视上露过脸。虽然把是否上镜作为决定因素够傻的,但黛拉罗比亚觉得可能是因为他们不够上镜,才上不了新闻。英俊的库克先生就经常受到采访,和他一脸悲伤的妻子以及他们掉光了头发的可怜儿子坐在沙发上。博比·奥格尔也多次被采访,镜头前的他显得非常自在,说要关爱上帝创造的生物。甚至还有一些视频记录了某个普通的星期天他在教堂布道的情景,这让黛拉罗比亚感到震惊。什么时候那里也安装了新闻摄像机?

当地势力显然站在了支持蝴蝶的一方。克利里的新闻团队邀请市长杰克·斯蒂尔和一名来自商会的体格魁梧的男子坐在他们的弧形大办公桌前,讨论发展旅游的机会。世界各地的人都会想来看帝王蝶。体格魁梧的男子拿迪士尼乐园作比较。在黛拉罗比亚看来,如果他们真打算这么干,就应该在路边旅馆之外再合力建一些家庭旅馆。她还觉得奥维德·拜伦也应该坐在那张桌子旁。她多么希望他能来。没有人问蝴蝶为什么来到这里:重要的是,它们来到了这里。

蝴蝶之战大概是一场人与人之间的冲突,尽管反对者什么人都有,很难确定究竟有哪些人。一种观点认为,外界对蝴蝶的关注可能会扰乱人们的正常生活。黛拉罗比亚在教堂和其他地方听到过这种言论,但新闻上支持这种言论的都是些怪人:一个穿汗衫、瘦得皮包骨头的老头在他住的活动房屋里说犯罪率会上升。费瑟镇的一个埃克森石油加油站前,一群像小混混的孩子声称他们这个小镇不欢迎外人。黛拉罗比亚意识到电视节目是在嘲笑这些人,她几乎像触电一样想起了在深夜节目中看到的那个被嘲笑的老人,比利·雷·哈奇。要是蒂娜·乌特纳来这里时她记起了这个痛苦的圈套,她可能就会砰地把大门关上,把那张妆容完美的脸关在外面。但她没有。现实生活和电视里的生活属于不同的宇宙。外面的人无法想象他们最终会变成电视盒子里被人耍的猴子。

然而他们做到了,这真是奇怪得无法无天了。她和小熊每天晚上瞪大眼睛盯着电视,每看到一个他们认识的人或地方就倒抽一口气。他们从没看过蒂娜的原始采访,尽管其中一些片段在克利里台新闻节目反复播放,大多以横幅照片作为背景。据黛拉罗比亚所知,关于她自杀的采访角度已经被放弃了。事实上,一开始她觉得这肯定是多维在震惊之余编造的故事,但事实并非如此。多维真聪明,她学会了如何将整段视频下载在手机上,两天后带着真凭实据过来了。普雷斯顿上学去了,小熊去上班了,她们俩坐在厨房里看了起来。

"我的生活。我想我再也受不了了……"手机屏幕上的黛拉罗比亚说道,那声音那么细小,不可能是她发出来的,"我一个人来到这里,准备抛弃一切。是这件事阻止了我。"那个声音还在继续,镜头全景切换到远处,树上、空中都是蝴蝶。"这里有更重要的东西。我必须回来过一种不一样的生活。"

"我发誓这话我没说过。"

"看上去你确实说了。"如果她的家人看到这一幕,她无法想象会有怎样的后果。如果这视频已经传到了网上,那海丝特可能看过了。只要小熊没看就行,她祈祷道。这是为了他好。黛拉罗比亚对那次采访几乎没有记忆了。她只记得他们开始了好几次都没成功,她当时不假思索地说了好多废话,蒂娜承诺把它们剪掉。

"好吧,现在看看这个,"多维说着,熟练地点击着她那时髦手机上的按钮,就像普雷斯顿玩他的手表一样,"这个是今天刚出来的。"

黛拉罗比亚皱着眉头,一脸困惑地看着屏幕,上面写着:"蝴蝶维纳斯"。上面的人是黛拉罗比亚,但有人改动了照片。她似乎站在一只巨大的帝王蝶张开的翅膀上。

她周围是漫天飞舞的小蝴蝶。

"这是什么?"黛拉罗比亚问道。

"你成了那幅名画,站在贝壳上的裸体少女。"多维翻到另一张图片,黛拉罗比亚认出来了这张图片,它是

《维纳斯的诞生》。有人合成了这两张照片，并发到了网上。照片的相似度是超现实的。那不可能是她本人，可的确就是她本人，她那头橙色的头发从后面的丝带上松散开来，她左手插在口袋里，右手放在胸前，摆出一副裸体维纳斯少女站在张开的贝壳翅膀上的姿势。黛拉罗比亚甚至不记得自己那样摸着胸口站过。照片上的她并非全裸，她的衣服被调成中性色调，让她感觉自己全身赤裸。她面带惊吓，穿着暴露。这张照片看上去有点淫秽。

"谁能看到这个？"她问道。

"每个人都能看到。"多维说。这张照片不是真的，照片里的事从来没有发生过，如今却在全世界流传。

她忽然想起来了，想起她为什么在罗恩的镜头前那样把手举到胸前。当时她担心衣服扣子开了。